「じゃあ、えっと、また、明日」
「うん、わかった」
いつの間にか、お互《たが》い敬語はなくなっていた。
どんな男の子だろう。せっかく会うなら、かっこいい子がいいなあー。なんてね。

(『携帯電話で待ち合わせ』櫻いいよ／著、本文189、190ページより)

「決めた。私、告白する！」
「……………」
航太はビックリ顔のまま、
さっきから固まっている。
（『清く正しい三角関係』菜つは／著、
本文 275 ページより）

たちまち
クライマックス！

ほんとはずっと
好きだった

たちまちクライマックス委員会・編

ポプラ社

目次
CONTENTS

幼馴染の二人は、生まれたときから
すれ違っていた!? 深織がした決意とは—。

一日で一年のすれ違《ちが》い

氷純《ひすみ》

-004-

「試合の日だけ“俺の彼女”になって」
麻衣はバスケ部の先輩にそう頼まれて？

オーバータイム

南潔《みなみきよし》

-027-

出会ったのは苔男子!? 懐かしい
思い出の中にいた“スグルくん”との再会。

雨《あめ》降《ふ》りの午後

白井《しらい》かなこ

-054-

片想い相手とデートする夢にドキドキ
していたら、なんと彼も同じ夢を見ていて？

初デートは夢《ゆめ》の中で

弓原《ゆみはら》もい

-075-

恋愛小説に憧れる文学少女・千尋は
ある日、男子から相談を持ちかけられる。

きっと
わたしのことじゃない

雪宮鉄馬《ゆきみやてつま》

-117-

カバー・
口絵イラスト：ナナカワ

一日で一年のすれ違《ちが》い

氷純《ひすみ》

「え、別れた？　あの二人が？」

耳を疑《うたが》って聞き返すと、声が大きいと叱《しか》られた。

反省して声量を落としながらも、やっぱり気になって続きをせがむ。

「あの二人、すごく仲《なか》がよかったはずでしょ。一年生のときから丸一年以上付き合ってたよね？」

本人たちも隠《かく》す気がなかったみたいで一緒《いっしょ》に歩いているところをよく見かけた。私立中学だから地元の友達の目を気にする必要がなかったのもあるだろうけれど、登下校だって一緒だった。

いったいなにが起きたのかと答えを待っていると、情報通《じょうほうつう》なわが友、真優《まひろ》はどこか腑《ふ》に落《お》ちないといった表情で話し出す。

「ほら、二年生ももうすぐ終わりでしょ。テニス部も次の交流試合を最後に三年は引退だし、最近忙《いそが》しくなってすれ違いが増《ふ》えたのが原因らしいよ」

「ソロで売り出したメンバーがプチヒットしたバンドの解散《かいさん》理由みたい」

「深織《みおり》のそういう的確《てきかく》な比喩《ひゆ》、私は好きだよ。でも毒気《どくけ》があるから場所は選ぼうね」

やんわり怒《おこ》られた。

お互《たが》いの時間が合わなくなって一緒に過ごす時間が減《へ》れば、疎遠《そえん》になるのも仕方がないと思うけど。

部活で三年の送別会企画《きかく》を立ててくるという真優を見送る。

送別会もなにも、高校は内部進学で上がれるし敷地《しきち》も同じだ。校舎《こうしゃ》が変わるけれど、一年後には高校の部活で一緒になる。そのせいか、送別会もあくまで雰囲気《ふんいき》を楽しむだけのイベントになるらしい。帰宅部の私には関係のないことだ。

「すれ違いかぁ」

大敵《たいてき》だ。天敵《てんてき》だ。不倶戴天《ふぐたいてん》の怨敵《おんてき》だ。一昨年《おととし》やっつけたはずなんだけど、まさか再来するとは……。

私には東蓮也《あずまれんや》という幼馴染《おさななじみ》がいる。保育所からの付き合いだ。生まれた日付も私が一日遅《おそ》いだけ。

しかし、蓮也は早生まれだった。せっかちにも私より一日早く生まれたせいで、学年が繰《く》り上《あ》がった
結果、学年で一番遅く生まれた男という皮肉な称号《しょうごう》を手に入れてしまった。

おばさんもよく「お腹《なか》の中にいる間に急がば回れって言《い》い含《ふく》めておくんだった」と苦笑《くしょう》交《ま》じりに言っている。一日遅ければ深織ちゃんと同じ学年だったのにね、と。

「生まれからしてすれ違ってるんだよなぁ」

ため息をつきつつ、蓮也にメールを送る。一緒に帰ろう、と。

返信がないまま二十分ほど自分の教室で窓《まど》の外を眺《なが》めていると、雪がちらつき始めた。

私は立ち上がる。

「ほら、すれ違い」

一日違いで周回遅れだもんなぁ。私たちの間には年度という越《こ》えられない壁《かべ》が立ちふさがっている。この中学は私たちの地元からやや遠い。したがって、通学にも帰宅にも電車を使う。雪がちらつき始めた以上、電車が遅れる可能性《かのうせい》を考えて帰るしかない。

校舎を出て、校庭を横目に見る。蓮也はテニス部だから、部活中でメールを見ていないのかもしれないと思ったからだ。

けれど、雪の中で部活をしているはずもない。無人の校庭はチラつく雪を静《しず》かに受け止めていた。

教室で二十分待っただけあって、他学年はもちろん同学年でさえ通学路を歩いていない。雪の中を出歩く人もあまりいないから、駅までの道はとても静かで、勢《いきお》いを増《ま》す雪だけが視界《しかい》の中で動いている。

かじかむ両手を重ね合わせて、手袋《てぶくろ》を持ってこなかったことを後悔《こうかい》する。

校舎を出るときにはチラつくだけだった雪は、駅に着く頃《ころ》には大粒《おおつぶ》になっていて民家の屋根を白く染《そ》めていた。

電車も絶賛遅延中《ぜっさんちえんちゅう》。遅生まれの私へのあてつけに見えて仕方がない。まぁ、被害妄想《ひがいもうそう》なんだけど。

「――あっぶね。追い付いた」

一番ホームで電車を待っていると、横から声をかけられた。

耳に馴染《なじ》んだ声に驚《おどろ》いて横を見ると、蓮也が息を白くたなびかせながら立っていた。学校から走ってきたらしく、息が上がっている。

「メールを見て教室に行ってもいないし、いつの間にか雪降《ふ》ってたから慌《あわ》てたよ」

私はスマホを確認《かくにん》する。やっぱり、返信は来ていない。蓮也が私を見て肩《かた》を竦《すく》める。

「ここまで走ってきたんだからメール送る暇《ひま》なんかないって」

「メールを送ってくれれば待ったよ」

「雪降って寒い中待たせるのは気が引けるんだよ。追い付けなかったら謝《あやま》るつもりだったしな。返信が遅れたのは悪かった。授業《じゅぎょう》がちょっと長引いてさ」

そう言いながら、蓮也はホームにある自販機《じはんき》へ向かうので、私もついていく。

硬貨《こうか》を投入して蓮也の指が向かうボタンを見て、私は声をかける。

「なんでコーヒー？　走ってきて汗《あせ》をかいたなら水にした方がよくない？」

「いいんだよ」

止めるのも聞かずに温かいコーヒーのボタンを押した蓮也は転がり出てきた缶《かん》を取ると、私に差し出した。

「お詫《わ》び。カイロ代わりに持っとけ」

「あ、ありがとう」

おぉ温かい。

缶コーヒーを両手で包《つつ》んで暖《だん》を取っていると、蓮也が唐突《とうとつ》に笑い出した。

「深織、顔が溶《と》けてる」

指摘《してき》されて、缶コーヒーの温かさで思わずゆるんでいた顔をキリッとしてみても、蓮也はまだ笑う。

「今さら取《と》り繕《つくろ》っても」

「じゃあどうすればいいの」

「悪かったって。睨《にら》むなよ」

ほっぺをつつくな。ホームにいる人が微笑《ほほえ》ましそうに見てくるでしょうが。

「ん？　なに赤くなって……」

言いかけた蓮也も周りから見られていることに気付いて少し照れたようにポケットへ手を入れる。

「というか、深織が俺《おれ》の教室に来てくれれば、すれ違わなくて済《す》んだのに」

蓮也が話を戻《もど》す。言いたいことはわかる。私も迎《むか》えにいこうかとも思ったけれど、蓮也のところに行くには学年の壁《かべ》を越えないといけない。

「だってほら、他学年の教室がある階ってオーラみたいのあるでしょ。もしくは事件現場に張られてる黄色いテープ」

「キープアウトな。わからんでもない」

「わかれ」

「わかった」

わかってくれたか。

蓮也がホームの外の雪を眺《なが》めて、ため息交じりに白い息を吐《は》き出《だ》す。

「まぁ、今さらっていえば今さらだよな。もうすぐ俺も中学卒業だし、あの教室どころか校舎にいるのもあと一か月くらいだ。三年のいる階に出入りできるようになってもあんまり恩恵《おんけい》はないよな」

「……そうだね」

一昨年やっつけたはずのすれ違い。何度倒《たお》しても蘇《よみがえ》ってくるラスボスみたい。

しかも、まだ高校卒業と大学卒業の二回、残っている。

ホームを見渡《みわた》せば、高等部の先輩《せんぱい》らしき姿《すがた》もある。やっぱり私たちより大人《おとな》びていて、蓮也が私よりも一年早くあんな人たちがいる環境《かんきょう》へ行くんだと思うと、もやもやする。

一日しか違わないのに、私より一年早く大人になっていく。

校舎も時間割もかなり変わるから下校時間もずれるし、今日みたいに後から追い付くのも難しくなる。教室で友達から聞いた話が蘇ってくる。一緒にいる時間が減って、反比例してすれ違いが増えて、そして別れた二人。

なら、恋人《こいびと》ですらない私たちは来年の今頃どうなっているんだろう。

それなら、恋人同士になった方がいいに決まってる。デートにかこつけて一緒の時間を過ごせるようにした方がいい。

……告白《こくはく》しようか。

雪で電車が遅延して、足止めされた乗客がひしめく、この夕方のホームで？　ムードが人混《ひとご》みで圧死《あっし》してるよ！

「なぁ、聞いてるか？」

「ごめん、ボーッとしてた」

ムードさんに救命処置《きゅうめいしょち》をする方法を考えてた。

蓮也が心配そうに顔をのぞきこんでくる。私はとっさに目を逸《そ》らした。胸《むね》がドキドキするので、心臓《しんぞう》マッサージはムードさんにお願いします。

よし、心の中で茶化して少し落ち着いた。

「風邪《かぜ》引《ひ》いたか？」

私の気も知らずに蓮也が訊《き》いてくる。

「大丈夫《だいじょうぶ》だよ」

ローファーの中に靴用《くつよう》カイロも仕込《しこ》んであるから。ダサいし言わないけど。それでも膝《ひざ》は寒い。

「なんの話だっけ？」

「今度、テニス部最後の交流試合があるから見にくるかって話。寒いから無理しなくていいけど」

「蓮也の中学最後の試合でしょ。見にいくよ」

「最後って言っても高校でも続けるし、相手校も中高一貫《ちゅうこういっかん》だから中学卒業の記念試合って感じの緩《ゆる》さだけどな。来るなら暖《あたた》かくしてこいよ。去年は風邪引いたろ、お前」

「そんなこともあったね」

蓮也の試合は毎回見にいっているけれど、去年は公式トーナメントで蓮也のペアが決勝まで進んだから長引いた。応援中《おうえんちゅう》は気にならなかったけれど、やっぱり寒かったらしく、翌日熱《よくじつ》を出した。

応援する側は体を動かさないから仕方がない。

「今年は心配かけないようにするよ」

「そうしてくれ」

中学最後の試合……。それなら、告白するタイミングとしてもよさそう。

少なくとも、この駅のホームよりはずっといい。

——そんな風に思っていたのに。

交流試合が間近に迫《せま》った木曜日のお昼。友達とお弁当を食べ終えた私は、知り合いの先輩に呼《よ》び出《だ》しを受けていた。

「好きです。付き合ってください」

生徒数が減ったとかで使われていないこの教室で実にシンプルに告白してきたこの先輩は、男子テニス部に所属している三年生。もっと言えば、蓮也とダブルスで好成績《こうせいせき》を修《おさ》め続《つづ》けたお人である。

蓮也を応援するためにテニス部の試合に足繁《あししげ》く通っていた私も、蓮也を交えて三人で話したことがある。ちょっとずれた発言を狙《ねら》ってする愉快《ゆかい》な先輩だ。

でも、今回の告白は大真面目《おおまじめ》らしいのが表情や口調からわかる。

どうしよう。正直、今すぐ逃《に》げ出《だ》したい。震《ふる》える両手を組んで押《お》さえながら、言葉を選ぶ。

「えっと……」

すごく申《もう》し訳《わけ》ない。告白されたというのに、私の頭の中を埋《う》め尽《つ》くすのはまったく別のことばかりだ。だからこそ、自覚《じかく》してしまう。

――私はこの先輩を恋愛対象《れんあいたいしょう》には見られない。私は蓮也が好きなんだ。

とんでもなく事態《じたい》がややこしくなった。蓮也を交えた三角関係だよ、これ。

「ごめんなさい。付き合えません」

ぐるぐると空回りする思考からどうにか返事を探《さぐ》り当《あ》て、シンプルにお断《ことわ》りしつつ頭を下げる。

わずかな間があって、先輩があきらめたように静かなため息をつくのが聞こえた。

「そっか。まぁ、そうだよね。もうすぐ卒業して高校生になったら接点《せってん》なくなりそうだから、今のうちにって思ったんだけど、駄目《だめ》だったか。あんまり気にしないで」

「はい。すみません」

もともと成功するとは思っていなかったような口ぶりではあったけれど、表情は残念《ざんねん》そうだ。

心の奥《おく》が重くなるような、申し訳ない気持ちでいっぱいになる。もう一度頭を下げて、私は先輩に背《せ》を向けた。

気持ちの整理をつけるため、下の階にある静かな図書室に足を運んで隅《すみ》の席に座《すわ》る。

「……どうしよう」

明後日《あさって》のテニス部の交流試合の応援に行きづらい。すごく行きづらい。行ったら気まずくなるだろうなぁ。

だって、蓮也とペアを組んでいる人を振《ふ》ったんだし、今の状況《じょうきょう》で蓮也を応援するのって、あの先輩に追《お》い討《う》ちをかけるようなものだ。そんなことをしたら罪悪感《ざいあくかん》で居《い》た堪《たま》れなくなる。

それに、中高一貫校だから高校に上がったあとも蓮也とあの先輩は、テニス部でペアを組むと思う。そうなると、高校テニス部の応援に行くのもどうなのか……。

「いや、ほんとどうなるの、これ？」

ほとぼりが冷《さ》めるまでテニス部に行くのは無理だ。でも、ほとぼりが冷める頃には蓮也は中学を卒業して登下校の時間も変わって、一昨年同様のすれ違いが確定《かくてい》する。

告白のタイミングを完全に逃《のが》した。あの人混みのホームで告白すべきだった……とは思いたくないけれど。

なにかいい手はないかな。そもそも、蓮也に告白したらしたで、蓮也と先輩の間も気まずくならない？

先輩の告白を断った私が蓮也に告白したら、三角関係が表面化する。三角関係で気まずい空気のまま高校のテニス部の大会に出たりしたら、チームワークが乱《みだ》れる――。

ってことは、高校生になっても告白できそうにない？　まさかこんな形で私の青春が終わるとは……。

蓮也と先輩の関係なんか知ったことかと告白するのは私には無理だ。

来年こそは全国大会に行くぞ、なんて蓮也は意気込《いきご》んでいたんだから、中学三年間磨《みが》いてきたチームワークを私が壊《こわ》すわけにはいかない。そんな身勝手なことをしたら、それこそ蓮也に嫌《きら》われる。

それだけは嫌《いや》だ。絶対《ぜったい》に嫌。

じゃあ、高校の三年間もこの気持ちを抱《かか》えたまま、蓮也が高校を卒業するときに告白する？

三年間かぁ……。長すぎる。

第一、告白しようと思ったのは、蓮也が高校に進学したら私と時間が合わなくなってすれ違いが増えたり、自然と疎遠になったりするかもって不安だったからだ。それを三年後まで引き延《ひ》《の》ばすなんて耐《た》えられない。

いくら頭を抱えても答えが出るはずもなく、延々《えんえん》と悩《なや》み続《つづ》けていると肩を叩《たた》かれた。

「深織、こんなところにいたんだ。探《さが》したよー」

さっきまで教室で一緒にお昼を食べていた真優がそこにいた。

悩める私の前に現《あらわ》れた真優はまさに、

「女神……！」

一人で考えて答えが出ないときは相談するのが一番だ。

「うん？　よくわからんけど、ならば供物《くもつ》を捧《ささ》げよ」

真優は包容力《ほうようりょく》のある笑《え》みを浮《う》かべつつ、両手のひらを上に向けてちょいちょいと指先で供物を要求《ようきゅう》してくる。

「シュークリームでいい？」

「キャラメルのやつね」

「オッケー」

今日の帰りに供物を捧げることを約束すると、私の隣《となり》に座って聞く態勢《たいせい》になった。

「それで、どうした？」

「実は、片想《かたおも》いをしているテニス部の人がいて、その人とダブルスで組んでいる先輩に告白されて断ってきました」

「あぁ、あの幼馴染で先輩の」

真優は納得《なっとく》したように口にする。

「ここ、図書室だから。他に人もいるんだから個人特定は禁止で」

「はいはい」

油断《ゆだん》ならない。

「三角関係で先手を打たれて、告白してもしなくても角が立つ状況ってわけだ。あれ、今私、うまいこと言った？」

「そこをうまいこと丸く収《おさ》める方法を教えてほしいんだよ」

知恵《ちえ》を貸《か》してほしいと相談してみると、実に頼《たよ》りになるわが友人は訳知り顔でうんうんとうなずいたあと、両手を上げて降参《こうさん》のポーズをした。

「ごめん無理。先手を打たれてるから、もう誰《だれ》がなにをあきらめるかって話になっちゃう。理屈《りくつ》のうえでは振られた先輩が深織をあきらめるのが筋《すじ》だけど、心は理屈で語れないからね」

「なんかカッコいいこと言ってる」

なにも解決《かいけつ》してないのに。

「これってもし、深織の片想い相手が実は深織を好き、つまり両想いだったら、気持ちがすれ違ってるよね。まぁ、相手が恋愛を取るか友情を取るかわからないけど」

「すれ違ってるのかなぁ」

すれ違いを回避《かいひ》するには包み隠さず相談するのが一番。けれど、今回の場合、蓮也に確かめるわけにもいかない。確かめたら告白するのと変わらない……。

「いっそ、片想い相手に事情《じじょう》を全部話して決めてもらえばいいんじゃない？」

「恋心《こいごころ》バトンリレーかよー」

「むしろ婆抜《ばばぬ》き？」

「言わないようにしてたのに」

私の恋心がジョーカーだというのか。それともお婆《ばあ》さんになるまで片想いっていう暗示《あんじ》？

「あぁ、もう、ホントにどうしよう……」

結局《けっきょく》その日も、翌日の金曜日も悶々《もんもん》として過《す》ごしたけれど、私はなに一つ解決策《かいけつさく》を思いつけなかった。

そうして迎えた交流試合当日の今日、私は朝から自宅の枕《まくら》に顔を埋《うず》めていた。

蓮也には用事ができて応援に行けなくなったとメールを送ってある。もちろん、用事はない。行きづらくなったというだけで。

「うぅー」

うなりつつ、応援に行けなかった腹《はら》いせに足をバタバタさせる。でも、布団《ふとん》に当たってポフポフと間《ま》抜《ぬ》けな音がするだけで、もやもやした気持ちはなくならない。

なんで、こんなややこしいことになってしまったんだろう？

――見たかった。蓮也の中学最後の交流試合見たかった。

誰か録画しといてくれないかな。記念試合なんだし、顧問《こもん》の先生が気を利《き》かせてくれたりしないかな、しないよね。

サーブを打つときの猫《ねこ》みたいに柔軟《じゅうなん》な体の動きとか。

同点のまま延長《えんちょう》に持《も》ち込《こ》んで相手コートの隙《すき》を探すあの真剣《しんけん》な目とか。

勝っても負けてもさっぱりした笑顔で相手と握手《あくしゅ》するところとか。

蓮也の全部が好きなのに。

「……はぁ」

もう見られないのかぁ。

高校から編入《へんにゅう》してくる先輩たちもいる。蓮也がそんな人たちと恋人同士にならないとも言い切れない。

ただでさえ私が同じ高校に行くまで一年ものハンデがあるのに、中学最後のテニスの大会にも顔を出せないのは痛手《いたで》だ。

木曜日のお昼から何度もなぞった思考を繰り返して、重いため息をついて、八《や》つ当《あ》たりをしようと足を上げたとき、部屋の扉《とびら》がノックされた。

「——深織、起きてるか？」

「うわ!?」

部屋の扉越しにかけられた声に驚いて跳《は》ね起《お》きる。

蓮也の声……！

枕元のスマホに手を伸《の》ばし、時間を確認する。もう四時を回っていた。

「入っていいか？」

「いいけど、それ以前にどうして家に？」

「おばさんが入れてくれた」

扉を開けて蓮也が私の部屋に入ってくる。

「久しぶりに来たけど変わらないな、この部屋。ぬいぐるみは減ったか」

「見回すな」

「はいはい」

私が放り投げた枕を蓮也は苦もなく空中キャッチした。さすがは運動部。

「照れ隠しに枕を投げてくるのも変わらないな。ほら」

投げつけた枕が返された。

床《ゆか》に敷いてある青いラグに慣れた様子で座る蓮也の様子をうかがう。制服を着ているってことは、交流試合の後にまっすぐ私の家に来たらしい。

「試合は？」

「完勝してやったぜ。来年は倒すって宣言《せんげん》された」

ちょっと胸を張って、蓮也はにっと笑う。中学生活を通してライバル関係にあったから、高校でもテニスで競い合えるのが嬉《うれ》しいらしい。

「仲良いね。他校なのに」

「同じ中高一貫私立だし、一年の頃から月に一回は試合してるからな」

帰宅部の私にはよくわからない感覚《かんかく》だ。

でも、そっか。勝ったのか。中学最後の区切りの試合だけあって、きっとこれからも思い出話に出てくるんだろうな。見られなかったのはすごく残念だ。

すれ違いが起こるのは時間を共有してないから。言《い》い換《か》えれば共通の思い出が増えないからだ……。

気分が重くなりそうで、私は枕をぎゅっと強く抱きしめてこらえた。切《き》り替《か》えよう。へこんでいても仕方がない。

私に振られた先輩が調子を崩《くず》したなんてこともなかったようで、そこは安心する。

「それで、今日はなんで来なかったんだよ？」

「いや、それは、用事がね」

「さっきおばさんが言ってたんだけど、一日中部屋にいて、ときどきボスボス暴《あば》れる音がするからやめさせてくれって」

身内の証言《しょうげん》で嘘《うそ》がばれた。

蓮也がおもしろくなさそうな顔で私を見つめてくる。

「なんで嘘ついたわけ？　素直《すなお》に行きたくないって言われればあきらめるのにさ」

「いや、行きたかったんだよ？　ただ、事情があって」

「用事じゃなく事情か。どんな？」

——それが言えないから嘘をついたんだってば。

黙《だま》って本棚に視線《しせん》を逃がす私に、蓮也は観察するような目を向《む》けてくる。

普段《ふだん》はこんなに押しが強くないはずなのに、今日の蓮也は一歩も引く気がないらしい。この前、追い付けなかったら謝るつもりだったなんて言って、メールも送らずに駅まで走ってきた人と同一人物なのか疑わしくなる。

「話す気がないなら仕方がない」

「うん」

「反応《はんのう》を見ることにする」

「うん？」

尋問《じんもん》でもする気？

「どうせお前、表情に出るし。卒業、部活、春休み、宿題、先輩――ほぅ」

「え、なに、その納得？　怖《こわ》いんだけど！」

じっと私の顔を見つめてくる蓮也。幼い頃から婆抜きで一度も勝てなかった蓮也の洞察力《どうさつりょく》が全力で私に向けられてくる。

「奥義《おうぎ》、枕ガード」

「あ、卑怯《ひきょう》だろ、それ！」

枕を顔の正面に持ってくることで表情を読ませないこの奥義。破《やぶ》れるものなら破ってみせろ。

「まぁいいや」

「そうそう、いいんだよ」

ようやく引いたか。

「あいつに告白されて試合に顔を出すのが気まずくなったんだな」

言い当てられて心臓が跳ねる。

「……奥義を出《だ》し惜《お》しみしたのが敗因《はいいん》でござった」

でも枕は持ち上げたまま。顔を見せたら動揺《どうよう》しているのがすぐにばれてしまう。言動でもうばれている可能性もあるけれど。

「やっぱりそっか。あいつがな。まぁ、薄々《うすうす》そうじゃないかとは思ってたんだけど」

「蓮也は気付いてたんだ」

「深織にその気がないことも含めて気付いてたよ。確信はなかったけど」

私が気付いてなかっただけで三角関係はだいぶ前から形になっていたらしい。

いや、私の気持ちを知らない蓮也は三角関係だと気付いていないのか。結局、状況は変わっていない。

蓮也は、私が告白されたって知って、どんな顔をしたんだろう。気になる。

今からでも遅くないかな。枕の横からそっと顔を出してみると、蓮也はスマホをいじっていた。

全然気にしていない？　なにか反応があってもよくない？

もしかして、私のことをなんとも思ってないから反応するまでもないってことだったりするのかな。

最悪の想像に背筋が寒くなる。

そもそもなにしてるんだろう？

見守っていると、蓮也が耳にスマホを当てる。誰かに電話をするらしい。

……このタイミングで電話する相手なんて、そういるとも思えない。まさか、先輩に？

「あの、私が直接断ったから、蓮也がなにかする必要はないよ？」

私は電話がつながる前に慌てて言った。

間に入って仲を取り持つとか言われたら、私はもう二度とテニス部の試合に行かないよ？

私の言葉を無視《むし》していた蓮也が真剣な表情に変わる。電話がつながったらしい。

「――話は聞かせてもらった。だが告《こく》る！」

意味不明なことを言って、一方的に通話を切った蓮也がスマホをテーブルに置く。

「これでよし」

「え？　今のなに？　というか電話相手は先輩だよね⁉　まったくよくないよね⁉」

この数日、私がどれだけ悩んだと思ってるの、こいつ。

私の抗議《こうぎ》にも蓮也はへらへらと笑って返す。

「今日、打ち上げに誘《さそ》われたんだけど断ってこっち来たんだ。で、ペア組んでたあいつには理由を話しておこうと思って、試合会場を出るときに、告白してくるって言ってあるんだ」

「——え？」

事情を話した？　告白？　ちょっとこの三角形が今どうなってるのかわからなくなってきた。

「深織の事情とか知らなかったし。でも、あいつは頑張《がんば》れよって言って笑ってた。まぁ、俺から告白するんだから、あいつとのペア解消って話になっても俺の責任《せきにん》でいいだろ」

蓮也から告白？

先輩がその話を聞いて笑ってた？　蓮也が告白するのを止めないなら、私に振られた件は先輩の中でもう折り合いがついているってことだろうか。

立ち直り早すぎでしょう。

蓮也が照れたように頬《ほお》をかきながら、窓の外を見る。もう陽は傾《かたむ》いて、空は茜色《あかねいろ》に染まっている。部屋に差し込む光も色づいて見えた。

「自覚したのが中学上がったばかりの頃でさ。今の中学に入学して登下校からして別になって、部活で忙しくなってちっとも会えなくなるわ、遊ぶこともできないわで、一緒の時間が一気に減っただろ。忙しいだけで物足りなくてさ」

「ちょっと待って」

今、奥義枕ガードを発動するから。

再び枕を顔の前に掲《かか》げようとしたその瞬間《しゅんかん》、

「――はい、没収《ぼっしゅう》」

「うわっ取るな！　返せ！」

蓮也に奪《うば》い取《と》られてしまった。枕へ必死に手を伸ばすけれど、テニス部だけあって長い腕《うで》で押しのけられて、私の手は空気ばかりをむなしく摑《つか》む。

「あぁ、好きなんだって自覚《じかく》しても、俺は中学生でお前は小学生で、なんか、告れないだろ。学年の違い以上の隔《へだ》たりがあるだろ？　一年違いって言ってもランドセル相手はちょっと周囲の目がな」

「なんでこの状況で真顔のまま続けられるのかなぁ!?　というか、それは告白だよね？　告白する流れにいつなった!?」

「だから、お前も中学受験してくれて、また一緒に登校できるようになって一気に居心地《いごこち》がよくなった。それなのに、もう中学卒業だ。また会えなくなるとか無理だから、伝える。――付き合ってくれ」

枕をあきらめて膝に顔を埋める前に告白されきってしまった。

心臓はずっとうるさいくらいに鳴っているのに、心の中には桜色の安堵《あんど》がふわりと広がっていくのがわかる。

……どうやら両想いだったらしい。

「付き合ってくれ」

「聞こえてるよ」

「で？」

返事を促《うなが》され、私はとりあえず枕を奪い返した。けれど、顔を隠して返事をするのはさすがに失礼だから、私は意を決して一言だけ告げる。

「よろしく！」

それだけ言って枕ガードを発動した。たった一言だけなのに顔がめっちゃ熱い。耳まで熱を持っているのがわかるくらい恥ずかしい。

「……はぁ、よかった。緊張《きんちょう》した」

気が抜けたような、それでも少しだけ弾《はず》んだような蓮也の声が枕の向こうから聞こえてくる。交流試合の会場からここまでの間に覚悟《かくご》を決めて来たのか、蓮也は恥《は》ずかしさをさほど感じていないみたいだ。

「これで断られたら立ち直れなかった」

「断るわけないじゃん。事情がなければ私も今日告白するつもりだったんだし」

「え？」

「なんでもないでーす」

枕に顔を押し付ける。告白されたばかりなのに、自分からも言うのはやっぱり恥ずかしい。

見えないけれど、隣で蓮也がくすくす笑う気配がする。

「なんだ。全然すれ違ってなかったんだな」

ほっと安心する空気が部屋に満たされる。

同じ方向へ歩いているとわかったから。

蓮也が少し先を歩いているだけで、すれ違ってはいなかったから。

「なぁ」

蓮也が声をかけてくる。

「なに？」

「枕どけてくれないか？　キスしたいんだけど」

「正面衝突《しょうめんしょうとつ》は縁起《えんぎ》が悪い」

「なんの話だよ」

「こっちの話」

――同じ方向を見ている嬉しさをもうちょっと噛《か》みしめたいんだよ。

二人で向かう先になにがあるのか想像して、私は枕に顔を埋めたまま笑った。

オーバータイム

南潔《みなみきよし》

麻衣《まい》が彼《かれ》とはじめて出会ったのは、小学校を卒業した春休みのことだった。

入学説明会のため、麻衣は母親と一緒《いっしょ》に中学校を訪《おとず》れていた。講堂《こうどう》で先生方の話を聞き、教材などの購入手続《こうにゅうてつづ》きを済《す》ませてから解散《かいさん》になったのだが、母親が知人を見つけ話《はな》し込《こ》んでしまったため、暇《ひま》を持《も》て余《あま》した麻衣はひとり校内を見て回ることにしたのだ。

小学校よりも広く大きい中学校の校舎《こうしゃ》や運動場に、麻衣はわくわくした。ときたま見かける部活動中の中学生も、麻衣の目にはとても大人《おとな》びて映《うつ》る。今着ている小学校の制服を脱《ぬ》ぎ捨《す》てて、早く中学校の制服を着たいとそのとき心から思った。

校庭の桜を見ながら歩いていると、体育館らしき建物が見えてきた。キュ、キュと床《ゆか》を踏《ふ》む音やかけ声が聞こえてくる。それに気をとられ、なにかにつまずいた。

「いてっ」

下から聞こえてきた声に、麻衣は驚《おどろ》いた。ちょうど歩いていた渡《わた》り廊下《ろうか》のコンクリートの上に、男子が足を伸《の》ばして座《すわ》り込《こ》んでいたのだ。麻衣は彼の足を蹴飛《けと》ばしてしまったらしい。

「ご、ごめんなさい！」

麻衣が謝《あやま》ると、男子がゆっくりと顔を上げた。汗《あせ》で濡《ぬ》れた前髪《まえがみ》からのぞく切れ長の目が向《む》けられ、どきりとする。

「並木小《なみきしょう》の制服か。入学説明会？」

「そ……そうです」

彼はTシャツとハーフパンツを身に着けていた。顔には大量の汗。そこで、麻衣は気づいた。彼の薄《うす》い唇《くちびる》の端《はし》に、赤い血が滲《にじ》んでいることを。

「あっ、あの、口から血が出てます」

「あー、さっき転んだときに切ったかな」

彼は乱暴《らんぼう》に、Tシャツの袖《そで》で口を拭《ぬぐ》おうとする。それを見た麻衣は、スカートのポケットからハンカチを取り出し、彼に差《さ》し出《だ》した。

「これ、使ってください」

「いいよ。汚《よご》れるし」

「使ってください」

麻衣が同じ言葉を繰《く》り返《かえ》すと、彼は根負けしたようにハンカチを受け取った。

「……サンキュ」

笑うと、彼のまとう冷たそうな雰囲気《ふんいき》が、ほんの少し柔《やわ》らかくなる。

「おい青木《あおき》！　外周終わったなら早く戻《もど》れ！　監督《かんとく》が呼《よ》んでるぞ！」

そのとき、体育館の入り口からバスケットボールを持った男子生徒が顔を出した。

「はい先輩《せんぱい》！　今行きます！」

彼は返事をして立ち上がると、口元に押し当てていたハンカチを麻衣に返す。麻衣の身長は百六十センチと女子の中では高い方だが、彼も同じくらいの身長だった。

「洗《あら》って返せなくて悪い」

「いいえっ、気にしないでください」

彼は急ぎ足で体育館の中に戻っていく。笛の音と同時に、怒ったような大きな声が響《ひび》いた。麻衣はハンカチを握《にぎ》りしめ、開いている扉《とびら》からそっと中をのぞいた。

体育館では、たくさんの男子がバスケットボールの練習をしている。

先ほどの彼の姿《すがた》はすぐに見つかった。監督らしき年配の男性教師の前に立ち、話を聞いている。監督が厳《きび》しい表情《ひょうじょう》でなにか言うたび、彼は真剣《しんけん》な表情で「はい」と、うなずいていた。

話が終わると、彼はゴール下に立ち、シュート練習をしている部員のボールを拾《ひろ》いはじめた。監督からの指示なのか練習には加《くわ》わらず、ひたすら拾ったボールを他の部員に渡《わた》している。

その後もコートで練習している部員を悔《くや》しそうに見つめているその真剣な横顔が、麻衣の心を大きく揺《ゆ》さぶった。

ボールが跳《は》ねる音と重なるように、心臓《しんぞう》も跳ねる。

十二歳《さい》の春、麻衣は生まれてはじめて、男の子に恋をした。

＊

昼休み、昼食を終えた麻衣が二年A組の教室でバスケットボールの雑誌を読んでいると、クラスメートの亜美《あみ》が声をかけてきた。

「麻衣ちゃーん、このあいだの練習試合の動画撮《と》ったんだけど、見たい？」

愛らしい笑顔とともに差し出されたスマホを見て、麻衣は顔を輝《かがや》かせた。この中学は授業中にさえ使わなければ携帯《けいたい》の所持は許可《きょか》されているのだ。

「見たい！」

「隣座《となりすわ》っていい？」

「もちろん」

麻衣が空《あ》いている椅子《いす》を持ってくると、亜美は「ありがとう」と恭《うやうや》しく言って席に着いた。

男子バスケ部のマネージャーである亜美は、『スカウティング』といって相手チームを研究《けんきゅう》するための動画を試合のたびに撮影《さつえい》している。それを見せてもらうのが、麻衣の楽しみだった。

「うわ、向こうのチーム背《せ》が高いね」

亜美と一緒にスマホの画面をのぞき込んだ麻衣は、思わず声を上げた。コート上で挨拶《あいさつ》を交わしている敵《てき》チームはみんな、自分の学校のチームの子たちより背が高い。

「そうなの。体格もいい子が多いしうまいんだけど、悪質《あくしつ》なファウルが多いんだよね。あいつらにスポーツマンシップというものを徹底的《てっていてき》に叩《たた》き込《こ》んでやりたいと心から思ったわ」

亜美は小柄《こがら》で愛らしい外見に反し、少々攻撃的《こうげきてき》なしゃべり方をする。はじめはそのギャップに驚いたものだが、一年以上の付き合いでだいぶ慣れてきた。

試合は序盤《じょばん》、敵チーム優勢《ゆうせい》で進んだが、後半になって自校が盛《も》り返《かえ》してきた。亜美の言う通り相手チームの危険《きけん》なファウルに何度かヒヤリとしたが、試合結果は十点以上の差をつけ、こちらの勝利となった。麻衣は胸《むね》を撫《な》でおろした。

「よかった。勝ったんだ」

「当たり前。あんなスポーツマンシップのなってないチームにうちが負けるわけないもん」

自信満々に言う亜美に、麻衣はくすくすと笑った。

「バスケはやっぱりおもしろいね。見てると燃《も》えてくるよ」

「そんなに好きならバスケ部に入ったらよかったのに」

亜美には何度も言われた言葉だ。麻衣は首を横に振《ふ》った。

「好きなのとやるのとはちがうよ。それにあの厳しい練習を見てると軽々しくやりたいとは言えないな……」

麻衣はもともと運動が不得意で、室内でコツコツ作業をするのが好きだった。中学では美術部に入っている。部活で顧問《こもん》の指導《しどう》を受けることもあるが、運動部のような厳しさはない。

男子バスケ部は市内の中学校の中でも一、二を争うほど強く、監督は運動部の中でもとくに厳しいことで有名だった。放課後、体育館のそばを通ると、怒《おこ》られて外周というランニングの罰《ばつ》を命じられている部員の姿をよく見かける。

「厳しいのはたしかにそうだね。この春入った部員、どんどんやめてるし」

「あ……やっぱりそうなんだ」

春にはたくさんいた部員が最近減《へ》っているように見えたのは、気のせいではなかったようだ。

「最初の方は基礎練習《きそれんしゅう》と筋《きん》トレばかりでボールになかなか触《さわ》らせてもらえないから、おもしろくないんだろうね。試合でもスタメンになれるのはたった五人だし、部員が多いからベンチに入ることも難《むずか》しいでしょ。途中《とちゅう》で心が折れちゃって、やめちゃうの」

努力が結果に結びつくとは限《かぎ》らない。好きだけでは続かないというのは麻衣にもよくわかった。

「青木部長も苦労してるよ、引きとめるのに」

亜美の口からとつぜん自分の好きな人の名前が出てきて、麻衣はドキリとした。

「青木先輩が？」

「うん。部長だから責任《せきにん》感じてるんだと思う。強くなるためには厳しい練習が必要なんだよ。それに耐《た》えられなかったのは個人の問題で、部長のせいじゃないんだけどね。でも部長は、せっかくバスケが好きで入ったんだから、続けてほしいって」

亜美が言う。麻衣の脳裏《のうり》をよぎったのは、体育館で悔しそうな目をしてボールを拾っている男子の姿だった。

「なに、俺《おれ》の話？」

とつぜん背後《はいご》から聞こえてきた声に、麻衣は口から心臓が飛び出しそうなほど驚いた。振り返ると、そこには噂《うわさ》の張本人が立っていた。

「そうでーす。青木部長がかっこいいって話をしてましたぁ」

「嘘《うそ》くさいぞ、佐々木《ささき》」

バスケ部の部長である青木大地《だいち》は、亜美を見てあきれたような顔をした。

運動部の部長というものは、総《そう》じて目立つ。青木も例外ではなく、涼《すず》しげな目元が印象的な貌立《かおだ》ちとすらりとした長身で、麻衣のような学年も部活もちがう生徒にも、よく知られている存在だった。

「本当ですよ。ところで部長、二年の教室まで来てなにか用があるんじゃないんですか？」

亜美は笑顔で話を変える。麻衣は青木と気さくにやりとりできる亜美をうらやましく思った。同じ場所にいながら、麻衣は自分だけ別の場所にいるような疎外感《そがいかん》を覚える。

青木はため息をつき、持っていたファイルを亜美に差し出した。

「来週からの試合の予定表ができたんだ。三年と一年には配ったから、二年の部員に渡しておいてくれるか？」

「了解です」

青木は亜美の隣にいる麻衣に視線を移した。正確には、麻衣の手元にある雑誌にだ。

「お、今月の『熱闘《ねっとう》バスケ』じゃん。借りていい？」

「……いいですけど」

麻衣はドキドキと跳ねる心臓を抑《おさ》え込み、青木に雑誌を渡す。

「サンキュ。伊藤《いとう》には代わりにこっち貸してやる」

青木から渡されたのは、彼が愛読している海外のバスケットボール雑誌だった。パラパラめくると、ＮＢＡ選手のスーパープレイを撮った写真が並《なら》んでいる。当然、記事は全文英語だ。

「青木先輩、これ英語なので読めないです」

「返すのはいつでもいいから辞書《じしょ》使ってがんばれ。英語苦手なんだろ？　ちょうどいいじゃん」

痛《いた》いところを突《つ》かれた麻衣は、隣にいる亜美を見た。すると、すいと視線を逸《そ》らされる。どうやら亜美が青木に話したようだ。

「麻衣ちゃん、部長と仲《なか》いいよねえ」

青木が教室を出ていってから、亜美が意味深《イミシン》に笑った。

「えっ、どこが？」

「部長が自分から女の子に声かけるの、珍《めずら》しいんだもん。雑誌の貸し借りまでしてるし」

「……わたしが青木先輩に声かけられるのは、亜美ちゃんと一緒にいるからだよ」

麻衣が青木のことを知ったのは今から一年以上前、小学校を卒業し、中学生になる直前の春休みだった。

麻衣にとっては印象的な出会いだったが、青木の方はそうではなかったらしい。青木がはじめてマネージャーである亜美に用事で会いにきたとき、隣にいた麻衣には目もくれなかった。青木は麻衣のことを覚えていなかったのだ。あのときはキャンバスの角で頭を殴《なぐ》られたようなショックを受けたっけ。

後日、麻衣がバスケに興味を持っていると知った青木から話しかけられるようになり、雑誌の貸し借りをするようになった。が、あくまで麻衣は亜美の『ついで』でしかない。

「ねえ麻衣ちゃん。来週から始まる全中《ぜんちゅう》のバスケの予選、見にこない？」

麻衣が青木に借りた雑誌を見ながらもやもやと考え込んでいると、亜美にそう言われた。

「いつも動画を見てるだけでしょ？　会場で観戦した方が絶対おもしろいよ」

「でも、わたしは部外者だし……」

「気にしなくていいよ。部長狙《ねら》いの部外者も多いし」

麻衣は目を見開いた。

「青木先輩狙い？」

「部長、他校の女子にも人気あるんだ。最近、試合に行くと差し入れとか告白とか多いんだよね。三年生だし、この夏で引退《いんたい》だから」

青木は強豪校《きょうごうこう》の部長で、チームのエースでもある。県の優秀《ゆうしゅう》選手にも選ばれていた。女子はそういう肩書《かたが》きにとても弱い。人気があるのはよくわかる気がした。

「麻衣ちゃんみたいに純粋《じゅんすい》にバスケを好きな子が見にきてくれたら部長も部員のみんなも喜ぶと思うし……どうかな？」

亜美に顔をのぞき込まれ、麻衣はどきりとする。

麻衣がバスケットボールに興味を抱《いだ》いたのは、青木がきっかけだったからだ。入学説明会の日に出会って以来、麻衣はバスケをする姿を見るたびに、青木とバスケ、両方にどんどん魅《ひ》かれていった。

だからこそ、純粋にバスケが好きだとは言えないような気がした。麻衣も青木狙いの部外者と変わらない。

「……わたしは遠慮《えんりょ》しておくよ」

青木が本当にバスケを好きだと知っているからこそ、行けない。麻衣は後ろ髪を引かれる思いで誘《さそ》いを断った。

＊

「俺の彼女《かのじょ》になってほしいんだ」

青木からそう言われたのは、雑誌を貸した翌日《よくじつ》の放課後だった。

部活を終えて美術室から出ると、バスケの練習を終えた青木に呼《よ》び止《と》められたのだ。真剣な表情で「伊藤に話がある」と言われ、体育館へ続く渡り廊下に連れていかれた。

そこで、冒頭《ぼうとう》の言葉を言われたのだ。

麻衣は頭が真っ白になった。自分が青木の彼女に？　これは夢だろうか？　驚きと喜びに舞《ま》い上《あ》がりかけた麻衣の心は、青木の「まちがえた」という言葉で、一瞬《いっしゅん》にして地に落とされた。

「『彼女』じゃなくて、『彼女役』になってほしいんだよ」

「彼女役……？」

麻衣は怪訝《けげん》な顔で問い返す。

「来週の土曜から全中の予選が始まるんだけど、他校の女子につきまとわれててさ」

困《こま》ったように青木が言う。亜美からそんな話は聞いていたが、まさか本人の口から聞くことになるとは。

「彼女がいるってウソ言って断ったんだけど、信じてないみたいなんだ。だから伊藤に俺の『彼女』として試合を見にきてもらえないかなって。ごめん、俺のわがままだってわかってるんだけど……」

青木の話を聞いた麻衣は、告白と勘《かん》ちがいして舞い上がりそうになった自分を恥《は》ずかしく思った。同時に疑問《ぎもん》もわいてくる。

「……なんでわたしなんですか？」

緊張《きんちょう》しながら、麻衣は訊《き》いた。青木の彼女役なら、喜んで立候補《りっこうほ》する女子がいるだろう。自分に声をかけてくれたということは、もしかして自分のことを特別に思ってくれていたりするのだろうか？　麻衣はまだそんな淡《あわ》い期待を抱いていた。

「とっさに彼女はバスケ部じゃない子だって言っちゃったんだよ」

が、青木から返ってきた答えは、麻衣が期待するものとはちがっていた。

「部員以外でバスケわかる子ってなかなかいないからさ。伊藤なら試合見ても楽しめると思って」

つまりバスケ部以外でバスケに興味がありそうな女子が自分しかいなかったということか。消去法で選ばれたことを知り、麻衣は落ち込んだ。

――偽者《にせもの》の彼女なんて嫌《いや》だ。断ろう。

「どうかな？」

青木が麻衣の様子をうかがうように訊《き》いてくる。

きっと後輩である自分に頼《たの》まなければならないほど、青木は困《こま》っているのだろう。麻衣の心が揺《ゆ》らぐ。

好きな人が他の人にわずらわされ、好きなことに思いきり打ち込めない状況《じょうきょう》は、麻衣も嫌だった。

「……わたしでよければ、よろしくお願いします」

思わずそう答えると、青木はほっとしたように笑った。

はじめて会ったときは麻衣とほぼ目線が変わらなかったのに、今では見上げなければならないほど青木は遠い場所にいる。

麻衣はぎゅっと胸が締《し》めつけられるような気持ちになった。

＊

試合時間は、残り一分を切っていた。

麻衣は観客席から、祈《いの》るような気持ちでコートを見つめる。麻衣の学校が二点差でリードしているが、油断《ゆだん》はできない。バスケの一分一秒は長いのだ。少しでも気を抜《ぬ》けば追いつかれ、逆転される可能性もおおいにある。

ボールを持つと二十四秒以内にシュートを打たなければならない。自校のチームはその時間をたっぷりと使い、慎重《しんちょう》に味方にボールを回している。相手に攻撃する時間を与《あた》えないためだ。

残り五秒になったところで、青木にボールが渡った。

その瞬間《しゅんかん》、急に試合の空気が変わる。彼はスピードに乗ったドリブルで敵チームのディフェンスをかわしたかと思うと、瞬時にシュートした。手から離《はな》れたボールはリングのふちをなぞるようにして、ゆっくりとネットを通った。

試合終了の笛《ふえ》がコートに響き渡る。

麻衣は思わず椅子から立ち上がり、手のひらが痛くなるほど拍手《はくしゅ》した。動画で見るのとはやはり迫力《はくりょく》がちがう。青木のかっこよさも倍増だ。

夢中で拍手を送っていると、後ろの席から「見えないので座ってもらえますか?」と声をかけられた。

麻衣はあわてて謝り、椅子に座る。

好きな人が活躍《かつやく》した喜びを噛《か》みしめながら、麻衣はベンチに戻る青木をずっと見つめていた。

午前の部が終了し、麻衣が観客席を離れ、会場になっている市民体育館のロビーに出ると、そこはユニフォームや制服を着た中学生で溢《あふ》れ返っている。

「麻衣ちゃん！」

振り返ると、ジャージ姿の亜美がこちらに駆《か》け寄《よ》ってくるところだった。亜美にここに来ることは話していなかったため、麻衣は焦《あせ》る。

「試合見にきたんだね」

「う、うん」

麻衣がうなずくと、亜美がにっこり笑い、耳元に顔を寄せてきた。

「部長から事情は聞いてるよ」

「えっ？」

亜美は戸惑《とまど》う麻衣の腕を摑《つか》むと、ぐいぐいとどこかに引きずっていく。人ごみを抜けた先に、試合を終えて休憩《きゅうけい》している男子の集団がいた。麻衣の学校のバスケ部だ。

その中心に青木の姿があった。

ユニフォームの上からジャージの上着を肩に引っかけた青木は、タオルで汗を拭《ぬぐ》いながら、チームメイトと話をしている。その周りでいくつかの女子のグループが、ちらちらと青木の様子をうかがっていることに麻衣は気づいた。

「部長！　彼女さん来てますよぉー」

大きな声で、亜美が言った。ぎょっとしたのは麻衣だ。周りから痛いほどの視線を感じる。

青木はそばにいた部員に小声でなにか言ってから、まっすぐに麻衣のもとに近づいてきた。

「麻衣、来てくれたんだな」

苗字《みょうじ》ではなく名前を呼ばれた麻衣は、驚きと恥ずかしさで倒《たお》れそうになる。

「は、はい。一回戦突破《とっぱ》、おめでとうございます」

顔が熱くなるのを感じながら、なんとかお祝いの言葉を口にする。すると青木が麻衣の手を取った。

麻衣の胸が痛いほど高鳴る。

「あ、青木先輩?」

「ちょっと外出よう。佐々木、あと頼む」

「はーい、部長」

麻衣の手を握《にぎ》ったまま、青木が亜美に言う。亜美がこちらを見てニヤニヤ笑っているのが恥ずかしく、いたたまれない。

笑顔の亜美に見送られ、麻衣は青木に手を引かれたまま会場の外に出た。

しばらくして、青木は麻衣の手を離した。人の目がなくなったせいだろう。麻衣は少し悲しくなったが仕方ない。自分は偽者の彼女なのだ。

「あそこ座ろうか」

青木に言われ、会場の裏手《うらて》にあるからかちょうど人がいない、日陰《ひかげ》になっているベンチに並んで座った。空は快晴だ。ジージーというセミの鳴き声が、本格的な夏の到来《とうらい》を感じさせる。

「今日は暑いな」

青木がぽつりと言う。それを聞いた麻衣は、持っていた保冷バッグからラップにくるんだタオルを取り、青木に差し出した。

「なに？」

「凍《こお》らせたタオルです。使ってください。熱中症《ねっちゅうしょう》になったら困るので」

実は今日、麻衣はタオルを濡《ぬ》らしてかたくしぼり、冷凍庫《れいとうこ》で凍らせたものを保冷バッグに入れて持ってきていた。今朝家を出るときはカチカチに凍っていたが、今はほどよく溶《と》けて、ちょうどいい柔《やわ》らかさになっている。

彼女役を引き受けたとき、麻衣は好きな人のためになにか差し入れしたいという気持ちになった。しかし本当の『彼女』ではない麻衣が物を買って渡すのは、青木の負担《ふたん》になる。でもタオルなら気軽に使え、回収できるので青木の手元には残らない。それに、もし青木から「いらない」と断られても、タオルなら無駄《むだ》にならず、麻衣もそこまでショックを受けなくて済む。

麻衣なりにあれこれ考えた結果だった。

「……ハンカチの次はタオルか」

青木がぽつりとつぶやいたが、麻衣には聞き取ることができなかった。

「え、今なんて？」

「なんでもない。サンキュ」

青木は麻衣からタオルを受け取り、首筋《くびすじ》に当てる。「気持ちいいな」という声が聞こえてきて、麻衣はほっとした。

「なあ、伊藤」

名前ではなく、苗字呼び。いつもの呼び方に戻ったことに、麻衣はさびしい気持ちになる。

「はい？」

「俺、どうだった？」

青木に訊かれ、麻衣の脳裏に先ほど見た試合の興奮がよみがえる。動画で見るのとは全然ちがう、大迫力のプレイだった。青木にボールが渡ってからのラストのシュート。最後の最後までどうなるかわからない、バスケのおもしろさがつまった試合に感動した。

そしてその試合で活躍した青木は、「かっこいい」という言葉しか思《おも》い浮《う》かばないくらい、かっこよかった。思い出すだけで心臓がどきどきし、顔が熱くなってくる。

「かっ」

かっこいいと言いかけて、麻衣はあわてて口をつぐむ。青木はそういう言葉を聞《き》き飽《あ》きているだろう。むしろ自分は青木に対し、真剣にバスケを見ていたことをアピールしなければならないのではないか。

「か？」

青木が不思議そうに首を傾《かし》げた。

「か、カットインしてフローターシュート決めたところが印象に残っています！　試合終了間際《まぎわ》の！」

麻衣の口から出てきたのは、つたない作文のような感想だ。それを聞いた青木は、苦笑する。

「そっか。やっぱ伊藤はわかってるな」

「あっ、ありがとうございます！」

「うん。まあ普通《ふつう》に『かっこいい』って言われたかった気もするけど」

悪戯《いたずら》っぽい表情でそう言われ、麻衣の耳が熱くなる。

「……そういうのは他の女の子に言ってもらったらいいじゃないですか？」

「俺は伊藤に言ってもらいたいんだよ」

そう言って、青木が麻衣を見つめる。どこか熱を感じる視線に射《い》すくめられ、麻衣は息をのむ。心臓が驚くほど速く脈打《みゃくう》つのを感じた。息が苦しい。なにか言おうとするが、言葉が出てこない。

先に視線を逸らしたのは、青木の方だった。

「……飲みもの買ってくるよ」

青木が立ち上がり、麻衣はそこで金縛《かなしば》りから解《と》かれたように我《われ》に返る。

「青木先輩、わたしが行きますよ」

「自販機《じはんき》の場所知らないだろ。伊藤はここで待ってて」

駆け出していく青木の姿が見えなくなってから、麻衣は脱力《だつりょく》したように両手で顔を覆《おお》った。まだ、鼓《こ》動《どう》が速い。

青木はどうして自分が勘《かん》ちがいしそうになるようなことを言うのだろう。

「ちょっといいですか」

そのとき、とつぜん声をかけられた。顔を上げると、見知らぬ制服を着た女子三人組が、すぐそばにいた。

「あなた、青木くんとつきあってるんですか？」

三人組の中心にいる女子が訊いてくる。麻衣はその冷たい視線と声に怖気《おじけ》づいた。が、今は、つきあっているという〝設定〟だ。

「……っ、つきあってますけど」

麻衣がうなずくと、女子たちはあからさまに不快《ふかい》そうな顔になる。

「わざわざ試合見にくるなんて、青木くんの邪魔《じゃま》になるとは思わないの？」

「もし次の試合で負けたらあなたのせいだよ」

「わざわざ私たちに『つきあってまーす』って見せつけて楽しいわけ？」

三人から次々に攻撃的な言葉が飛んでくる。

「え……？」

「え？　じゃないわよ。青木くんも青木くんだよね。大事な予選に彼女なんか呼んで。ちょっとバスケがうまいからって調子に乗りすぎ」

ひとりが言い放った言葉に、麻衣はすっと恐怖《きょうふ》が薄《うす》れるのを感じた。代わりに胸にわき上がってきたのは、怒《いか》りだ。ちょっとバスケがうまい？　調子に乗りすぎ？　彼女たちは青木の顔しか見ていないのではないだろうか。

「青木先輩のこと悪く言わないでくれますか？」

感情を押し殺し、低い声で麻衣が言うと、女子たちがわずかにたじろいだ。反論《はんろん》されるとは思っていなかったようだ。

「青木先輩は調子になんか乗ってません。ただバスケが好きで、きつい練習にも耐《た》えて努力してきたから、自信があるだけです」

たしかにもともとうまくなる素質《そしつ》はあったのかもしれないが、それは練習しなければ開花しなかったはずだ。青木の今のポジションは、彼の地道な努力がなければ絶対に得られなかった。

「青木先輩は女の子なんかよりバスケが好きなんです。彼のアイドルはＮＢＡの選手ですから！　それに彼女が試合を見にきたくらいで勝敗に影響《えいきょう》するようなヤワな人間じゃありません！」

ＮＢＡ選手が載《の》っている海外の雑誌を読むために英語を勉強していることも、麻衣は知っている。麻衣を彼女役にしたのも試合に集中するためなのだ。そんなストイックな青木なら、もし見にきたのが本物の彼女であっても、その存在《そんざい》に左右されることなどないだろう。

「な、なによ偉《えら》そうに。こっちはずっと青木くん応援《おうえん》してるんだからね！」

「わたしだって青木先輩がボール拾いしてる一年生のときから応援してますから！」

青木が活躍《かつやく》するようになってから応援しはじめたにちがいないニワカ女子には負ける気がしなかった。

おびえていたのも忘《わす》れ言い返すと、麻衣の肩に大きな手が置かれた。

「ストップ」

麻衣が驚いて振り返ると、青木が静かにこちらを見つめていた。

青木は持っていた二本のペットボトルのうちの一本を麻衣に手渡すと、自分の身でかばうように前に出た。麻衣の視界は青木の広い背中でいっぱいになる。

「俺を応援してくれるのは嬉《うれ》しいけど、それはコートの上にいるときだけにしてほしい」

「あ……青木くん」

麻衣に声をかけてきたときとは一変し、弱々しい声が聞こえた。

「もしまたこんなふうに俺の彼女に迷惑《めいわく》かけたら、許さないから」

言われている当人ではない麻衣まで緊張してしまうほどの、冷たい声。

ごめんなさい、という蚊《か》の鳴くような謝罪《しゃざい》とともに、ぱたぱたと足音が遠ざかっていく。三人の女子の気配が消えてから、青木が麻衣を振り返った。

「ひとりにして悪かった」

「べつに……わたしは大丈夫です」

麻衣の口から出たのは、心とは裏腹《うらはら》な言葉だった。

「女の子よりバスケが好きで、アイドルはＮＢＡ選手か」

青木がそうつぶやき、笑う。

「えっ？」

「いや、伊藤は俺のことよく見てるなって。まさかあんなふうに言ってくれるなんて思わなかったよ」

好きな人が悪く言われれば、怒《おこ》るのは当然だ。麻衣は青木にそう言い返したくなった。

だが、できない。なぜなら自分は偽者の彼女だからだ。麻衣はぎゅっとこぶしを握り、気持ちを押し殺す。

「これから先輩の彼女になる人は大変ですね」

「そうだな。伊藤みたいに強い子じゃないと無理かもしれない」

青木にとってはなにげない冗談《じょうだん》だったのかもしれない。だが、麻衣にとってはちがった。

「伊藤？」

黙《だま》り込《こ》んだ麻衣を見た青木が固まる。

「……わたしは、強くなんかない」

目の端からこぼれ落ちた涙《なみだ》が、地面を濡らした。

見知らぬ相手から敵意《てきい》を向けられ、本当はとても怖《こわ》かった。好きな人のためだから我慢《がまん》できた。強いわけではなく、強がっていただけ——。

「ごめんなさい、もう帰ります」

「待って」

伸ばされた青木の手を、麻衣は振《ふ》り払《はら》う。

「わたし、もう二度と青木先輩の彼女役はやりません」

麻衣は青木に未開封《みかいふう》のままのペットボトルを押しつけ、逃《に》げるようにその場を後にした。

★

翌日、登校した麻衣を見て、亜美は驚いた声を上げた。

「麻衣ちゃん、どうしたの？　ひどい顔じゃない！」

亜美の言う通り、麻衣の顔はひどかった。瞼《まぶた》が腫《は》れ、目が開きにくくなっている。少女漫画《しょうじょまんが》でたまに主人公が大泣きしているが、こんなひどい顔になったヒロインは見たことがない。

現実は残酷《ざんこく》だ。できれば学校を休みたかったが、終業式も近いので休めなかった。

「ちょっとトイレ行こう」

亜美に手を引っ張られ、麻衣は廊下に出た。

「麻衣ちゃん、昨日は一試合見ただけで帰っちゃった？」

「……うん」

麻衣がうなずくと、亜美は心配そうな顔をした。

「もしかしてあのあと、青木部長となにかあった？」

トイレに向かいながら、亜美が声をひそめて訊いてくる。

「……ちょっとね。それより試合はどうだった？」

午後にも、うちの中学の試合があったはずだ。

「予選通過、決まったよ」

それを聞いた麻衣はほっとした。自分が青木に影響を与えるような存在ではないことは自覚しているが、昨日嫌な別れ方をしたので気になっていたのだ。

「伊藤」

いきなりかけられた声に、麻衣は思わず足を止めた。おそるおそる振り返ると、青木がいた。亜美が石のようにかたまった麻衣をかばうように、前に立つ。

「麻衣ちゃんになんの用ですか、青木部長」

「伊藤に話があるんだ」

「話？　謝罪のまちがいですよね？」

「ちょ、ちょっと亜美ちゃん」

麻衣は喧嘩腰《けんかごし》の亜美にあわてる。そのとき、亜美の肩越しに青木と目が合った。青木は麻衣の顔を見て、少し驚いたような顔をする。麻衣はうつむいた。こんな顔、青木にだけは、見られたくなかった。

「……そうだな、謝りたい」

青木はそう言って、麻衣を見つめる。亜美が麻衣を振り返った。

「麻衣ちゃん、どうする？」

このままでは、自分のせいで青木と亜美の関係まで悪化させてしまうかもしれない。それは麻衣の本意ではなかった。

「……わたし、話してくるよ」

麻衣は亜美を安心させるように微笑《ほほえ》んだ。

青木に連れていかれたのは、体育館に続く渡り廊下。

思えば、青木にはじめて会ったのも、彼女役をやってほしいと言われたのもここだった。麻衣は切ない気持ちになる。

「これ、サンキュ」

青木から差し出されたのは洗濯《せんたく》されたタオルだった。麻衣が昨日、青木に渡したもの。そういえば渡したままになっていた。

「……わざわざ洗濯してくれたんですか」

「ハンカチは洗って返せなかったからさ」

麻衣は弾《はじ》かれたように青木を見上げた。

「青木先輩、まさか、覚えてるんですか……？」

「ああ、覚えてるよ」

麻衣は混乱《こんらん》した。中学入学前の春休み、血をふくために麻衣はハンカチを渡した。それを覚えていたってこと？

「ちょ、ちょっと待ってください！　でも先輩、入学してからはじめて会ったとき、わたしのことは全然知らないって感じだったじゃないですか！」

麻衣が責めるように言うと、青木は怒ったようにそっぽを向いた。

「自分のかっこ悪いところ見られて、素直《すなお》に覚えてるなんて言えないだろ。どっちかっていうと俺は伊藤にあのときのこと忘れてほしかったんだよ」

「かっこ悪くなんかないですよ！」

麻衣が叫《さけ》ぶと、青木は驚いた顔をした。

「……あのときの俺、ベンチさえ入れてなかったんだけど。監督に怒られまくってたの、見ただろ？」

「一生懸命《いっしょうけんめい》練習してる先輩、すごく、かっこよかった」

チームのエースとして試合で活躍している今の青木はとてもかっこいい。だがはじめて会ったときの青木の悔しそうな表情が、麻衣の心を大きく揺さぶったのだ。ボール拾いでも腐《くさ》らずひたむきに努力していた青木の姿は、麻衣の憧《あこが》れだった。

「変わってるな、伊藤って」

「わたしに彼女役を頼んだ青木先輩もかなり変わってますよ」

もっと他にふさわしい女の子がいたはずだ。亜美のように可愛《かわい》くて、バスケにも詳《くわ》しい女の子が。

「そうだな、伊藤に彼女役はまちがってた。ごめんな」

きっぱりと言い切った青木に、麻衣は唇を噛む。

「なあ、伊藤。次の試合、また見にきてくれないか」

麻衣は戸惑《とまど》いながら青木を見た。

「青木先輩、わたし、もう彼女役は……」

「ちがう」

青木が麻衣の手を取る。温かい体温が、つながった手から伝わる。勘ちがいするなと言う自分と、期待しそうになっている自分が、心の中で戦いはじめた。

「俺の本当の彼女として、来てほしいんだ」

麻衣は目を見開いた。

「伊藤は『青木先輩は女の子なんかよりバスケが好き』って言ってたけど、訂正《ていせい》してほしい」

「訂正……？」

ふるえる声で問い返すと、青木がうなずいた。

「俺はバスケも伊藤のことも、同じくらい好きだから」

青木が背をかがめ、麻衣の顔をのぞき込んでくる。バスケをしているときはあんなに強気な表情なのに、今は少し、自信がなさそうに見える。

青木にそんな顔をさせているのは自分なのだと気づき、麻衣は負けると思い込んでいた試合で、逆転ゴールを決めたような気持ちになった。

「……わたしでよければ、よろしくお願いします」

麻衣は真っ赤な顔で、青木の手を握り返した。

雨《あめ》降《ふ》りの午後

白井《しらい》かなこ

「うそ……」

訪《おとず》れた図書館の机《つくえ》を前に、私《わたし》は小さくつぶやいてしまった。

思わずもれた声に目の前のその人は気づかず、なにかの本を熟読《じゅくどく》している。

高校の最寄《もよ》り駅《えき》近くの、小さな図書館。中間テストの勉強をしようと、私はひとりでやってきた。ギリギリの成績《せいせき》で入学したから、必死に勉強しないと、赤点まっしぐら。

最近仲《なか》よくなった子たちとは駅で別れて、そのまま電車には乗らず、ここにやってきた。

そうしたら……なんで、うそ、どうして。

窓辺《まどべ》の席。机に向《む》かう、大学生らしき男の人。涼《すず》やかな目もとのホクロ、すっとした鼻すじ、そしてメガネ。

あの人に、とてもよく似《に》ている……そう思いながら、私は彼《かれ》の正面に座《すわ》る。

静かにノートや参考書を取りだして広げてはみても、文字は記号でしかなく、ちっとも頭に入らない。

ちらちらと彼の顔を盗《ぬす》み見《み》したあと、視線《しせん》を窓の向こうに移《うつ》す。そぼ降《ふ》る雨の中、青い紫陽花《あじさい》が咲《さ》いていた。

そうか、もうすぐ梅雨《つゆ》なんだ……私の想いが強すぎて、幻覚《げんかく》でも見ているような気がしてくる。

教科書に目を落としながら、私は遠い日のことを思いだす。

＊

その人の名は、スグルくんといった。

彼と出会ったときの私は、まだ小学三年生だった。

私はどこかまがぬけていて、おっちょこちょいで、元気だけが取《と》り柄《え》といった子どもだった。

よく忘《わす》れ物《もの》をした。よく失《な》くし物《もの》をした。

家の近所でも、ちょっとちがう小道に入ってしまえば、帰り道がわからなくなった。

心細くて、犬の散歩中《さんぽちゅう》のおじさんや、スーパー帰りのおばさんに、道を訊《たず》ねるなんて日常茶飯事《にちじょうさはんじ》だった。

六月のあのとき、私は町内の公園で友だちとふたりで遊んでいた。

ジャングルジムのてっぺんで、私は歌をうたった。

「私の絵の具箱ー、カビだらけになっちゃったー」

でたらめにうたっていると、鈍色《にびいろ》の空から大粒《おおつぶ》の雨が降りだした。カギっ子の友だちは、

「洗濯物《せんたくもの》取り込まなきゃ！」

そう言って、いちもくさんに帰っていく。取り残された私も、ゆっくりジャングルジムを下りて、家に帰ろうとした。

ところが、帰り道がわからない。あの道もこの道も、知っているようでまるで知らない道だった。

いつもより遠くの公園に来たのがまずかった。行きは友だちとのおしゃべりに夢中《むちゅう》だったし、翌日《よくじつ》が遠足で浮《う》かれていたこともあり、家までの帰り道なんて確認《かくにん》していなかった。

どうしよう……途方《とほう》に暮《く》れた。けれど、雨は強くなるばかり。このままここにいてもしかたがない。

とにかく、歩きだすことにした。あてずっぽうに。

雨の中をさまよった。道を訊《き》こうにも、雨降りの空の下、通りには誰《だれ》もいない。寒くなりお腹《なか》もすいてきて、気づけば私は、おんおん泣きながら歩いていた。

「どうしたの？」

男の人の声に、びくっとする。

住宅街《じゅうたくがい》の一軒家《いっけんや》、開いたままの門から、メガネをかけた男の人が顔を出していた。高校生くらいのお兄さんで、私に歩み寄ると、さしていたビニール傘《がさ》をかざしてくれた。

「うちがどこだか、わかんなくなっちゃった……」

私がそう言うと、お兄さんは頭をかいて、まいったなあというような顔をする。

「……どのあたり？」

「稲荷神社《いなりじんじゃ》のすぐそば……」

「ああ、神社ならわかるよ、近くだね。けど、その前に」

お兄さんは私を招《まね》き入《い》れ、雨のあたらない軒下《のきした》へと導《みちび》いた。

そこから見る庭は、アパート暮らしの私には、はじめて見るものだった。鯉《こい》の泳ぐ池。手入れの行《い》き届《とど》いた、いくつもの庭木。石を積みあげてつくられた小山の上の、大きな松《まつ》。青々とした芝生《しばふ》。

私は立派《りっぱ》な日本庭園にびっくりして、泣くのを忘れた。

玄関《げんかん》を開けたお兄さんが、

「母さーん、タオル持ってきてー」

大きな声で呼《よ》びかける。するとタオルを手にしたその人のお母さんが、玄関まで出てきた。私の頭を、わしわし拭《ふ》いてくれるそのやさしさに、心の底から安心した。

髪《かみ》の毛《け》も服もびしょびしょだった。水を含《ふく》んだ毛先は、まるで濡《ぬ》れそぼった絵筆のよう。なんだかおかしくなってきて、思わず歌を口ずさむ。

「私の絵の具箱ー、カビだらけになっちゃったー」

とたんにお兄さんのお母さんが笑いだした。お兄さんもひとしきり笑って、そのあとに訊いてくれた。

「絵の具箱？」

「うん、学校で使ってる絵の具セット。今日の図工で久《ひさ》しぶりに開けたら、筆も絵の具もね、びっしりカビが生えちゃってて。私のだけだよ？　恥《は》ずかしかった！」

「あらまあ。梅雨は、カビが生えやすいからね」

お兄さんのお母さんはそう言うと、鳴りはじめた電話の音に、あわてて家の中へもどっていく。

「梅雨って、カビが生えやすいの？」

「梅雨ってやつは、じめじめしてるから、そうなんだよね。パンにも生えるから、気をつけなきゃ」

「パンにも！」

「そうだよ。でも、僕《ぼく》はこの季節が好きだよ。あ、そこ踏《ふ》まないで！」

厳《きび》しい声に、あわてて立ち止まる。小降りになった雨につられて、私はつい、庭をうろちょろしていた。

目の前には、いくつもの石でできた小山。その下に、緑色のふかふかしたものが広がっている。すぐそばの庭木の枝《えだ》の陰《かげ》で、晴れた日には陽《ひ》ざしから守られるように。

「苔《こけ》だよ、杉苔《すぎごけ》っていうんだ。梅雨のころは、こいつらの天国だよ。すこしずつ増《ふ》えていくから、観察も楽しい」

「杉苔？　なんか、かわいい」

「日蔭《ひかげ》を好む苔で、杉の葉に似てるから、そういうんだ。僕がいちばん好きな苔。こいつらは僕が世話してる」

「お世話してるの？」

「うん。自然と生えてきたヤツを、見守って、ときどき手を貸《か》してさ。苔の中でも、栽培《さいばい》はかなり難《むずか》しいよ」

どこか得意そうに、お兄さんは言った。すっと鼻すじの通った顔を見つめていたら、メガネの目もとのホクロに気づいた。

「あ！　お兄さん、私とおんなじところにホクロある！」

「え？　……あ、ほんとうだ」

お兄さんは微笑《ほほえ》んだ。

「仲間《なかま》だね」

その言葉に私はうれしくなった。親近感。そういう言葉はまだ当時、知らなかったけれど、ただただ、うれしかった。

「うん、仲間！」

「それじゃあ、お仲間さん。よく見てあげて、僕の杉苔を」

私はしゃがんで、そうっと杉苔にさわってみた。雨を含んだその緑は、ふんわりとてのひらにやさしい。

「どう？　かわいいでしょ」

「かわいい、すっごく！」

すると、お兄さんはまた微笑んだ。

「よかった、泣き虫迷子《まいご》が笑ってくれて。家まで送るよ」

もうちょっと苔を見ていたかったけれど、早く帰らないと、お母さんが心配するだろう。お母さんの心配は怒《いか》りに発展《はってん》するからおそろしい。

「行こう」

お兄さんの言葉に、うなずいて門に向かう。

相合《あいあ》い傘《がさ》で歩きながら、お兄さんは苔の観察が趣味《しゅみ》だということ、名前をスグルということ、高校生だということを教えてくれた。

耳ではスグルくんの言葉を聞きもらさないようにして、目ではしっかりスグルくんの家から自分の家までの道順を憶《おぼ》えるのに、必死になった。

またあの家に行って、苔を見たかった。スグルくんと、仲よくなりたかった。だから話しかけてみた。

「スグルくん、高校ではなにか部活、やってるの？」

「え？　……高校っていっても……」

見あげると暗い顔で、ひとりごとみたいに言った。

「学校、ずっと行ってないんだよね……僕のせいで、両親には迷惑《めいわく》かけてる」

「行ってないの？　どうして？」

無邪気《むじゃき》さはときに残酷《ざんこく》だと、今ならわかる。だけど私はあのとき、とっさにそう訊いた。

「学校には、怖《こわ》いヤツらがいっぱいいてさ……家にまで押《お》しかけてくることもあるんだよ」

ふてくされたように、それでいて泣くように、スグルくんは言った。私の胸の中に、強い怒りがこみあげてくる。

「もしかして、スグルくんをいじめるの？　そんなヤツら、私がやっつけてやるから！」

スグルくんに、怖い思いをさせるなんて！

「……ありがとう。心強いね」

微笑んでくれたその顔は、困《こま》っているのに、なんだかうれしそうだった。

やがて稲荷神社が見えて、私たちは足を止めた。うちのアパートもよく見える。

「おうち、どこだかわかる？」

「うん！　もう大丈夫」

「よかった」

はにかんだスグルくんに、私はせいいっぱいの笑顔を見せた。

「スグルくん、ありがとう。ばいばーい！」

今度は私が助けてあげよう。遠くなる後《うし》ろ姿《すがた》を見送って、強く思った。

家に帰ってからお母さんに、いやというほど怒《おこ》られた。

「遅《おそ》いんだから、雨が降ってきたっていうのに！　また迷子になったの？　変な人に誘拐《ゆうかい》でもされたんじゃないかって、心配したじゃない！」

矢継《やつ》ぎ早《ばや》にまくしたてられるものだから、私はうなだれるしかない。ここで言い返したら、火に油をそそぐことになるのは、わかりきっていた。

スグルくんに助けてもらったことは、自分だけの秘密《ひみつ》だ。言わないほうがいいように思えたし、言いたくもなかった。もはや私にとってすごく大切な、ふたりだけの思い出となっていたから。

次の日の遠足は晴れたものの、期待していたよりずっとずっとつまらなかった。

バスの中でぎゃんぎゃん騒《さわ》ぐ男子が、とても幼稚《ようち》に見えた。スグルくんみたいにやさしくない。背《せ》が高くない。声が低くない。

なのに友だちは男子の誰それとおやつ交換《こうかん》ができたなんて言って、きゃあきゃあ喜んでいる。

それがどうしたというんだ。私は昨日の雨の中で、あのほんの数十分で、いきなり大人《おとな》になった気がした。

また会いたい。早く会いたい。スグルくんに会いたい。

そうだ、お習字の帰りならきっとお母さんにバレない……そうしよう。

そればかりを考えていた。

その翌日は毎週通っているお習字の日で、やっぱり雨降りだった。うちからまっすぐ行くとたどり着ける近所の書道教室は、私でさえ道に迷《まよ》うことはない。

私の行動範囲《こうどうはんい》、つまり、私の世界は、すごくせまくて小さいのだ。

だからこそ、スグルくんと過ごした時間は、とくべつなものに感じられた。どこか知らない場所での、夢物語《ゆめものがたり》のように。

だけど私があのとき迷子になったのも、ちゃんと家に帰ることができたのも、現実《げんじつ》だった。

書道教室の畳《たたみ》の部屋に入ると、同じ学年の男子が騒いでいた。おじいさん先生の注意を無視《むし》して、立ちあがってわめいている。

私はあんな子ども、相手になんかしない。

つとめてすました顔をして、正座をする。

そうっと筆巻きを広げたところで、私の大人への扉《とびら》はがしゃんと閉《と》ざされた。あろうことか、小筆も大筆も見事にカビだらけになっていたのだ。

筆を洗《あら》ったあと、乾《かわ》かすのを怠《なま》けたからだ。こんなの、ちっとも大人じゃない。スグルくんの仲間、失格かもしれない。

まったく梅雨ってやつは。だけど――先生の目を盗《ぬす》み、ティッシュでカビを拭きとりながら、スグルくんを思いだす。

梅雨。スグルくんの好きな杉苔がよく育つ梅雨、ありがとう。

そっと胸《むね》のうちで唱《とな》えたら、気分が上を向いてきた。

その帰り道、私はあの日頭にきざみつけたはずの記憶《きおく》を総動員《そうどういん》させて、スグルくんの家を探した。スグルくんに会いにいくことにした。

なんとか公園までたどりついたけれど、スグルくんの家がどこだか、さっぱりわからない。でも、奇《き》跡《せき》が起こった。

公園の青い紫陽花の茂《しげ》みのあたりに、ビニール傘をさしたスグルくんがいたのだ。

「スグルくん！　昨日はありがとう！」

駆《か》け寄《よ》るとスグルくんは、

「ああ、昨日の迷子」

そう言って、メガネの奥《おく》の目を微笑ませた。その笑みが私に向けられていることが、とてもうれしくて、私はどこか甘《あま》い気持ちを噛《か》みしめながら訊いた。

「なにしてるの？」

「苔を探《さが》してるんだけど……見あたらないな」

また苔か……でも、そういうスグルくんのことが、なんだか気になってたまらない。

「スグルくんのおうち、この近くだったよね？　かわいい杉苔、見せて」

びっくりしたスグルくんは、すぐにまた笑みを浮かべた。すごくうれしそうな、とびきりの笑みを。

「杉苔、好きになった？」

「うん、好きになっちゃった」

言ったとたん、胸がどきんとした。

好きになったのは、杉苔なのかスグルくんなのか、よくわからない。

もしかして両方かもしれないと思ったら、よけいにどきどきした。だから私はまた、あの歌をうたった。

「私の絵の具箱ー、カビだらけになっちゃったー」

笑いだしたスグルくんに訊かれる。

「その歌、一度聴《き》くと、頭から離《はな》れないね」

「そう？　私、歌手になろうかな」

「いいね、夢いっぱいで」

「スグルくんの夢は？」

「僕？　……苔を研究したいなあ……」

「ぴったり。スグルくんに、ぴったりだね！」

「ありがとう」

にんまりとしたスグルくんが、「行こう」と言う。

「うん！」

私の声は、うれしさで上ずった。スグルくんの隣《となり》を、高鳴る胸をおさえて歩く。雨は静かに降りつづいている。

「ここだよ、うち」

スグルくんの家についたところで、公園からの道順を確認していなかったことに気づいた。しまった、浮かれていたのだ、またしても。

ひとりでここへ遊びにくることは、私には無理なんだ……杉苔の前にしゃがみこんで、自分の能天気《のうてんき》さと方向音痴《ほうこうおんち》に、ほとほと嫌気《いやけ》がさした。

するとお、隣にしゃがんでいたスグルくんが、深いため息をついた。

「……どうしたの？」

恐《おそ》るおそる訊いてみると、スグルくんは私を見ないで言った。

「こいつらのこと、よく憶えていてね……」

「え？」

その指先が、ちょこんと杉苔に触《ふ》れる。

「根っこみたいなこの部分はさ、水を吸《す》う力が弱くてね。だけど一生懸命《いっしょうけんめい》、身体《からだ》を支《ささ》えてる。けなげにちゃんと、がんばってる」

——今になってみればその言葉は、自分もがんばりたい、そんなスグルくんの心の叫《さけ》びだったように思う。

あのときの小さかった私は、そこまで深く考えることはできなかったものの、漠然《ばくぜん》と感じたことを口にした。

「すごいね！　なんか、スグルくんに似てるかも！」

「え、僕？　……そうかな……ありがとね、うれしいよ」

スグルくんは照れくさそうに、私の頭をぽんぽんとたたいてくれた。

私のどきどきは収《おさ》まらない。恥ずかしいのをごまかすしかない。だから替《か》え歌《うた》をうたった。

「私のお習字もー、カビだらけになっちゃったー」

「……え？」

「今日ね、今度はお習字の筆が、カビだらけになっちゃったー！」

「お習字の？」

「うん。私って……カビ生やすの得意！　てかもう、私がカビみたい！」

おどけてみせたけど、スグルくんは笑ってくれない。

「……僕のほうこそ、カビみたいな人間なんだよな。キノコになりそこないの、カビ。高校生になりそこないの、カビ」

「なんで？　ちがうよ、スグルくんは苔の大好きな、やさしいお兄さんだよ」

「そんなことないよ」

「そんなことあるよ！」

自分でもおどろくほど大きな声だった。

「……ありがとう。励《はげ》まされてばかりだね」

微笑んだまま私にうなずいてみせて、スグルくんは立ちあがった。

「家までの道、わかる？」

私は首を左右に振った。

「わからない」

「そっか。ほんとうに、よく迷子になるんだね」

えへへ、と私は苦笑いをしたように思う。

「送るよ。行こう」

スグルくんと並《なら》んで歩きだした。スグルくんはビニール傘、私はブルーの傘をさして。

しとしとと降る雨の音は、やさしくて心地《ここち》いい。

雨音を聴《き》いているうちに、このまま家にたどりつかなくてもいいような、そんな気がした。

帰ったらまたお母さんに怒られるのは、わかりきっている。

だけど、それが怖くて帰りたくないいんじゃない。私はもっとこうして、スグルくんと一緒《いっしょ》にいて、話がしたいのだ。

「あの大きな紅葉《もみじ》」

ふいにスグルくんが言った。

「あの青い屋根」

上を向いて指さしている。

「あの風見鶏《かざみどり》」

やんわりと私に言う。

「道しるべにするといいよ」

「……道しるべ?」

「もう迷わないための、目印《めじるし》だよ」

スグルくんはそう教えてくれた。やさしいまなざしで。


その後、スグルくんに会うことはなかった。

風邪《かぜ》を引いて一週間も寝《ね》こんだ私は、元気になってからスグルくんの家に、奇跡的《きせきてき》にやっとたどりつくことができたけれど、彼の家は引《ひ》っ越《こ》してしまっていた。

大きな門は閉ざされ、あの杉苔を見ることもできなかった。

心の中に、ぽっかりと穴《あな》が空《あ》いた。まるでその穴に、びゅうびゅう風が吹《ふ》き荒《あ》れているようだった。

ただかなしくて、さびしくて、どうしたらいいのかわからなかった。

はじめての気持ちにとまどった。もう会えないなんて……あの笑顔を、あの声を、はっきりと憶えているのに。

スグルくんに教えてもらったことを、以来、私は思い出をなぞるように実行している。なにかにつけて、道しるべを探すようになった。中学校までの道しるべ、高校までの道しるべ……。

おかげで道に迷うことは少なくなった。

とはいえ、人生の道は迷走《めいそう》している。なんとか入れた高校で、私は落ちこぼれぎりぎりだ。受験のとき、志望校《しぼうこう》をまちがえてしまったのだろう。

あれからスグルくんが高校に行けるようになったのかはわからない。とうぜん、私はスグルくんの言う〝怖いヤツら〟を、やっつけてあげることもなかった。
そうして――いつのまにか、私はあのころのスグルくんと、同じ年ごろになっていた。

* *

「落ちましたよ」

はっとして声の主を見ると、それは目の前の彼だった。私の蛍光《けいこう》ペンを差しだしてくれている。

「……ありがとうございます……」

小声で返して、彼の大きな手から、ピンク色の蛍光ペンを受け取る。

それから彼は、ふたたび本に見入った。ふとその中をのぞくと、なにやら緑色の苔みたいな写真が載《の》っている。

え、まさか、ほんとうに……？

スグルくんなんだろうか。だけど、なんの証拠《しょうこ》もない。

いきなり「あなたの名前はスグルくんですか？」なんて訊いて、ストーカーと思われるのも困る。

だけど、どうしよう……伝えたい、あのときの私です、って。

あれからずっと、雨の降る紫陽花の季節には、ううん、それ以外のふとしたときにも、あなたを思いだすんです、って。

そう考えたら、胸の鼓動《こどう》が激《はげ》しくなった。彼にも聞こえてしまうんじゃないかっていうほど、大きなときめきの音。

だから咳払《せきばら》いをしてみた。

落ちつけ、私。まだなんにもはじまっていないんだから。今は勉強しなくちゃ。うん、勉強。

スグルくんのそばで勉強できるだなんて、それは考えもしなかった奇跡。彼がほんとうにスグルくんだったらの話だけれど……。


英語の勉強にかかりっきりになっているうちに、正面の彼が帰《かえ》り支度《じたく》をはじめた。

――待って、帰らないで。

私もあわてて荷物をまとめる。

そうっと、彼のあとをつけながら図書館を出た。彼はブルーの傘を広げて、雨の中を歩いていく。

私はビニール傘をさして、数メートルあとをつける。

青い紫陽花が、門のところに咲《さ》いている。そこを彼は今、出ていこうとしている。

どうしよう、行ってしまう。

声をかけなかったら、二度と会えないかもしれない。

――そうだ！

「私の絵の具箱ー、カビだらけになっちゃったーっ！」

恥ずかしかったけれど、大声でうたってみた。

しとしとと降る雨の中、私の声は図書館の敷地《しきち》に響《ひび》いていく。

――ねえ、お願い。こっちを見て、私に気づいて。

その背中を見つめていると、彼は足を止めた。

ゆっくりと、こちらを振り返る。私は思いきって言った。

「梅雨って、絵の具箱、カビちゃうんです！」

きょとんとした顔で、私を見つめる。まずかっただろうか、これじゃあただのヘンな女子高生だ。

けれどやがて彼は、私のほうへと歩いてきた。

「……その歌、有名なの？」

すぐそばで、真顔で訊かれる。

「え？」

「いや、ずっと前にも、聞いたことがあるから。耳に残るよね」

困ったように頭をかいて、彼は言った。

「あ……この歌、私がつくった、でたらめの歌です！」

「きみが……つくったの？」

「はい！　あの……それで……あの……それで私……いつも知らない場所を歩くとき、道しるべを決めているんです！」

おどろいた彼の表情が、次第にゆるんでいく。

「きみは……迷子になるの、得意？」

こくり、と私はうなずいた。

「お習字の筆にもカビ、はやしちゃう？」

こくり、とまたしてもうなずく。

「おなじところにホクロ、あるよね？」

こくり、とうなずきながらも、恥ずかしくてたまらない。

「そっか、もう高校生になったんだね。ちっとも気づかなかった」

それもそうかもしれない。あのころはショートカットだったけれど、今ではロングで、校則《こうそく》のために三《み》つ編《あ》みだ。

思いきって顔をあげると、彼は微笑んで私を見つめていた。あのころのスグルくんが、そのまま大人になった、やさしげな笑み。

「スグルくん……ほんとうに、スグルくん？」

「うん。杉苔好きが高じて、大学で苔の研究をしてる」

笑顔で答えた彼が、とても誇《ほこ》らしく見える。

「夢、かなったんですね！　すごい、スグルくん、すごい！」

「高校は中退《ちゅうたい》しちゃったから、それからが大変だったけどね……結局僕は、逃《に》げたんだよ」

「ちがいます！　それって逃げたんじゃなくて、戦いかたのひとつです！」

「……そうかな？」

「そうです！」

「……ありがとう。そう言ってもらえると、すごく救われる。きみは、もしかしてテスト勉強でここへ？」

「はい。でも正直、わからないところだらけで……」

「僕、明日もこの図書館に来るよ。よかったら、教える」

うそ……明日も会えるの？

「いいんですか？」

「もちろん。きみには助けられてばかりの気がする。だから、恩返《おんがえ》し」

「ありがとうございます！　私、受験っていう道もまちがえちゃったみたいで。すごくがんばらないと、勉強、ついていけなくて」

「あのさ……僕が逃げたんじゃなくて、戦ったってことならさ」

スグルくんが、おだやかな瞳《ひとみ》で私をつかまえる。

「選んだ道に、まちがいはないいんじゃない？　そこで、どう生きるかなんじゃないかな」

雨の中、スグルくんの微笑みが私に向けられている。

恥ずかしくて、うれしくて、顔がどんどん熱くなる。

青い紫陽花だけがただ、私たちを見守っていた。

初デートは夢《ゆめ》の中で

弓原《ゆみはら》もい

わたしの持っている洋服の中で一番女の子らしいと思う小花柄《こばながら》のワンピースを着て、髪《かみ》の毛《け》はいつもと違《ちが》うハーフアップにして家を出た。

「やばいやばい」

持っていくバッグに最後まで悩《なや》んだせいで、予定していた電車に乗《の》り遅《おく》れてしまいそうだ。

一本遅《おそ》い電車でも待ち合わせには間に合うけれど、なんとなく早く着いていた方がいいかなって思った。

小走りしたのに、最寄《もよ》り駅《えき》のホームに着くと電車はちょうど行ってしまったところだった。はあ、と小さくため息をついて、仕方がないから次の電車を待つ。

その間、階段《かいだん》をチラチラと見るも、待ち合わせの相手である和樹《かずき》は来ない。もしかして、わたしが乗るつもりだった電車に乗っていったんだろうか。

そもそも、最寄り駅が同じなのだから、ここで待ち合わせればよかったんだ。中学の頃《ころ》の友達に見られるのが嫌《いや》だったから、という理由はあったのだけれど、待たせてしまうくらいなら最寄り駅にしてもよかったかもしれない、とちょっと後悔《こうかい》する。

そんなことを考えているうちに次の電車がやってきた。

遅刻《ちこく》ではないとはいえ、そわそわする。電車に乗っても落ち着かなくて、席が空《あ》いても座《すわ》らずにドアの側《そば》で立ったままでいた。

いつもよりも時間がかかった気がしたけれど、定刻《ていこく》どおりに電車は待ち合わせの駅に着いた。電車を降《お》りてスマホで時間を確認《かくにん》すると、待ち合わせ時刻《じこく》の二分前。早足で改札を抜《ぬ》ける。

待ち合わせは駅を出たところにある地元のゆるキャラ像《ぞう》の前。待ち合わせの定番スポットだ。

誰《だれ》かに見られないといいなあ、とうつむき加減《かげん》で歩く。もし見られたら週明けに散々《さんざん》からかわれそうだ。ウワサなんて、狭《せま》い学校の中だとすぐに回ってしまう。

像の前に行くと……いた。和樹はすでにそこにいて、わたしのことを待っている。

和樹はグレーの無地《むじ》のTシャツの上に青いシャツを羽織《はお》ってジーンズを穿《は》いていた。久《ひさ》しぶりに見る和樹の私服は、中学の頃よりオシャレになっている。

あの頃はシャツなんて羽織らなかった。むしろ、ジャージのまま平気で町まで出るほどだったのに。

和樹もわたしに気がついて、目が合うと、ちょっと照れくさそうに顔を逸《そ》らす。

「おはよ」

「うす」

わたしから挨拶《あいさつ》をしたら変な返事をしてきた。

「行くぞ」

そう素《そ》っ気《け》なく言って先に歩いていくその背中《せなか》が、昔とは違って大きく見えてなんだかドキドキする。見惚《みと》れていたら、置いていかれそうになっていた。慌《あわ》ててついていくと、ちょっと進んでから、和樹が突然《とつぜん》、立ち止まる。

「ん」

和樹は顔だけ半分こちらを向《む》いて、わたしに手を差《さ》し出《だ》した。手、つなぐってこと？

わたしが和樹の手に自分の手をそっと乗せると、和樹がぎゅっと握《にぎ》ってくれる。触《ふ》れた手のひらが温かくて、そこから熱が全身にめぐっていく。

ああ、和樹が先に歩いてくれていてよかった。たぶん今のわたし、顔が真っ赤だから。

＊

「はあ」

本日何度目かの深いため息をつく。今日は和樹の姿《すがた》を見る度《たび》に、顔が赤くなってしまいそうで疲《つか》れる。見ないようにしたいのだけれど、和樹はわたしよりも席が前だから、黒板を見ると必然的に目に入ってきて、もうどうしようもない。

「なになに、めぐみ？　和樹見てため息なんてついちゃって」

休み時間に入って、いつの間にか見られていたらしい。高校に入学してからの友達、リサとユリが二ヤニヤしながら近づいてきた。

二人は同じ一組のクラスメート。友達になってまだ半年も経《た》っていないとは思えないくらいの仲良《なかよ》しだ。

「とうとう和樹のこと好きって認《みと》めた？」

「違うって！」

二人はこうしてすぐにわたしをからかってくる。どこでそう判断《はんだん》したのか知らないけれど、わたしと和樹が〝そういう関係〟だって勘違《かんちが》いしているみたい。

ただ中学が同じで、当時少し仲が良かっただけなのに。それだって、中三の頃にはまったくしゃべらなくなっちゃったし。

「じゃあなんなのよ？　今日のめぐみが和樹に向ける熱〜い視線《しせん》は？」

二人は一度気になると話を聞くまで許《ゆる》してくれないタイプなので、下手《へた》にごまかしてもダメだ。面倒《めんどう》くさくなって、わたしは仕方なく真相を話す。〝夢〟のことを。

「へぇ〜」

この話題から解放《かいほう》してもらいたいと思って話したのに、二人のニヤニヤはさらに増《ま》しただけだった。

それなら話さなければよかった、と後悔する。

「べつにわたしが和樹のこと好きってわけじゃないよ？　リサとユリが毎日からかってくるから……」

「和樹、和樹〜！」

わたしの言《い》い訳《わけ》なんて全然聞いていないリサが、あろうことか本人に声をかけた。

「やめてよ」と止めても、もう遅い。和樹はあからさまに面倒くさそうな顔をして、わたしの席に近づいてくる。

「聞いてよ！　めぐみがね、昨日和樹と……」

「ちょっと！」

「デートする夢見たんだって！」

リサの声を遮《さえぎ》ったのも虚《むな》しく、その事実は和樹に伝えられてしまった。カッと頰《ほお》が熱くなる。

「やめてよ！」

まさか本人に伝わるなんて。動揺《どうよう》から大きめの声でリサを咎《とが》めた。しかし、和樹に知られてしまったことは、もう変えようのない事実だ。

和樹とはもちろんデートなんてしたこともないし、する予定もない。それなのに夢に見るなんて、恥《は》ずかしすぎて穴《あな》があったら入りたい。きっと和樹に「バカじゃねえの」と笑い飛ばされるに違いない。

「あのね、和樹。これは……」

言い訳をしようと和樹を見て、わたしは固まってしまった。和樹は笑うどころか、ぽかんと口を開けて面食《めんく》らった表情をしていたからだ。

「あはは、驚《おどろ》いてる〜！　よかったね、和樹！」

和樹のアホ面《づら》を見てユリが笑っている。いつもだったら怒《おこ》るところなのに、それもしないでただ驚いたような顔をしている和樹の視線がわたしを捉《とら》えた。

「それって、どんな……」

「はい、席に着けー!」

いつの間にかチャイムが鳴っていたらしい。先生が教壇《きょうだん》に立っている。

楽しそうに笑いながらリサとユリが自分の席に戻《もど》っていく。和樹はなにか言いたげな顔をしてから、しぶしぶ席に戻っていった。

なんであんなに驚いた顔をしたんだろう。そんな夢を見るなんて、さすがにちょっと引かれたかな。

小さく胸《むね》が痛《いた》む。それもこれも、夢が本当にリアルだったせいだ。わたしが持っている服もバッグも実《じつ》在《ざい》のものだったし、和樹の手の温かさだって……。

思い出すと顔が熱くなってきた。変に胸がドキドキするのを感じながら、板書も写さずに窓《まど》の外を見る。

夢なら、もう少し続きが見たかった。どうせあるはずのないことなら夢くらい、なんてね。

デートはまだ待ち合わせをして会ったばかりだった。わたしたちは、あれからどこに行こうとしていたんだろう。

＊

着いたのは映画館《えいがかん》。わたしがあらかじめネットでチケットを予約しておいたから、お金を払《はら》ってそれを受け取る。

開演まで少し時間があったので、飲み物とポップコーンを買う。ポップコーンの味をキャラメルか塩かどちらにするかで揉《も》めたけれど、結局わたしの意見が通ってキャラメルになった。

いつもなんだかんだと文句《もんく》は言うけれど、最終的には折れてくれる和樹は優《やさ》しくて、つい甘《あま》えてしまう。

席に着いて隣同士《となりどうし》、とりあえずポップコーンを食べる。和樹も文句を言っていたくせに、バケツに手が伸《の》びて次々と口に放《ほう》り込《こ》んでいく。

「映画が始まる前になくなっちゃいそうだね」

「どうせ始まったら食べるの忘《わす》れるからいいんだよ」

なんていう他愛《たわい》のない会話をする。いつもよりぎこちないのは、初デートに緊張《きんちょう》しているから。

和樹も普段《ふだん》より口数が少ない気がする。わたしのことを少しは意識《いしき》してくれていたらいいのにな。

映画は公開されたばかりの人気マンガの実写版《じっしゃばん》。ユリがもう見たらしく、おもしろいよって教えてくれたからこれに決めた。

でも、映画が始まっても内容なんて正直頭に入ってこない。スクリーンを見ていても隣の和樹のことばかり意識してしまう。

気づかれないように横目で和樹を見ると、スクリーンの光が当たった横顔がひどく大人《おとな》っぽく見えた。ドキドキと落ち着かない気持ちになって、わたしは膝《ひざ》の上に置いた手をぎゅっと握る。

落ち着かないのはそれだけじゃない。実は、わたしは決めている。今日のデートの終わりに和樹に告白する、と。

それもあって、とっても緊張している。ちゃんと言えるだろうか。和樹はなんて返してくれるんだろう。ぼんやりとスクリーンを見ながら、そんなことばかりを考えていた。

＊

毎朝同じ時間に起きられるようにセットしてあるスマホのアラーム音で目覚めたわたしは、ベッドの上で膝《ひざ》を抱《かか》えていた。夢の中のドキドキが伝染《でんせん》して、現実《げんじつ》のわたしまでドキドキしている。

「またあの夢……」

たしかに昨日、夢の続きが見たいとちょっとだけ思ったけれど、まさか本当に見るなんて思っていなかった。

わたしは夢をよく見る方ではない。なのに、こんなにリアルな夢を続けて見るなんて。

和樹とはここ一年くらいまともに会話していない。夢だけど、久しぶりにちょっと大人っぽくなった和樹と一緒《いっしょ》にいられて、胸が高鳴っていた。

閉《し》め切《き》ったカーテンの隙間《すきま》から明るい光が射《さ》し込《こ》んでいる。学校へ行く支度《したく》を始めなくてはならないけれど、まだ半分夢の中にいるような気分で余韻《よいん》に浸《ひた》っていたわたしはベッドの上で動けずにいた。

すると突然、またスマホが鳴った。

「目覚まし、さっき止めなかったっけ？」

つぶやきながら画面を見ると【着信　中田和樹《なかた》】と表示されている。

あまりにもびっくりしてスマホをベッドの下に落としてしまった。しかし、呼《よ》び出《だ》し音《おん》は鳴り続けている。

夢で会ったばかりの和樹から電話が来るなんて、まるで夢の続きのようだ。でも、これは夢じゃない。

慌ててスマホを拾《ひろ》って通話ボタンを押《お》す。

「もしも……」

「おい、めぐみ。お前、今日どんな夢見た？」

開口一番、挨拶もしないで和樹がそんなことを言ってくる。

和樹からの突然の電話にも驚いたのに、いきなり夢の話？　今さら、昨日の話を笑い飛ばすために電話してきたの？

「いきなりなによ？」

そう突《つ》っかかるように言ってから、寝《ね》起《お》きだから声はかすれているし、もう少しかわいいことを言えばよかったと即座《そくざ》に後悔する。

「お前、昨日、オレとデートする夢見たって言っただろ？」

「う……うん」

正確に言うと、言ったのはリサだけど。わたしが肯定《こうてい》すると少しの間があった。

「……オレも見た」

「え？」

どういうことだろう。よくわからなくて聞き返す。

「オレも見たんだって、お前とデートする夢！」

和樹は苛立《いらだ》ったように、もう一度繰《く》り返《かえ》した。

「ど、どういうこと？」

「オレも訳《わけ》わかんねーよ。昨日も見たし、今日も見た。お前は？」

「……見た。もしかして……映画？」

「だいぶ前に連載《れんさい》が終わってるマンガの実写の」

「一緒だ……」

心臓《しんぞう》がバクバクと大きく鳴っている。スマホを持つ手に汗《あせ》がにじんだ。

思い出すだけでもドキドキする、あのデートの夢を和樹も見ていたの？　そんなことってあるのかな？

疑問《ぎもん》と少しの嬉《うれ》しさがない交《ま》ぜになって、言葉が出てこなかった。

そのまま二人ともしばらく無言になる。和樹は今なにを考えているんだろう。あの夢を見て、なにを思ったんだろうか。

「めぐみー!?　遅刻しちゃうわよー」

そのとき、部屋のドア越《ご》しにお母さんの声がした。壁掛《かべか》け時計《どけい》を見ると、支度しないと学校に遅《おく》れてしまう時間を指している。

「とにかく、このこと誰にも言うなよ？　お前、すぐにあいつらに話しちまうから」

お母さんの声が和樹にも聞こえたのか、早口になる。和樹はそう口止めをして、電話を切った。

それにしても、和樹と電話をしたのなんていつぶりだろう。慌てて支度をしながらもそんなことを考えてしまい、鏡の前に立ったわたしの顔はわずかに綻《ほころ》んでいた。


「おはよーめぐみ！　遅刻ギリギリじゃん。寝坊《ねぼう》？」

教室に駆《か》け込《こ》むと、リサにそう声をかけられる。和樹が意味《イミ》深《シン》な視線をわたしに向けてきた。

「うん、昨日夜更《よふ》かししちゃってさ」

わかってるって、言わないよ。リサに言葉を返しながら、和樹にはそう目で訴《うった》える。

和樹はわたしがリサに夢のことを言わなかったのを確認すると、直接なにかを言ってくることはなかった。

授業《じゅぎょう》が始まっても、わたしは集中できずに夢のことばかりを考えてしまう。二人でまったく同じ夢を見た、なんて信じられないけれど、和樹が言った映画はわたしが夢で見たものと同じだった。

同じ夢を見ているんだとしたら、手をつないだところも和樹は見ているということだ。ぎゅっと摑《つか》まれたように胸が苦しくなり、授業中だというのに叫《さけ》びだしたくなった。

頬に手を当てて冷静さを取り戻そうとする。わたしの頬は少し熱くなっていた。

和樹は手をつないだとき、どんな気持ちになったのだろう。わたしは嬉しかったけれど、和樹はそうではなかったはずだ。そう考えると、浮《うわ》ついていた気持ちが一気にしぼむ。

――だって、和樹には好きな人がいるんだから。


わたしと和樹は中学のとき、お姉ちゃんを通じて知り合った。

同じ中学に通っていた一つ年上のわたしのお姉ちゃんは、サッカー部のマネージャーで、和樹はその部員だった。面倒見がいいお姉ちゃんはテスト前になると、成績《せいせき》が悪い部の後輩《こうはい》を家に招《まね》いて勉強会を開いていた。

わたしも成績がいい方じゃなかったから、お姉ちゃんに無理やり参加させられて、そこで和樹と出会った。勉強会も回を重ねるごとにみんなと徐々《じょじょ》に話すようになって、中二になる頃には和樹からは悩みなんかを聞くようになっていた。

「二年になったのにレギュラーに入れないんだよ」

今では和樹の身長は平均《へいきん》より少し高いくらいだけど、中二のときは小柄《こがら》な方。それもあって、背の高い同級生にいつもレギュラーの座を奪《うば》われていたのだ。

「自主練するのはどう!?　わたしの家の近くの川原に、ちょうど練習ができそうな広い場所があるよ」

いつも元気な和樹が落《お》ち込《こ》んでいるのを見ていられなかったのもあって、わたしはそう提案《ていあん》した。

その流れで和樹の自主練に付き合うようになった。

とはいっても、運動神経《うんどうしんけい》がよくないわたしはボール出しくらいしかできなかったのだけど、和樹がそれでも助かると言ってくれたから、いつも付き合っていた。

一緒に過《す》ごすうちに、次第に一生懸命《いっしょうけんめい》に練習する姿に惹《ひ》かれていた。同時に、現実を突きつけられる。

和樹が、わたしのお姉ちゃんを好きだということを。

お姉ちゃんと話しているときの和樹は、時折顔を赤らめる。そんな顔は、友達にも、わたしにも見せたことがなかった。

和樹の気持ちに気がつきながらも、どうしようもできないでいた。

中三になったあるとき、同級生に川原での自主練を目撃《もくげき》されて、わたしと和樹が付き合っているんじゃないかというウワサを立てられた。

このままだと和樹とお姉ちゃんの仲を邪魔《じゃま》することになってしまう。だから、ウワサをきっかけに和樹と距離《きょり》をおくことにした。自主練に付き合うのもやめて、なるべく話もしないようにして。

そうして和樹とわたしは気まずくなって、前みたいに話すこともできなくなってしまった。

それなのに、なんで今になってこんな夢を見たの……？

わたしは真面目《まじめ》に授業を受ける和樹の背中に心の中でそう問いかけた。

再《ふたた》び電話がかかってきたのはその日の夜、夕飯を食べ終わって家族でテレビを見ていたときのことだ。

バイブ音がして、リサかユリかなー、とスマホを手に取ると、和樹の名前が表示されていた。ドキンと胸が大きく鳴る。

お姉ちゃんには気づかれたくなくて、わたしはわざとゆっくり歩いてリビングから出て電話に出た。

「めぐみ、今から出てこられるか？」

「え？　今どこ？」

電話の向こうからはかすかに車が通る音が聞こえる。

「お前の家の近くのコンビニ」

和樹はいつも急だ。そんなに近くまで来ていて、出られないなんて言えないじゃん！

「すぐ行く」

電話を切って「コンビニ行ってくる」と声をかけながら、そそくさと玄関《げんかん》へ向かう。

一番バレたくないお姉ちゃんには「ついでにアイス買ってきてー」と言われたくらいで、詳《くわ》しく突《つ》っ込《こ》まれることはなく、わたしはホッとして家を出た。

Tシャツにカーディガンを羽織って、下は中学の頃のジャージ、サンダル。

超《ちょう》ダサいけれど、長く待たせるのも気が引けるし、仕方がない。もっと早く連絡《れんらく》をくれればよかったのに、和樹のバカ、なんて心の中で悪態《あくたい》をつく。

それでも、学校以外で和樹に会うなんて久しぶりのことで、気持ちがはずんでいる。

早足でコンビニに行くと、和樹は雑誌《ざっし》コーナーで立ち読みをしていた。外からガラスをどんどんとたたくと、気がついてすぐに出てきてくれる。

和樹は部活帰りなのか、制服姿。わたしのダサい部屋着が浮《う》いているようで、Tシャツの裾《すそ》をぎゅっと摘《つま》んだ。

「よう」

和樹はわたしの格好《かっこう》なんて興味《きょうみ》もないように普通《ふつう》に挨拶をしてきた。安心する反面、ちょっとがっかりする。

「それで、なに？」

わたしから話を切り出した。せっかくの機会なのに、素っ気ない態度《たいど》しか取れない自分が苦しい。

「……夢のこと」

和樹はそう言いながら車止めに腰《こし》を下ろした。

「どんな夢だった？」

そう尋《たず》ねられたけれど、まさか『手をつないだ』だなんて口が裂《さ》けても言えない。

「キャラメルポップコーン食べてた」

だからそんな風に、当《あ》たり障《さわ》りのないことを言ってみる。

「オレは塩がよかったのに」

「映画にはキャラメルだよ！　和樹だって最終的には美味《おい》しいって言ってたじゃん」

「あそこでオレの意見通したら、お前、絶対後々までぶーぶー文句言ってくるだろうから折れてやったんだよ」

「なにそれ、ムカつく」

言い合ってから、急におかしくなってきた。

「夢の話なのに現実でも言い合ってるなんて変なの」

「だな」

ふたりで一緒に笑った。こんな風に笑い合っていると中学の頃に戻ったみたいで、嬉しくて余計《よけい》に笑ってしまう。

自主練をしていたときも、暗くなるまで一緒にいたことがあった。そうすると、和樹は家まで送ってくれた。帰りにこうしてこのコンビニに寄って、お礼《れい》だと肉まんを奢《おご》ってもらったこともあったっけ。

それで、今みたいにくだらない話をして、笑い合っていた。

そんなことを思い出していると、和樹が真顔になってわたしを見る。

「やっぱり同じ夢、だよな」

ポップコーンの話に、見た映画も同じ。間違いなさそうだった。

「変なの。なんで同じ夢なんて見たんだろ」

「オレが聞きてーよ」

和樹は落ちていた石を拾って、上に投げては取ってを繰り返す。

真剣《しんけん》に夢のことを考えている様子の和樹の横顔を見ながら、わたしは別のことを考えていた。夢でも思ったけれど、中学の頃と変わらないように見えて、和樹は大人っぽくなった。

この調子じゃ、誰かに告白されたってウワサを聞く日も近いかもしれない。そうじゃなくても、お姉ちゃんと……。

とたんに胸が苦しくなって、逃《に》げ出《だ》したくなった。こうして一緒にくだらない話をしていたいのに、そうすることで自分の報《むく》われない気持ちを自覚する。

「もう今日は見ないでしょ。そんな偶然《ぐうぜん》、何度も続かないよ」

思っていたよりも素っ気ない声が出た。気持ちとは真逆のことを言うとき、つい突き放すような口調になってしまう。中学の頃と、わたしはまったく変わっていなかった。

「……だといいけどな」

和樹は神妙《しんみょう》な面持《おもも》ちでそうつぶやいた。

＊

映画を見たあとはお昼を食べにいくことになった。

映画館を出ると、どちらからともなくまた手をつなぐ。やっぱりドキドキして、和樹の手の温かさに胸がきゅっとなる。

お昼は映画館の近くにあるパスタ屋さん。リサやユリと映画を見にいくときはいつもファストフードのハンバーガー屋さんで簡単《かんたん》に済《す》ませる。

でも、今日はいつもと違って値段《ねだん》も雰囲気《ふんいき》もちょっと頑張《がんば》った。

ご飯を食べている間は、クラスの話とか部活の話とか、他愛《たわい》のない会話をする。

映画の話が出たらどうしようかと思っていたけれど、幸《さいわ》い和樹からその話を振られることはなかった。

あんまりおもしろくなかったのかな？

上辺の言葉を滑《すべ》らせながらも、わたしの頭の中はこれからする告白のことでいっぱいだ。緊張しすぎて、せっかくの濃厚《のうこう》カルボナーラの味もよくわからない。

「これからどうする？」

この後のことはとくに決めていなかったから、和樹はどうするつもりなんだろうと聞いてみた。

「新しいスパイクがほしいから、スポーツショップ寄りたいんだけど。代わりにめぐみの買い物にも付き合ってやるから」

和樹はそう提案してきた。わたしの買い物に付き合うなんて和樹の柄《がら》じゃない。それを我慢《がまん》してでも、スポーツショップに行きたいということだろう。

相変わらずサッカーには真っ直ぐだな、と思うと自然と笑顔になって、すぐに承諾《しょうだく》した。

＊

また、わたしは夢の続きを見た。

学校に行く支度をしていると、和樹から「また見た」とメッセージが来た。支度をしながら「わたしも」とだけ返す。

同じ夢を見続けているだなんて、誰にも言えないから、これは二人だけの秘密《ひみつ》だ。困《こま》っているはずなのに、そう思うと和樹の特別になれた気がして、少しだけ嬉しい。

だけど、朝食を食べながらわたしはまずいことに気がついた。

今後、この夢の続きを見ていると起きること……それは、夢の中のわたしが和樹に告白するということだ。

和樹も同じ夢を見ているのだから、このまま見続ければわたしの気持ちがバレてしまう。

いくら夢だといっても、告白はさすがにまずい。夢だから、本当は違うから！ って言い訳するのも、なんだか嫌だ。

かといって、どうしたら見ないで済むかなんてわからない。

どうしよう……。極論《きょくろん》を言えば、寝なければいいんだろうけど、そんな訳にもいかない。

だいたいわたしが寝なくても、和樹が寝たら和樹だけ夢を見ちゃうのかもしれないし。

そうしたら、結局わたしは告白しちゃう⁉︎

それは困る――!!

結局、一日中そのことを考えてしまって、授業もリサたちとの会話も全然耳に入ってこなかった。

和樹ともなにも話せずに家に帰って、どうしたらいいかわからないまま夜になる。

ついに、寝る時間がやってきた。

こんなに怖《こわ》いのに、不思議《ふしぎ》なことに眠気《ねむけ》はちゃんとやってきて、わたしは抗《あらが》えずベッドに入る。

今日はもうあの夢を見ませんように。そう願いながら——。

＊

パスタ屋さんを出て手をつないで向かった先のスポーツショップで、和樹のスパイクを一緒に見る。サッカーのことを話している和樹は、やっぱり生き生きしていた。なんでも、高校でレギュラーに入れそうなんだとか。

「一年生でレギュラーになれるなんてすごいじゃん」

わたしはそう素直《すなお》に口にする。和樹が中学でレギュラーになったのは二年の後半だった。川原での自主練を思い出すと、わたしだって和樹が活躍《かつやく》していることは嬉しい。

「ウチは強豪校《きょうごうこう》ではないからさ」

和樹はそう謙遜《けんそん》したけれど、はにかみながら笑っていた。

「もうそろそろ秋の大会だ。くじ運がよくて強豪校とはあとの方にならないと当たらないから、結構《けっこう》いいところまでいけるかもしれない」

嬉しさを隠《かく》しきれないように和樹は言う。告白が成功したら、わたしも応援《おうえん》に行こうかな。和樹は喜んでくれるだろうか。

和樹の買い物が終わると、今度はわたしの番。

といっても、正直買い物するつもりなんてなかった。頭の中は告白のことでいっぱいで、それどころじゃないから。

だけど、和樹はわたしが買い物好きだと知っているから、変に断《ことわ》って様子がおかしいことに気がつかれたくない。

悩んだ末、和樹でも入りやすい雑貨屋《ざっかや》さんを見ることに決めた。

お店に着くと、そういえば新しい筆箱がほしかったんだと思い出し、結局三軒《さんげん》も雑貨屋さんをはしごしてしまった。和樹はうんざりした表情をしながらも、文句は言わずに付き合ってくれる。

三軒目で見つけて一目ぼれした、黒地にピンクの花のイラストが入った筆箱を買う。ついでにかわいい付箋《ふせん》も買って、買い物デートは終了。

気がついたらあっという間に夕方になっていた。

「どうする？」

そろそろ帰る時間だろうか。もう少し一緒にいたいけど……。そう思いながらわたしはどうするか和樹に尋ねた。

「喉渇《のどかわ》いた」

和樹はストレートにそう答える。

もう少し一緒にいられる、とホッとしながら「じゃあ、お茶でもしよっか」と言って、駅前の人気のカフェに入った。しかし、席がいっぱいだ。

でも、そこのアイスカフェオレが飲みたかったから、テイクアウトすることにした。駅までの道をだらだらと歩きながら飲む。

片手がカフェオレでふさがっているのに、それでも手はつないだまま。朝よりも距離が近づいて、ときどき肩《かた》が触れ合う。その度に鼓動《こどう》が跳《は》ねて、表情がゆるみそうになる。

もしかして、今が絶好《ぜっこう》の告白のタイミングなんじゃないだろうか。

ふと、そう思うけれど、タイミング悪く人通りが多い駅前に来てしまった。そのまま一緒に電車に乗って最寄り駅へと戻る。

駅に着いて解散《かいさん》する前が告白のタイミングだ。次こそは絶対に逃《のが》したくない。緊張感が一気に増して、何度も瞬《まばた》きをする。

ちゃんと言えるかな？　周りに人がいない、いいタイミングってあるかな？

そうして告白のことばかりを考えていたら、電車に乗ってから全然しゃべっていないことに気がついた。

なにかしゃべらなきゃ、と焦《あせ》れば焦るほど言葉が出てこなくなってしまう。

和樹の顔を見上げると、難しい顔をしてなにか考え込んでいるようだ。

どうしよう。電車はどんどん地元に近づいていく。

「危《あぶ》なーっ！」

起きた瞬間《しゅんかん》、頭を抱えた。危《あや》うくもう少しで告白するところだった。心臓がバクバクと嫌な音を立てている。

和樹に気持ちがバレる前に、どうにかして夢を見ることをやめなくちゃ。でも、どうしたらいいの？

悩んでいると、和樹から電話がかかってきた。

「見たか？」

「うん、見た」

短い確認のあと、同時にため息をつく。

「今日部活休みなんだ。放課後《ほうかご》会えるか？」

「うん、大丈夫《だいじょうぶ》」

和樹に困った様子で尋ねられて、わたしはすぐに了承《りょうしょう》する。

放課後、友達に見られないようお互《たが》いの最寄り駅で落ち合うことに決めて電話を切った。

和樹、この夢を見るのをやめたいような雰囲気だった。わたしとデートする夢を毎日見せられるなんて、そりゃ嫌だよね。理屈《りくつ》では納得《なっとく》できるのに心が痛い。

わたしとしては告白さえしないなら、むしろ同じ夢を見ていたい。夢の中だけでもデートをしたい。だけど、告白は困る。現実でも告白する勇気なんてないのに、夢で勝手に告白して気持ちがバレてしまうなんて、そんなのは嫌だ。和樹の答えだってわかっているのに。

話し合って夢を見なくなる方法が見つかるかはわからなかったけれど、なにか手を打たなきゃと、ただ焦っていた。

学校が終わって地元の駅の改札を出ると和樹は先に着いていて、わたしに気づくと「おう」と手を上げて合図をする。

まるで夢の中での待ち合わせみたい、と思うと頬が熱くなりそうで、視線を外しながら曖昧《あいまい》に挨拶を返した。

とりあえず制服のまま駅前で話すのも目立つから、移動《いどう》する。

並《なら》んで歩くと、夢では手をつないでいたことを思い出して、どうしようもなく恥ずかしくなった。

今はもちろんつながないけれど、どうしても意識してしまう。和樹はどう思っているんだろう。

わたしたちはなにも言わなくても自然と川原に向かっていた。ここは、中学の頃に和樹と自主練をしていた場所だ。

土手の草の上に並んで座ると、そのときのことが思い出される。

楽しかったな、あの頃。また自然に話せるように戻りたい、なんて思う。それを手放したのは自分なのに。

「どうしたらあの夢見なくなるんだよ」

いきなり和樹は本題に入った。

「知らないよ。こっちが聞きたい」

「だよなあ……」

和樹は困ったようにため息をつく。

「夢でデートが終われば、見なくなるのかね」

「そんなの絶対にダメ！」

意図せず口調が強くなってしまった。和樹がチラッとわたしを見る。

「そんなに嫌かよ」

和樹の声がわたしに合わせて少しとがった。

「嫌っていうか……ダメ」

だって……わたしが告白してしまう。

「和樹だって嫌そうじゃん。同じ夢を見るの」

わたしを責《せ》めるような口調で言ったけれど、自分だって……。

「べつにオレは……」

「めぐみー！　和樹ー！」

なにか言いかけた和樹の言葉を遮ったのは、わたしたち二人の名前を呼ぶ声。

「あつみさん」

和樹が立ち上がって後ろを振り返る。わたしは声を聞いただけで誰が来たのかわかったから、振り返らなかった。

なんでこんなタイミングで来るの。もう和樹とお姉ちゃんが一緒にいるところなんて見たくなかったのに。

「通りかかったら二人が座ってるのが見えたから。久しぶりだね、ここにいるの」

近づいてきたお姉ちゃんに満面の笑みを向けられて、和樹は困ったように笑う。

「まあちょっと……いろいろあって」

和樹がわたしに助けを求めている気配がするけれど、無視《むし》する。

「どしたの？　悩みごとだったらあたしが聞くよ？」

お姉ちゃんもわたしに聞いても答えないのがわかって和樹に聞く。

「それが……オレとめぐみが同じ夢を見て困ってて」

「夢？」

「和樹！」

なんでそんなに簡単に言っちゃうの!?

口の軽い和樹に怒鳴《どな》る。わたしには友達に言うなって言ってきたくせに、お姉ちゃんには弱いんだ。

和樹はさすがにバツが悪そうな顔をした。

「夢ってなに？」

だけど、この好奇心《こうきしん》の固まりみたいなお姉ちゃんが、今さらわたしたちを見逃してくれるはずがない。

わたしは大げさにため息をついてから、お姉ちゃんに事情《じじょう》を簡単に説明した。

「デートの夢、ねえ」

わたしを真ん中にしてちゃっかり隣に座り込んだお姉ちゃんはとても楽しそうだ。

「いいじゃん、べつに見続けたって」

「ダメなの！」

わたしが強く拒否《きょひ》すると、お姉ちゃんは肩を竦《すく》める。

「どうしても見るのやめたいの？」

「うん」

「じゃあさ、実際にデートすればいいじゃん」

「は!?　なに言ってんの？」

また、お姉ちゃんが突拍子《とっぴょうし》もないことを言いはじめた。だけど、お姉ちゃんは至極当然《しごくとうぜん》そうに続ける。

「夢って自分の願望を見たりするらしいじゃん？　二人ともいい年頃なんだし、デートへの願望があるんじゃないの？　だったら実際《じっさい》に行って、夢と同じ行動を取って叶《かな》えちゃえば、もう見なくて済むんじゃない？」

お姉ちゃんはわたしと一歳《いっさい》しか違わないのに、大人ぶった口調で言った。

「そんなもんですかね……」

「そうだよ！」

和樹がお姉ちゃんのまったく根拠《こんきょ》のない提案に心を動かされているのが手に取るようにわかる。

わたしが同じことを言っても取り合ってくれないくせに、お姉ちゃんには簡単に従《したが》う。そんな和樹にイライラする。

「そんなにデートしたいなら、お姉ちゃんと二人で行ってくれば？」

苛立《いらだ》ちに任《まか》せて、わたしは思ってもいないことを言ってしまう。

「は？」

和樹は今度は明らかに顔を強張《こわば》らせた。怒ったみたいだったけれど、今さらわたしも言葉を止められない。

「お前……」

「デートしたいんでしょ？　お姉ちゃん今フリーらしいから、一緒に行ってくればいいじゃん」

「それじゃ意味ないでしょ。二人で一緒に見てるんだから、二人がデートしなきゃ。片方《かたほう》だけじゃ、まだ夢を見続けるかもよ？」

険悪《けんあく》な空気になるわたしたちに気がつかないらしく、お姉ちゃんがいつもの明るい調子で割って入る。

「明日、学校休みでしょ？　和樹は部活あるの？」

「……休みです」

「ほら、いいじゃん。明日行ってきなよ。どうせめぐみも家でグダグダしてるだけなんだから」

「お姉ちゃん！」

わたしはお姉ちゃんを睨《にら》むけれど、お姉ちゃんはまったく動じない。

でも、告白する前に夢を見るのをやめたいのも事実だ。デートの約束をすれば、夢を見なくなるかもしれない。なんの手立てもない今、そこに賭《か》けるしかなかった。

チラッと見ると、和樹もまた納得したようにうなずいていた。

和樹と待ち合わせ時間を決める。夢と同じ時間、同じ場所で。

本当に和樹とデートすることになるなんて。お姉ちゃんの思惑《おもわく》どおりなのはすごく腹《はら》が立つけれど、じんわりと嬉しい気持ちもあって、そんな自分に戸惑《とまど》う。

「ちゃんとまったく同じ行動をするんだよ！」

そうやってお姉ちゃんに念を押された。

＊

地元の駅に着いた。

「川原にでも寄ってくか」

和樹は当たり前のようにわたしの手を取った。だんだん手をつなぐことが自然になってきている。まだドキドキはするけれど。

川原なら告白するには最適《さいてき》なスポットだ。どんどん緊張が増していく。

歩きながら、心の中で何度も何度も繰り返す。「和樹が好き」と、ちゃんと言えるだろうか。

川原に着いて、いつもの場所に並んで腰を下ろす。ちょうど夕焼けの時間で、川面《かわも》にオレンジ色の光が反射《はんしゃ》している。

しばらく無言のまま時が流れた。

こっそり和樹の横顔を見ると、眉間《みけん》に皺《しわ》を寄せてまぶしそうに夕日をじっと見ていた。でも、そんな和樹も男らしくてちょっと格好いい、なんて思うわたしは重症《じゅうしょう》かもしれない。

今が告白のタイミングだ。ちゃんと言わなきゃ。心臓が暴《あば》れまわっている。胸を押さえて深呼吸《しんこきゅう》をした。

「めぐみ」

集中しているときに和樹から声をかけられ、びくっと身体《からだ》を揺《ゆ》らしてしまう。見ると、和樹が珍《めずら》しく真面目な顔をしていた。

「あのさ、オレ……」

＊

がばっとわたしは布団《ふとん》をはねのける。

「えっ、えっ？　どういうこと？」

デートの約束をしたから夢を見ないかと思ったのに、また夢の続きを見てしまった。

それでも、なんとか和樹に告白しないで済んだ……のはいいんだけれど、今の流れってなんだったたんだろう?

頭の中が疑問符《ぎもんふ》でいっぱいだ。でも、考えている時間はない。だって、これから現実のデートだから。

わたしは夢での緊張感がちがう緊張に変わるのを感じながら、着替えようとベッドから抜け出した。


わたしの持っている洋服の中で一番女の子らしいと思う小花柄のワンピースを着て、髪の毛はいつもと違うハーフアップにする。

バッグは夢で時間ギリギリまで悩んで決めたから、その判断に従うことにしたのですんなりと決まった。

今日のデートは夢と同じ行動をする。

そうはいっても、和樹が先に待ち合わせ場所に来ていることがわかっているのに遅れることもないだろう、と思って、夢より一本早い電車に乗ろうとしていた。

だけど、出掛《でが》けにお姉ちゃんに捕《つか》まって、結局乗るつもりだった電車には間に合わず、夢と同じ時間の電車に乗っている。

電車に乗っている間はやっぱり落ち着かない。

今日はこれ以上夢を見ないようにするためのデートだ。どんなデートをするか、あらかじめわかっているし、告白をするつもりもない。それなのに、わたしの心臓はうるさく音を立てていた。

待ち合わせの駅に着くと、早足で待ち合わせ場所のゆるキャラ像のところに向かう。

待ち合わせ場所には、夢と同じ服装の和樹がいて、むずがゆい気持ちになる。

「おはよ」

そうわたしから挨拶をした。和樹も「うす」って夢と同じ挨拶。

和樹が先に歩きはじめて、わたしはそれについていく。そういえば、ここで――。

「ん」

和樹がわたしに手を差し出す。

え？　本気？　そこまで再現《さいげん》する必要ある？

いろいろ言いたいことはあるのに、言葉が出てこなくて固まってしまう。動かないわたしに和樹は不満そうな顔をして、強引にわたしの手を摑んだ。

手つきとは違って、触れた手は優しくて熱い。熱すぎて、やっぱりわたしの顔は真っ赤になってしまった。

わたしは和樹と手をつなぎながら、うつむき加減で歩く。誰かに見られたら恋人同士《こいびとどうし》だと思われるだろうな――。

照れくささと嬉しさで頭がごちゃごちゃになっていた。

映画館に着くと、夢みたいに言い合いすることもなく、ポップコーンはキャラメルを買ってくれた。

でも、なんだか気まずい。たぶん和樹は昨日のことをまだ怒っている。わたしがお姉ちゃんとデートに行けば？　って言ったことだ。

余計なお世話《せわ》って思われたんだろう。だけど、お姉ちゃんとは高校も離《はな》れて会う機会も減《へ》ってしまったんだから、和樹にとっては大チャンスだったはず。

和樹がお姉ちゃんと付き合うことになったら、わたしもあきらめられるかもしれないし。そう思いながらも、ズキズキと胸が痛くて仕方がない。

やっぱり集中できないまま映画が終わり、パスタ屋さんに向かう。

わたしが頼んだのはもちろん濃厚カルボナーラ。

和樹とは気まずいままで、あんまり会話もはずまない。だけど、そのあと買い物でスポーツショップに来たら、徐々に会話が増えてきた。

やっぱり、和樹はサッカーが好きなんだ。サッカーのことになると、不機嫌《ふきげん》だったことも忘れて話しはじめた。

スパイクを買ったあとは雑貨屋さんでわたしの筆箱を買って、駅前のカフェへ向かう。ぶらぶらと歩きながらアイスカフェオレを飲み干《のほ》して、そのまま最寄り駅へ向かって電車に乗る。

夢のとおりのデートは順調に進み、あっという間に今朝見た部分まで来てしまった。

和樹が川原でわたしになにかを言おうとした、夢の続きが今日、現実で聞けるんだろうか。

最寄り駅に着くと手をつないで、お互いになにも言わずに川原へと向かう。

川原に行けば、そこで〝夢の再現〟は終わり。うまくいけば今夜から夢を見ることもなくなるだろう。

そうしたら、また和樹と話すこともなくなる——。

寂《さび》しくて、思わずつないでいる和樹の手をぎゅっと強く握った。

「今日、どうだった？」

和樹がそうわたしに声をかけてくる。

「どう、って？」

「楽しかった？」

いつもみたいな軽い調子ではなくて、珍しく真面目な表情の和樹。変なの、落ち着かない。

「……うん、楽しかったよ」

わたしも普段じゃ考えられないくらい素直に答える。それに対して和樹は眉《まゆ》をひそめて嫌味《いやみ》っぽく言う。

「ホントはオレとは出かけたくなかったみたいだけどな」

「そんなこと……」

「オレとあつみさんを一緒に出かけさせようとしただろ」

やっぱり和樹は昨日のことをまだ怒っているみたいだった。

「それに、夢だって見たくないくらい嫌だったんだろ？」

「え？」

和樹がなにを不満に思っているのかわからなくて、聞き返してから気がついた。

もしかして、和樹はわたしが昨日どうしても夢の続きを見たくないって言ったことにも怒ってたの？

「あれは……理由があって」

「理由ってなんだよ？」

「……言いたくない」

夢で告白しちゃうから、なんて言えない。

「お前、そんなんばっかだな」

不機嫌を隠さずに和樹はそう言った。

「そんなんばっかって？」

「……べつに」

これ以上はしゃべる気がないらしい。わたし、なにか他に和樹に言ってないことってあったっけ？

その疑問は解決《かいけつ》することのないまま、いよいよ川原に着いていつもの土手に並んで腰かける。

和樹を横目で見ると、夕日が反射してオレンジ色に輝《かがや》く川面を眺《なが》めていた。夢と同じで、いや、それ以上に格好いい。

あんまり見ていると気持ちがバレそうな気がして、なんでもないような顔をして川面に目を移す。きらきらして、なんだか、泣きそうなくらい綺麗《きれい》だ。

「めぐみ」

和樹から声をかけられ、びくっと身体を揺らしてしまう。

「あのさ、オレ……」

あ、夢と同じ。既視感《きしかん》にくらくらする。

ここからは夢の続き。いったい、なにを言われるのだろう。

「お前に聞きたいことがある」

「聞きたい、こと？」

うん、とうなずいた和樹は真剣な顔だ。

「お前、なんで中三の頃、いきなりオレのこと避《さ》けはじめたんだよ？」

「え？」

言いたくないことを聞かれて心臓がドクリと嫌な音を立てる。

「ずっと理由が知りたかった。オレがなにかしたか？」

和樹は苦しそうにそう聞いてきた。

「なにも……してないよ」

「じゃあ、なんでだよ!?」

和樹がただでさえ近い距離をさらにぐっと詰《つ》めてきて、反射的にわたしは身を引く。

「自主練も付き合ってくれなくなったし、オレが話しかけようとしてもずっと避けて……なにもないわけねえだろ」

和樹は土手に生えた草を手持《ても》ち無沙汰《ぶさた》にちぎる。

そんなに苦しそうな顔をされても、なんて言ったらいいの？　わからなくてうつむいてしまう。

「そんなにオレのことが嫌《きら》いなのかよ」

「そんなんじゃ！」

慌てて否定《ひてい》して、あまりに必死だった自分に気がついてまたうつむく。

「じゃあなんでだよ。教えてくれないとオレ……」

和樹はその先は口にしなかった。

しばらくわたしたちの間に沈黙《ちんもく》が流れる。夢の中のわたしなら、このあと告白するのかな。

夢のわたしの方が現実のわたしより何倍も勇気がある。

――わたしは中三のとき、勇気がないから逃げた。同級生に誤解《ごかい》されたら和樹の迷惑《めいわく》になるから、なんて嘘《うそ》だ。

フラれる勇気も、幸せになる和樹の姿を見る勇気もなくて、逃げた。

今だって同じだ。和樹に気持ちを知られるのが怖いから、こうして現実でデートをしている。

このまま逃げ続けていいんだろうか。もし、夢みたいに告白したら、どうなるんだろう？

顔を上げて横を見ると和樹と目が合った。和樹はしっかりとわたしを見つめている。

「お姉ちゃん……」

「ん？」

わたしの口からぽろりと言葉が飛び出した。

「だって和樹はお姉ちゃんが好きでしょ？」

「は?」

和樹は目を大きく見開く。

「わかってるんだよ、隠してるつもりだったのかもしれないけど」

胸が痛む。でも、逃げてちゃいけない。これで最後なのだとしたら、このくらいの痛みはこらえないと。

「中三のとき、わたしたち、ウワサになったの知ってる? そんなウワサ立てられたら、和樹は迷惑でしょ? お姉ちゃんのことが好きなのに」

「お前……そんなこと……」

「そんなことってなによ!」

わたしはずっと悩んできたのに『そんなこと』だなんてひどい! わたしはつい声を荒《あら》らげた。

「わたしだって和樹を避けたかったわけじゃないよ! だけど、和樹がさっさと告白しないから……! だから、あんなウワサ立てられちゃったんだよ!」

和樹はわたしの言葉を聞くと、きゅっと口を引き結んだ。辛《つら》そうに顔をゆがめ、黙《だま》り込《こ》む。

しばらくの後、和樹は口を開いてぽつりと言う。

「そうだな……オレがさっさと告白しないから、こんなことになったんだな」

「そうだよ。だから告白しなよ。お姉ちゃんなら今日家にいるはずだから……」

「めぐみ」

わたしの言葉を遮って、和樹はわたしの目をしっかりと見る。覚悟《かくご》を決めたようなその顔は男らしくてドキリとした。

「オレが好きなのはお前だよ」

「……は？」

今度はわたしが目を見開く番だった。

「今、なんて言った？」

心臓の鼓動が速まって、声が上ずってしまった。

「だから！　オレはめぐみのことが好きなんだって！」

和樹は乱暴《らんぼう》に言う。和樹がわたしを好き……？

「冗談《じょうだん》でしょ？」

「冗談でこんなこと言うかよ」

喧嘩口調《けんかくちょう》でそう言われる。

「じゃ、じゃあお姉ちゃんは!?」

「好きでもなんでもねえよ！　どこをどう勘違いしたらそうなるんだよ、このバカ！」

和樹はそうわたしを罵《のの》りながらも、頰がわずかに赤くなっていた。

「だ、だって、和樹、いつもお姉ちゃんと話してるとき、顔が赤くて……」

「顔が赤い？」

照れくさそうに頬を引きつらせて聞き返される。

「いつも楽しそうに話してて、顔が赤くて。わたしと話してるときとか友達と話してるときは絶対にそんな顔しないのに。そう、ちょうど今みたいな感じで……」

顔が赤かった。

「それは……もしかして、あつみさんにからかわれてたときのことか？　あつみさん、オレに『さっさと告白しろ』だの『将来はあたしの弟かな？』とかよく言ってたから……」

「え、ちょ、ちょっと待って」

その言い方だと――。

「和樹は中学の頃からわたしのことが、好き、だったの？」

「だからそう言ってんだろ」

和樹は耳まで赤くしながらそう言う。恥ずかしそうなその顔は、たしかにお姉ちゃんと話していたときの和樹だ。

「な、なんだあ」

胸は苦しいのに息が抜けてしまう。

「それじゃあ、わたしはずっと勘違いしてたってこと？」

「そういうことだろうな」

和樹は不満そうに口をゆがめた。

「オレの気持ちに気がついてないのはお前くらいだぞ」

「そうなの？」

「深谷《ふかや》と町田《まちだ》だって気づいてる」

リサとユリまで？

「鈍《にぶ》いんだよ、このバカ」

さっきから散々《さんざん》バカバカ言われているけれど、言い返すことはできない。胸がじんわりと熱くなってドキドキしている。

「まあ、お前はオレとの夢を見たくないくらいオレのことが嫌いみたいだけどな」

さっと和樹の表情が陰《かげ》った。

「ち、違うよ！　それは、わたしがあの夢で、和樹に告白しようとしてたからで……」

「告白？」

言いかけてはっとして口をつぐむ。つい勢いで言ってしまった、と唇《くちびる》を噛《か》んだ。

だけど、ちゃんと言いたい。わたしは今まで温存してきた勇気を振りしぼって、もう一度口を開いた。

「わたしも和樹のこと好きだから……」

口を開けたまま、和樹の顔がさらに赤くなっていく。

「お、おま……バッカじゃねーの！　ほんと……」

和樹は荒々《あらあら》しく自分の頭をかいた。

「ホント、バカだろ、オレたち……」

中三から、ずっとすれ違ってきた。

両想いだったのに、お互いそれに気がつかずに。

「オレはお前に嫌われたと思ってたんだぞ……」

「ごめん」

「ホントだよ」

口調は不満そうなのに、和樹はとろけるように甘い笑顔を見せた。

「でも、不思議だけど同じ夢を見られてよかった。じゃなきゃ、ずっとわからないままだった」

和樹はわたしの手に自分の手を重ねる。わたしもそっと手のひらを和樹の手に合わせて指を絡《から》ませた。

ドキドキするけれど、不思議と落ち着く。優しいこの熱はまぎれもない現実だ。


二人で同じ夢を見るという奇跡《きせき》。

そんな不思議は、お姉ちゃんの予言どおり、その日以降《いこう》見ることがなくなった。

代わりに、わたしと和樹は現実でまたデートする。

そう、何度でも。

きっとわたしのことじゃない

雪宮鉄馬《ゆきみやてつま》

「ハル！　待って!!」

ハルと毎日通った通学路の桜並木《さくらなみき》は、薄《うす》いピンク色の花を満開に咲《さ》かせて、新しい一年の始まりを知らせていた。だけど、そんな美しい桜に目もくれず、ハルの後《うし》ろ姿《すがた》を探して駆《か》け抜《ぬ》ける。

ハルは天国のお父さんの後を継《つ》いで、音楽家になるという夢《ゆめ》を叶《かな》えるため、海の向こうの国にある学校へ進学する。それを知ったわたしは、悲しさと寂《さび》しさを隠《かく》しきれなかった。「行かないで」「ずっとそばにいて」そんな自分勝手なことばかり、ハルに押《お》し付《つ》けようとしていた。

だけど、本当にハルが大切なら、わたしは大切な人の夢を応援《おうえん》しなくちゃいけないんだ！

この道を抜《ぬ》けるとその先に、わたしたちが三年間通った高校があり、その先は駅。そこから空港へ向かう電車が出ている。わたしが見送れるのはそこまで。

ハルはもうすぐ遠い国へ旅立ってしまう。手遅《ておく》れになる前に、本当の気持ちを伝えなきゃいけない。

高校の校舎《こうしゃ》が見えてくる頃《ころ》、わたしはようやく見慣《みな》れた後ろ姿に追いついた。

初めてこの桜並木で出会ったときより、ずっと大きくなったその背中《せなか》に向かって、力いっぱい叫《さけ》んだ。

「ハルーっ!! 待ってー!!」

声が、春の風に乗って飛んでいく。

キャリーバッグを引きながら、生まれ育った街《まち》を名残惜《なごりお》しむかのように、ゆっくりと駅に向かっていたハルが立ち止まった。

「カナ、どうしてここに?」

振《ふ》り返《かえ》ると同時に、わたしの姿を見つけて目を丸くするハル。

「どうしても言わなきゃいけないことがあるの!」

緊張《きんちょう》して手がふるえるのを抑《おさ》えるために、強くこぶしを握《にぎ》り締《し》める。

「わたし、ハルのことが……!」

ところが、突然《とつぜん》ハルの人さし指が、わたしの口をふさぐ。

「待って。俺《おれ》から言わせて」

ハルの目はわたしだけを見つめていた。

「カナ、お前のことが好きだ!」

ハルの真《ま》っ直《す》ぐな言葉が、わたしの耳を突《つ》き抜《ぬ》けていく。

ハルもわたしと同じ気持ちだったんだ……!

「ずっと言わなきゃいけないって思ってた。だけど、勇気が出せなくて、ごめん」

ハルはキャリーバッグから手を離《はな》すと、わたしのことを抱《だ》きしめた。不意を突かれて、わたしは息が止まりそうになった。

「必ず迎《むか》えに行く。だから、待っててほしいんだ」

「うん。もう行かないでなんて言わないよ。わたしは、この街でハルの夢を応援《おうえん》してる」

ハルの腕《うで》の中で何度もうなずく。

「わたしも、ハルのことが好き！」

やっと言えた。ずっとすれ違《ちが》ってばかりで、言えなかった言葉。わたしの心の一番深い場所から、あふれ出してきた言葉。

それを受け止めるように、ハルは少しだけ頰《ほお》を染《そ》めてほほ笑んだ。

もう二度と会えなくなるわけじゃない。遠い国に行っても、きっとわたしたちの心はずっとつながっている。だから、悲しいお別れにしたくない。

わたしは、涙《なみだ》がこぼれ落ちてしまわないように、桜の木を見上げた。

そのとき、不意に春の暖《あたた》かな風が、桜の枝《えだ》を揺《ゆ》らした。無数の花びらが風にあおられて、舞《ま》い落《お》ちてくる。

「ハル、いってらっしゃい……」

わたしはそっとハルに囁《ささや》いた。


〈終わり〉

＊

ふぅ、と息を吐《は》いて本を閉《と》じる。

わたしもいつか、こんな風に素敵《すてき》な恋《こい》ができたらいいのになぁ……なんて思いながら、活字の世界から戻《もど》ってくると、目の前にはいつもの教室の景色が広がっていた。

放課後の教室には、窓辺《まどべ》の席に座《すわ》るわたし以外誰《だれ》もいない。クラスメイト達は、部活に汗《あせ》を流したり、友達と遊びに繰《く》り出《だ》したりして、みんな思い思いに過ごしている。

だけど中学二年生になっても、人見知りで根暗《ねくら》な性格《せいかく》を直せないわたしは、独《ひと》りぼっちで本の世界に没頭《ぼっとう》しては青春の一ページを浪費《ろうひ》していた。

文学少女といえば聞こえはいいけれど、家族にもあきれられるほどの『本の虫』のわたしは、小学生の頃からいろいろな本を読んできた。推理《すいり》小説、冒険《ぼうけん》小説、ホラー小説、ファンタジー小説……。

その度《たび》に、わたしは主人公になって、不可思議《ふかしぎ》な謎《なぞ》を解《と》き、まだ見ぬ世界へ旅をして、恐怖《きょうふ》に逃《に》げ惑《まど》い、魔法《まほう》の呪文《じゅもん》を唱《とな》えて奇跡《きせき》を起こしてきた。もちろん、それは本当の出来事じゃなくて、本の中の主人公になったわたしだけの想像の世界。

だけど、本を読んでいる間は、『真面目《まじめ》だけが取《と》り柄《え》の、人見知りでネガティブで、可愛《かわい》くもない、雨宮千尋《あまみやちひろ》』ではなくて、明るくて前向きな主人公になれる。

中でも、わたしが一番好きなのは、恋愛《れんあい》小説。

今日もひとり、市立図書館で借《か》りてきた恋愛小説を読んでいた。桜の木の下にたたずむ女の子のイラストが描《か》かれた、淡《あわ》い色使いの表紙の本だ。

高校生の女の子カナが、クラスメイトの男の子ハルに恋をするという、ありきたりなストーリー。正直あんまり期待していなかった。

他に借りたい本があったのだけど、ちょうど貸《か》し出《だ》し中《ちゅう》だったため、代わりに借りてきたのだ。

最初は、「休憩時間《きゅうけいじかん》の暇《ひま》つぶしくらいにはなるかもしれない」という軽い気持ちで読みはじめた。ところが、いつの間にか本の世界にどっぷりと浸《つ》かってしまった。

瞳《ひとみ》を閉じれば、今もまぶたの裏《うら》に情景がよみがえってくる……。

「雨宮！」

桜並木の通学路。ハルとの出会いに、わたしもカナと一緒《いっしょ》に素敵な恋を予感した。

「雨宮ってば！」

笑い合ったり、喧嘩《けんか》したりしながら、少しずつ距離《きょり》を縮《ちぢ》めていく二人。だけど、そんな二人が将来《しょうらい》の夢と現実《げんじつ》の間ですれ違っていく。ハラハラして、次のページをめくるのが怖《こわ》かった。

「おーい、雨宮っ」

そして、ラストシーン。互《たが》いの想いが通じ合った瞬間《しゅんかん》、わたしも胸《むね》の奥《おく》がじーんと熱くなって、心の中で涙があふれた。

「二年A組の雨宮千尋さーんっ」

いいなぁ……わたしもカナのような恋がしてみたい。ハルみたいな男の子に、恋してみたい。

うん、わかってる、前向きで真っ直ぐなカナと正反対のわたしには無理だってこと。だから小説の中でだけ恋するくらい、いいじゃない。

「あ・ま・み・や!!」

余韻《よいん》に浸《ひた》っていたわたしの耳元で、鼓膜《こまく》が破れそうなほどの大きな声がする。ハッと我《われ》に返《かえ》ると、目の前には目を吊《つ》り上《あ》げた男の子が、仁王立《におうだ》ちしていた。

「何度も呼《よ》んでるのに、ひどいじゃん!」

「ご、ごめんなさいっ」

あわてて謝《あやま》ると、男の子はちらりとわたしの手元にある本を見て、少しだけ苦笑した。

「べつにいいよ。また本の世界に夢中になってたんだろ? ホント、雨宮って、文学少女だよなー」

男の子の名前は高野大樹《たかのだいき》くん。わたしのクラスメイト。いつも陽気《ようき》でニコニコしていて、誰とでもすぐに打《う》ち解《と》けられる性格をしている。

友達も多く、クラスの女の子の中には、高野くんのことが気になっている子もいるみたい。

それにしても、なんでだろう?

バスケ部の高野くんはレギュラーとして『全国中学校バスケットボール大会』の優勝《ゆうしょう》を狙《ねら》っているはずだ。それなのに、どうして今、教室に……?

「えっと……部活は?」

「今日はサボリ。他の奴……とくにバスケ部の連中には内緒《ないしょ》だかんな」

高野くんは、イタズラっ子のような顔ではにかんだ。見れば、部活の時間にもかかわらず制服姿のまだ。サボリだなんて、部活熱心な高野くんらしくない。

「サボリって、どうして？」

わたしは、きょとんとして首をかしげてしまう。すると、高野くんはまるで神社で神さまにお祈りするみたく、両手を合わせて、ぎゅっと目をつむった。

「雨宮に相談があるんだ！　雨宮にしか相談できないことなんだ。ここ、座ってもいい？」

そう言って、わたしの隣《となり》を指さす。

わたしはチラリと時計を見た。本当は今から市立図書館に寄《よ》って本を返却《へんきゃく》し、新しい本を借りるつもりだった。図書館は学校から少し離《はな》れた場所にある。全速力で走っても、高野くんの相談を聞いていたら、多分間に合わない。

断《ことわ》ってしまおうか。そんな考えが、一瞬《いっしゅん》だけ頭をよぎる。だけど、ほかならぬ高野くんの相談だし……。

それに、高野くんの必死な目を見たら、むげに断るのは、あまりにも冷たいような気がした。

「相談って、なに？」

わたしがたずねると、高野くんは嬉《うれ》しそうにほほ笑んで、隣の席に腰《こし》を下ろした。

「えーっと、笑うなよ」

高野くんは真剣《しんけん》な顔で前置きして、咳払《せきばら》いする。

「その。俺、今すっごく気になるやつがいるんだけど……その子に気持ちを伝えるっつーか、そのつまりアレだよ、こ、告白するにはどうしたらいい？」

妙《みょう》に歯切《はぎ》れが悪いけれど、要《よう》するに恋愛相談をしたいんだ、ってことはすぐにわかった。

笑ったりするつもりはないけど、どうしてわたしなんかに？　恋愛経験《けいけん》なんてないわたしに相談したって、なんの参考にもならないと思う。

わたしと高野くんは、ときどき話すことがあるくらいの仲《なか》だ。といっても、社交的な高野くんが一方的にわたしに話しかけてくるだけで、話《はな》し下手《べた》なわたしはうなずくくらい。

会話が成立しているかどうかすら怪《あや》しいのに、どうして、わたしなんかに相談してくるのか、よくわからなかった。

それでも高野くんとのおしゃべりが好きだった。一方的でも、気さくに話しかけてくれるクラスメイトは他にいないから。できることなら、そんな高野くんの相談に乗ってあげたいけれど、自信がない。

「やっぱり、他を当たって」心の中に浮《う》かんだ言葉を呑《の》み込《こ》んだ。わざわざわたしに相談するなんて、もしかしたらなにか理由があるのかもしれないって思い直したからだ。

「た、高野くんの好きな子って誰？」

「え？　名前言わなきゃ、ダメ？」

高野くんがちょっとだけうろたえる。相手の名前を教えるのが恥《は》ずかしいみたい。だけど相手の情報を知らなきゃ、相談に乗ることができない。

「ダメじゃないけど……じゃあ、どんな子なの？」

そう問いかけると、高野くんはちょっと恥ずかしそうに鼻の頭をかいた。

「どんな子って……えーっと、読書家で、すっげー真面目で、それに優《やさ》しい子だよ。おとなしくて、あんまりしゃべらないんだけど、笑顔がめちゃくちゃ可愛いんだ」

一瞬だけ、ホントに一瞬だけ、わたしはドキッとした。高野くんが言っているのはわたしのことじゃないかって思ってしまったから。

いやいやいや、それはない。

だって、わたしは本好きで、真面目だと思うけど、人から褒《ほ》められるほど優しいわけじゃない。それに、おとなしいわけじゃなくて根暗なだけだし、自覚があるくらい、感情表現が得意じゃない……。

うぬぼれちゃダメだ！

そう自分に言い聞かせて、邪念《じゃねん》を払《はら》うためにぶんぶんと頭を振った。

「どうした、雨宮？」

わたしの奇妙《きみょう》な行動に、高野くんが眉《まゆ》をひそめた。わたしは取《と》り繕《つくろ》うように質問《しつもん》を続ける。

「なんでもないよっ。それより、その子とは仲いいの？」

「仲かぁ……少なくとも、俺は仲いいって思ってるんだけどね」

「だったら、迷《まよ》うことないと思うよ。その子に気持ちを伝えればいいんじゃない？」

真面目に返したつもりだったけど、ちょっと冷たく聞こえたのか、高野くんは不満げに険《けわ》しい顔をした。

「フられたくないんだよ！　だから、雨宮に相談しにきたんじゃねーか」

「ご、ごめんなさい」

本当は、「高野くんなら大丈夫《だいじょうぶ》だよ。高野くんはこんなわたしと仲良くしてくれるくらい、優しいじゃない。その優しさは、絶対その子にも伝わってるよ」って言ってあげたい。だけど、口下手《くちべた》なわたしは、思っていることをうまく言葉にすることができなかった。

そのせいで、高野くんを怒らせてしまった。そう思ったわたしはしゅんとなって、うつむいてしまう。

「いや、ごめん。相談してるのは俺の方なのに、大きな声なんか出して、マジごめん。怒ってるわけじゃないんだ。その……よかったら相談続けてもいい？」

優しい口調で、本当に申《もう》し訳《わけ》なさそうに高野くんがわたしの顔をのぞき込む。少し安心したわたしがこくりとうなずくと、彼は再《ふたた》びニコニコと笑顔を取り戻した。

「ありがと、雨宮。じゃあ……まずは最初の質問。告白のとき、なんて言ったらいいのかな？」

高野くんはいきなり直球で聞いてきた。

わたしは、初《しょ》っ端《ぱな》から戸惑《とまど》ってしまう。なんといっても、告白した経験なんてない。どんな風に答えたらいいのか、想像もつかない。だけど、それよりも、さっきみたいに高野くんの期待を裏切りたくない。

そんなわたしの目が、ふと手元の本を捉《とら》えた。読み終わったばかりの、あの恋愛小説。

小説の中で主人公のカナに、ハルは「お前のことが好きだ！」って気持ちを真っ直ぐ言葉にしていた。

きっと、それって大事なことだと思う。

「ちゃんと『好き』って言えば、きっと伝わると思うよ」

「マジで？　それだけで伝われば、苦労しないんだけどさぁ」

「でも、気取って歯の浮《う》くようなセリフを並《なら》べても、心に響《ひび》かないんじゃないかなあ……」

わたしはもっともらしいことをアドバイスする。

「歯の浮くようなセリフってなにさ？」

「それは……」

ぐっと言葉に詰《つ》まる。あわてて、これまでに読んできた恋愛小説の知識《ちしき》を引っ張り出した。

「たとえば『キミの瞳に乾杯《かんぱい》』とか『俺はキミに出会うために生まれてきたんだ』とか『キミに俺のすべてをささげるよ』とか」

「そ、そんな恥ずかしいセリフ、言えねえよ！」

背筋《せすじ》がゾワゾワするようなセリフに照れた高野くんが、全力で頭を左右に振った。

うん、そうだよね。

わたしも言っててちょっと恥ずかしいし、いくらなんでも高野くんのキャラじゃない。

「そ、それはともかく。高野くんの素直《すなお》な気持ちを伝えてあげるのがいいと思う」

「素直な気持ちかぁ……オッケー！　わかったよ。じゃあ、次の質問ね」

あらためて、質問は続く。

「どういう場所で告白するのがいいのかな？」

そう尋《たず》ねられて、わたしはまた恋愛小説の知識を探《さぐ》った。夜景の素敵なレストランや、豪華客船《ごうかきゃくせん》のデッキ、海外旅行先の観光地など、物語のクライマックスにふさわしいロケーションが思い浮かぶ。

だけど、それは物語の中のことで、現実のわたしたちはただの中学生。身《み》の丈《たけ》に全然合わなくて、どう答えたらいいのか困《こま》り果《は》ててしまった。

適当《てきとう》に答えて、せっかく相談してくれた高野くんを、がっかりさせたくない。

どうしよう……。

悩《なや》んだわたしの目が再《ふたた》び、カナとハルの恋愛小説に留《と》まった。

そうだ！　高校生のカナはハルとの思い出の詰まった通学路で告白した。

きっと、カナとハルのように学生のわたしたちに合った場所、つまり学校で告白するのがいいんじゃないかな。

わたしたちの学校には、桜の木はないけれど、敷地《しきち》を囲むようにポプラの木が植えられていていい雰《ふん》囲気《いき》だ。

「校舎裏《こうしゃうら》の木の下とか、どうかな……素敵な気がする」

「校舎裏かぁ……まあ、たしかにいい告白スポットだと思うけどさ。他にいい場所ってないの？」

我ながらいい提案だと思ったのだけど、なんだか含みのある言い方で不満げな様子の高野くん。わたしは、必死になって今まで読んできた本のことを思い出した。

「じゃ、じゃあ。放課後の図書室とか、見晴らしのいい屋上とか……」

「ええーっ、そういう定番じゃない方がいいんじゃね？」

どうやら、わたしの答えがお気《き》に召《め》さなかったみたい。

「定番は知性の墓場《はかば》、って前に教えてくれたの雨宮じゃん」

たしかに言った気がする。多分、そのとき読んでいた本の受け売りだ。過去《かこ》の自分に赤面しながら、わたしは取り繕う。

「で、でも。大切なのは、場所よりもタイミングだと思うのっ」

「タイミング？　そうだよなー、大事だよな……でも、ちょっと難しいな。たとえば、雨宮だったら、どんなときに告白されたい？　よかったら、教えてくれよ」

「えっ？　わたし？」

自分自身に振られるとは思ってなかったので、不意打ちに、またしても戸惑ってしまう。

とはいえ、わたしだって、もしも恋愛小説のようなドラマチックな恋ができるなら、こんなシチュエーションで告白されたいっていう理想はある。それは、ずっと前に読んだ本に書いてあって、ずっと憧《あこが》れているものだ。

「マジックアワーなんてどうかな？　夕日が沈《しず》むとき、魔法にかかったみたいに相手のことが一番キレイに見える瞬間があるの」

「マジックアワー？　クリスマスとか、バレンタインとか、もっと特別な日の方がいい気がするけどな」

高野くんが言うように、カナとハルみたいにお別れの日に気持ちを伝え合うなんていうのも、とてもドラマチックだと思う。

たしかに『デートの後の帰り道、夕日に包まれて告白されたり』、『一緒に花火を見にいって、夜空に色とりどりの花が咲く下で告白されたり』、『粉雪の降《ふ》る寒いクリスマスに、プレゼントと一緒に告白されたり』するのも素敵だと思う、だけど。

「……女の子にとっては告白されることが、特別なことだよ。……多分」

そうわたしが言うと、高野くんは窓の外にちらりと目をやった。

「なるほどねー。そっか、マジックアワーか……それいいかもな！」

なにかひらめいたのか納得《なっとく》したようにうなずく高野くん。

それからも、高野くんからの質問にいくつも答えた。ほとんど小説の受け売りだったけれど、高野くんは真剣に耳をかたむけてくれて、だんだん楽しくなってきた。

おかげで、自分でもびっくりするくらい、言葉が自然とあふれだした。

もっと、高野くんとおしゃべりしたい。このまま、時が止まったらいいのに……。

だけど、時計の長針が一回転する頃、高野くんは「最後に」と言って、その質問をわたしに投げかけた。

「雨宮は、フられない方法ってあると思う？」

フられない方法？

これは、いくら経験がないわたしにだってわかる。そんな裏技《うらわざ》みたいな方法があったら、きっと世界中の恋する人が知りたがるに決まってるよ。

でも、わたしに恋愛相談してくれた高野くんを最後の最後に突《つ》き放《はな》すようなことはしたくない。

わたしは、できるかぎりの笑顔を作った。

「自信持って。高野くんがありのままでいれば、大丈夫だよ」

ちょっと安請《やすう》け合《あ》いかもしれない。だけど、高野くんは、わたしの知るかぎり、とてもいい人だ。話しかけられても、いつも相づちを打つしかできないような話し下手なわたしの、ほとんど本の知識と想像の話を真剣に聞いてくれる。

そんな高野くんの恋を応援してあげたいって、心からそう思って答えた。

「よっしゃ！」

わたしの回答に満足したのか、高野くんは膝《ひざ》をたたいて立ち上がった。

「相談に乗ってくれてありがとな、雨宮！」

高野くんは霧《きり》が晴れたような顔で、わたしにほほ笑みかけた。

「じゃあ、今から告白してくる！」

唐突《とうとつ》に言うと、高野くんはくるりと踵《きびす》を返《かえ》した。

「え？　今から？　もう、その子帰ってるんじゃない？」

予想外の展開《てんかい》におどろきを隠せなくて、思わず声を上げてしまった。

高野くんの相談に乗ってすでに、一時間以上が経《た》っている。下校時間が迫《せま》っているのはわかってるはずなのに、彼はそんなこと気にも留めていないみたいだった。

「大丈夫」

「メールとか電話とかじゃ、気持ちは伝わらないと思うよっ」

「大丈夫だって。そんなことしない、しない。せっかく、雨宮がアドバイスをくれたんだ。無駄《むだ》にするわけねえじゃん。心配すんな。それに、善《ぜん》は急げって言うだろ？　雨宮に相談して、うまくいきそうな気がするんだ！」

高野くんは自信に満ちた顔で言うと、あっという間に教室から駆け出していってしまった。

わたしはあっけに取られながらも、その背中に「がんばって」とつぶやいた。

心からそう思っているはずなのに、なぜか高野くんの背中を見送るわたしは、心の隅《すみ》っこで寂しい気持ちを感じていた。

＊
＊

「告白かぁ……」

独りぼっちになった教室で、わたしは頬杖《ほおづえ》をついて、ぼんやりと窓の外を眺《なが》めた。

校庭のポプラ並木が、初夏のおだやかな夕風にさわさわと揺れている。太陽は山並《やまな》みに姿を半分隠し、夜が近いことを知らせていた。

いつの間にかグラウンドから聞こえてくる部活の声もまばらになって、少しずつ学校全体から灯《ひ》が消えていくような寂しさを感じる。

だけど、また明日になれば、にぎやかでキラキラした日々が待っている。部活に勉強に恋に、みんな青春している。まるで物語の主人公みたいに。

恋愛に真っ最中の高野くんも物語の主人公だ。そんな彼のヒロインは、高野くんの好きな女の子。わたしの配役は主人公の恋の相談に乗るだけの、名前すらない脇役《わきやく》。さしずめ『クラスメイトA』。

そんな『クラスメイトA』に相談した、主人公の恋はどうなってしまうのだろう？

恋愛経験もないくせに、それらしいアドバイスをAがしたせいで、フラれてしまうかもしれない。

だけど、もしも、物語のヒロインがわたしだったら、絶対に主人公を……高野くんをフったりしない。

こんなわたしにも、いつだって他の人と変わらずに接してくれる高野くんは、とっても優しいから。

そんな風に考えてはっとする。わたし、もしかして……。

「高野くんの告白、うまくいくといいな……」

心と裏腹《うらはら》な言葉を、ため息交じりにつぶやいてみる。

時計を見ると、まだ高野くんが教室を後にして三分くらいしか経っていない。だけど、今頃高野くんは好きな女の子に気持ちを伝えているんだって思うと、胸の奥がきゅっと締《し》め付《つ》けられるような感じがした。

告白される子が、うらやましいな……。

不意に、頭の中をその思いが駆け抜けた。胸が苦しくなって、目が潤《うる》んでくる。

どうして、高野くんの物語のヒロインは、わたしじゃないんだろう……。

そんな寂しい気持ちで耐えられなくなりそうだった。

今から走っても、図書館は閉館時間になっている。たとえ間に合ったとしても、こんな気持ちじゃ本を読む気分になんてなれない。

「もう帰ろう……」

荷物をまとめて、教室を後にしようと席を立った、そのとき。

「雨宮！」

突然《とつぜん》、タタタッという足音と一緒に、高野くんが教室に戻ってきた。

ドアのところで立ち止まった高野くんの顔に笑みはなく、口をギュッと固く結び、緊張したような強《こわ》張《ば》った表情で、わたしを見つめている。

ちょっとだけ怖い。

戻ってくるの、早すぎない？　もしかして、フられてしまったのかもしれない、と脳裏《のうり》に不安がよぎる。

「高野くん？　どうしたの？　告白は？」

わたしは恐《おそ》るおそる尋ねた。だけど、高野くんはその問いかけには答えない。

妙な静けさだけが、わたしと高野くんを包《つつ》み込《こ》む。

「適当なこと言いやがって」「お前に相談しなきゃよかった」って怒《おこ》られるかもしれないと思った次の瞬間、高野くんはつかつかとこちらへ近づいてきて、おもむろに口を開いた。

「雨宮……好きだ！」

夕日に照らされた高野くんの頬は、少しだけ赤く染まり、声はわずかにふるえていた。

素直で真っ直ぐな高野くんの気持ち。それはまるで、ハルのような告白だった。

「はい？」

思わず自分の耳を疑《うたが》って、聞き返してしまう。

え？　わたし？　わたしのことが好き？　え？　え？　どういうことなの？

他の『雨宮』さんに言ったんだ。……いやいや、この教室にはわたししかいないっていうか、うちのクラスに『雨宮』はわたししかいないし。

心の中に、あたふたするわたしと、冷静なわたしが現《あらわ》れる。

頭がパニックを起こし、無意識《むいしき》にカバンを床《ゆか》に落として、辺りをきょろきょろ見回してしまう。どう見たって挙動不審《きょどうふしん》だ。

高野くんは、本が好きで真面目で優しくて可愛い誰かさんに告白しにいったはず。

それなのに今、わたしに告白した。

いったいどういうこと？　本の中では名探偵《めいたんてい》にだってなれるのに、全然理解《りかい》できなかった。

次の瞬間、混乱《こんらん》するわたしの頭が、ある結論《けつろん》を導《みちび》き出《だ》した。

きっとわたしのことじゃない！

「雨宮千尋さん、ずっと前からきみのことが好きだ！」

そんなわたしの頭の中を見透《みす》かしたように、高野くんはもう一度言った。

ポン！　と電子回路がショートしたみたいに、なにかが頭の中ではじけた気がした。

「もしかして、わたしのこと、からかってるの？」

「からかってねーよ。すっげー真面目だよ。俺が好きなのは雨宮！　今までだって何度も気持ちを伝えたのに、いつも自分のことじゃないって思ってて、全然気付いてくれなかっただろ」

今まで何度も気持ちを伝えた？

わたしは必死で記憶《きおく》を探った。だけど、全然心当たりがない。今までに読んだ本の内容とか、どうでもいいことなら、覚えてるのに。

「ほら、この間だって。雨宮が昼休みに本読んでたとき話しかけたら、お前、『わたしと話しても楽しくないでしょ？』って言ったの、忘《わす》れた？」

そういえば、そんなことを言った気がする。だけどはっきりと思い出せない。

「そのとき、俺、なんて答えたか覚えてる？」

「…………」

高野くんは頭痛をおさえるみたいな仕草で、ため息をついた。

「雨宮のこと好きだから楽しいよ、って言ったんだよ」

「そ、そんなの本が好きとか、音楽が好きの『好き』と同じだと思ってた」

「ったく、お前いつもそんなんばっかだよなぁ。いつも反応鈍《はんのうにぶ》くて、あ、コレって俺の気持ち、全然伝わってないんじゃね？　って思ってたんだよ。だから、しつこくお前に『好き』って言うことにしたの。ってていうか、お前が言った校舎裏でも、図書室でも、屋上でも言ったことあるし……」

指を折りながら、高野くんが告白したという回数をカウントしていく。

わたしは必死に記憶の糸を手繰《たぐ》り寄《よ》せ、ハッとする。

掃除《そうじ》の時間の校舎裏。いっしょに教室のゴミを捨《す》てにいったとき。放課後の図書室。おしゃべりに夢中になった高野くんが「静かに！」って叱《しか》られたとき。お昼休みの屋上。街並みを見下ろしながらおしゃべりしていたとき。

――高野くんがわたしに「好き」って言うのを何度も聞いたことがあった。それなのに、その度にわたしは……。

「でも、お前いつも、自分のことじゃないって、勝手に結論付けてただろ？」

うん。そうです。そのとおりです。

「だから、作戦変更。雨宮に告白する方法を、雨宮から聞き出すことにしたんだ。だって、どんな風に告白したらいいのか、それを一番知ってるのは、雨宮自身だからね」

「どうして、わたしなの？」

うつむきながら尋ねると、高野くんは「あははっ」と笑った。いつもみたく、さわやかで陽気な声で。

「そんなの、雨宮が世界で一番、可愛いからに決まってんだろ」

断言《だんげん》するみたいに、きっぱりと言い切られる。

「そんなことない。可愛い子なら、クラスにも、他の学年にもたくさんいるよ？」

「見た目が可愛いとか、そういうんだけじゃない」

「じゃあ、なんなの？」

「いつも俺が一方的に話しかけるのに、ちゃんと耳を貸してくれるだろ。今日だって、ホントは用事があったんじゃねえの？」

そう言って、高野くんは床に落ちたわたしのカバンを指さした。カバンの中には、図書館で借りた本が入っている。わたしが学校帰りに図書館へ行こうとしていたことも、お見通しだったみたい。

「それなのに、自分の都合《つごう》よりも、俺の相談に付き合ってくれた。しかも、俺のために一生懸命《いっしょうけんめい》考えて答えてくれただろ？　そういう、真面目で優しいところが可愛いんだよ」

高野くんは「それから」とさらに付け加える。

「いつもはほとんどしゃべらないのに、好きな小説の話になると、急に熱くなったりするところも可愛いし、俺のくだらない冗談に、ときどき笑ってくれるとこもすっげー可愛い。あと、ちょっと笑いのツボがズレてるのも、めっちゃ可愛い。それから、国語の時間に音読するときの声が可愛い。体育苦手なのに一生懸命走るところも可愛い……それから」

次々と、わたしの『可愛い』が列挙《れっきょ》されていく。

「ちょっ、ちょっと、わかったから、もうやめて！　は、恥ずかしいよっ」

すると、高野くんは優しい声でわたしに言った。

「つまり、全部ひっくるめて、雨宮のことが好きなんだ。雨宮は、俺のことどう思ってる？」

「わたしは……」

高野くんはずっと前から、わたしのことを好きでいてくれた。

すごく嬉しい。すごく嬉しいのに、その気持ちをどんな言葉にしたらいいいんだろう？

わたしは、言葉を詰《つ》まらせて高野くんの顔を見た。

高野くんの頬が赤く染まっている。どんな返事でも、受け止めるような真剣なまなざし。

いつもの明るい高野くんとも、恋愛相談してきたときの高野くんとも違う、わたしの知らない顔だ。

その瞳に見つめられて、わたしはなぜ胸が苦しくなったのか、なんであんなに寂しい気持ちになったのか、どうして告白される子のことをうらやましいと思ったのか、その理由がすっとわかったような気がした。

「雨宮は俺のこと嫌《きら》い？」

「ううん」

わたしは力いっぱい首を左右に振った。

胸が苦しくなったのも、寂しい気持ちになったのも、誰かさんをうらやましく思ったのも、高野くんが好きなのはわたしじゃないんだ、って思ったから。

「わたしも、高野くんのことが、多分好き」

「た、多分ってなんだよ、それ」

高野くんは少しだけ、口をとがらせた。

だけど、それが本当に恋なのか、まだわたしは確信《かくしん》が持てない。だって今まで、こんな気持ちになったことなんてなかった。

それでも、もしこれが本当の恋なら、もっとたくさんのわたしの知らない高野くんを知りたいって思う。だから、今は『多分』。

「えーっと。それはね……内緒《ないしょ》！」

イタズラっぽく笑ってごまかすと、高野くんは目を丸くして、さらに耳まで赤くなった。

「そんな顔もできるんだ。そんなとこも可愛いな。もっと好きになりそう！」

「もー、恥ずかしいから、やめてって。歯の浮くようなセリフはダメだって言ったでしょっ」

「やだね、何度でも言ってやる！」

高野くんがちょっとだけ意地悪《いじわる》な顔をする。その顔がオレンジ色に染まって見えて、ふと窓の外に目をやると、目の前のすべてが魔法にかかっていた。

街並みも、教室も、高野くんの顔も、全部くっきりと浮かび上がる。

「マジックアワーだ」

「マジックアワーだ」

淡いオレンジと藍色《あいいろ》が混ざり合う空を見つめて、わたしと高野くんの声が、ぴったりと重なり合う。

「ふふっ」

わたしは高野くんの顔を見て笑った。

「なにが、おかしいんだよ？」

そう言いながら、高野くんもつられて笑った。

「おかしいんじゃなくって、とっても嬉しいの。ホントに魔法にかかってるみたい！」

今にも爆発《ばくはつ》しそうな胸を押さえながら、わたしが答える。

「ホントだ、雨宮、すっごくキレイだ！」

高野くんはとびっきりの笑顔でそう言った。

セカンド・レター

茶《ちゃ》ノ《の》美《み》ながら

【見ているとすごくドキドキして、でも、気付いたらまた見ちゃうんです。走ってるところとか、すごくカッコイイから……。

こんな私でよかったら、付き合ってください。　アカネ】

「ない、ないない！　ない!?」

昼休み、茜《あかね》はソレをなくしたことに気が付いた。ラブレターである。昼食後の教室、のんびりした時間にハイテンションでテンパりながら、親友の千里《ちさと》にすがった。

「どうしよう千里、ラブレターなくしちゃった……！」

「え、ラブレター？　茜、告白の予定あったの？」

「本物じゃないよ！　女《じょ》バスの皆《みんな》で、遊びで書こうってなって、今日見せ合いっこする予定だったの！」

「なに？」

「ラブレター交換会《こうかんかい》！」

千里はため息をついた。茜とは違《ちが》い、落ち着いた、そして人によってはドライな印象《いんしょう》を受ける生徒、それが千里である。

「バッグの底《そこ》は？」

「ない、探《さが》した！」

「本当に持ってきたの？」

「うん、絶対持ってきた」

茜の〝絶対〟ほど信用できないものはないなと思いつつ、千里はまたため息をついた。なにかと問題を起こし、一人でてんやわんやしていることの多い茜にとって、千里は保護者《ほごしゃ》のような存在《そんざい》だった。

「どこやっちゃったのかな……あ、誰《だれ》かに盗《と》られた!?」

「盗られるわけないでしょ」

たしかに、その通りなのだった。そんなラブレターなど盗られるわけがないのである。それは、三時間目の国語の授業のときだった。前から来たプリントを後ろへ渡すとき、プリントと一緒に、そのラブレターまで、後ろの席の生徒に渡《わた》してしまったのだ。

しかし、茜がそのことに気付かされたのは、放課後の部活終わりだった。

下駄箱《げたばこ》を開けると、ラブレターの返事が入っていた。

【手紙ありがとう。嬉《うれ》しかったです。

放課後、友達公園《ともだちこうえん》で待ってます。】

短い文。その最後に、名前が書いてあった。【伊坂優斗《いさかゆうと》】、と。

「千里、どうしよう……」

「どうもこうも、行くしかないでしょ！」

「行って、どうするの？」

「ちゃんと事情を話す」

「伊坂優斗って、私の後ろの席の男子だよね？」

「そうでしょ」

「なんて言おう……」

「ついていってあげるから」

茜は千里に付《つ》き添《そ》われて学校を出ると、友達公園をおとずれた。

すでに日は暮《く》れかかっている。誰もいなければいいなと思う茜だったが、公園のベンチに、同じ中学の制服を着た男の子が座《すわ》っているのがすぐに確認《かくにん》できた。

「千里、どうしよう……」

「ここからは自分で行きなさい」

茜は、うな垂《だ》れるようにうなずくと、友達と仲直《なかなお》りしにいくときのような心境《しんきょう》で公園に入った。

男の子——伊坂優斗は、茜に気付いてぱっと立ち上がった。背《せ》は茜よりも低い、華奢《きゃしゃ》でおとなしい男子である。

バリバリの運動部である茜は、優斗とは今まで、挨拶《あいさつ》以上《いじょう》の会話をしたことがなかった。〝かわいい系《けい》男子〟という意味ではひそかな人気はあったが、彼《かれ》のことを好きだという女子は聞いたことがない。

「泉《いずみ》さん――」

「あ、はは、どうもー……」

困《こま》ったことになったと、茜は思った。優斗は背筋《せすじ》をピンと伸《の》ばし、どう見ても緊張《きんちょう》している。これはもう、〝告白〟の雰囲気《ふんいき》だ。今さらこれが間違《まちが》いだったなどと言えるような空気ではない。

「ラブレター――」

「あ、それなんだけど――」

「ありがとう……僕《ぼく》、そういうのもらうの初めてで、あの、嬉しかった」

「あぁ、そうなんだ……でも実はね――」

「泉さん！」

「はい!?」

「僕でよければ、付き合ってください」

「……！」

キラーパスのような告白に驚《おどろ》き、いよいよ茜は、事情《じじょう》を話すタイミングを失ってしまった。木の陰《かげ》からこっそりやり取りを見ていた千里が、頭を抱《かか》える。こうなっては茜がこの空気を覆《くつがえ》せないのを知っていたからだ。

結局、茜は、「う、ぅん……」と煮《に》え切《き》らない返事をしたのだった。

かくして、茜と優斗は付き合うことになった。

その噂《うわさ》は一週間もしないうちに、茜と同じ女バス——女子バスケットボール部の皆にはすぐに広まった。


「彼氏できてよかったね」と祝ってくれる友達もいたが、一方で、「茜、先輩《せんぱい》のことが好きなんじゃなかったの？」と疑問《ぎもん》を投げかけてくる鋭《するど》い子もいた。

茜は、先輩——男子バスケットボール部の三年生、大伴智也《おおともともや》のことが好きだった。いや、実は茜だけではない。智也は、いわゆる人気者で、「誰が好きなの？」と聞かれれば、とりあえずその名前を出しておけば大丈夫《だいじょうぶ》だろう、というくらいの先輩である。女バスの女子は皆、智也に憧《あこが》れていると言っても過言《かごん》ではない。

「でも、なんで伊坂君なの？」

「思った。伊坂君って、かわいい系だけど、付き合うってなったら、ねぇ？」

「茜、ああいうのがタイプなの？」

すでに噂は広まってしまった。今さら、あれは間違ってました、とは言えない。

告白から三日後、木曜日の部活の後のことである。女バスの皆はいつものように、制汗《せいかん》シートで体を拭《ふ》いたり、着替《きが》えをしたりしながら噂話に花を咲《さ》かせた。茜は会話の隙間《すきま》を見つけて逃《に》げるように部室を出た。

——と、正門に、優斗が立っている。

そうだ、そういえば、付き合うことになったんだと、茜は思い出した。

「部活、お疲《つか》れ様《さま》」

優斗は、茜をねぎらい、持っていた容器を開いた。中には、レモンのはちみつ漬《づ》けが入っていた。女子か、とツッコミを入れたくなる茜だったが、運動後で、そのレモンがあまりにも美味《おい》しそうだった。

金色の液体《えきたい》の中から、プツリと、フォークで薄切《うすぎ》りの一枚を引き上げてくる。

目に飛《と》び込《こ》んでくる鮮《あざ》やかな黄色——ミニチュアの太陽のようなそれを、茜は思い切って、ぱくりと一口に放り込んだ。

「あぁ、美味しい！」

「よかった。あれから目も合わせてくれないから、本当は僕のこと嫌《きら》いなんじゃないかと思って……」

「そ、そんなことないよ!?」

茜は優斗の目を見るが、そのまま目を泳がせた。

「優斗君、部活なにやってるの？」

「やってないんだ」

「え、じゃあ、待っててくれたの？」

優斗は恥ずかしそうにうつむき、かすかにうなずいた。

「ありがと」

「うん……」

その日の帰り道、二人は自己紹介《じこしょうかい》をして歩いた。なにしろ、今まで同じクラスということ以外、ほとんど接点《せってん》のなかった二人である。

茜は、男子とも平気で話すことができるので、他の女子よりも男の友達は多かった。しかし、そんな茜でも、優斗とはまともに会話をしたことがない。

優斗はというと、茜は、彼が女の子と話しているのを見たことがなかった。

＊

「あーもう！」

風呂にも入り夕食も食べたあと、茜は自室のベッドにダイブした。そのままぐったりとマットレスに沈《しず》み込《こ》む。

部活の疲れもあったが、それ以上に、優斗のことだ。

無口なのかなと思っていたが、話してみると、特別しゃべるのが苦手という感じではなかった。ただ、運動部のノリが通用しないのだ。会話がいちいち止まって、勢《いきお》いがない。笑い方も控《ひか》えめで、本当はなにを考えているのかわからない。

ふとスマホを見ると、メッセージアプリのアイコンの右上に、無視できない数の〝未読カウント〟がついていた。アプリを開くと、女バスのメンバーで自分のことが話題になっていた。大量のメッセージがたまっている。

——今日、彼氏と下校した不届《ふとど》き者《もの》がいるそうだよ

——誰だ、その裏切《うらぎ》り者《もの》は！

——あらやだ！　あの子、かわいい顔して……

完全に、いじられている。

もっともこれは、儀式《ぎしき》のようなものだ。彼氏ができたら、最初は絶対《ぜったい》にこうなる。

メッセには、とりあえず言葉も思いつかないので、変なスタンプを押《お》しておく。

——あら茜さん、社長出勤《しゃちょうしゅっきん》で

——ささ、どうぞこちらへ

——話すがよろしい

一気にメッセージが更新《こうしん》される。

女バスのメンバーにも彼氏持ちはいるが、皆に彼氏がいたとしても、この手の話題は、共有してこそおもしろいのだ。べつに、誰かを貶《おとし》めようとか、吊《つ》るし上《あ》げようとか、そういう意図はない。これが、女バスなりの祝福の仕方なのだ。

そんなことは茜もわかっている。わかってはいるが……。

部活後の女子会でされた数々の質問《しつもん》が、ここでも遠慮《えんりょ》なく飛ぶ。

——でも実際、クリスマス用でしょ？

そのとき、ナイフのようなメッセージが刺《さ》し込《こ》まれた。

女バスチャットの発言は遠慮がない。たまにそれがもとで喧嘩《けんか》になったりするが、それはそれで、皆なんだかんだと楽しんでいるのだ。

しかし茜は今、到底《とうてい》これを楽しめる気持ちにはなれなかった。

——そんなことないよ！

あわてて茜は返信した。伊坂君とは、全然そんなんじゃないんだから。

——だって、伊坂君のことなんて、今まで茜、全然言ってなかったじゃん！

——それは、そうなんだけど……

画面を触《さわ》る指まで不安になる。

次から次へとメッセージは勝手に更新されていく。

あぁ、これはダメだと観念して茜はアプリを閉《と》じた。

ここからは決まっている。優斗についてのリサーチ開示が始まるのだ。どこから集めてきたのだというような個人情報《こじんじょうほう》と、噂話が、辛辣《しんらつ》な意見をはさんで展開される。ここまでいくともう今さら、「間違いだった」なんて絶対に言えない茜だった。

翌朝《よくあさ》、千里との待ち合わせ場所であるバス停の前。

珍《めずら》しく時間通りにやってきた茜を見て、千里はにやりと笑った。いつも朝は苦手といって、待ち合わせ時間より五分から十分は平気で遅《おく》れてくるのが、茜という女子中学生である。

だから千里は、これはやっぱり、なにかあったなと確信《かくしん》したのだった。きっと第一声は、「千里、助けて」だろう。

「千里、助けて……」

「そう来ると思った。引くに引けなくなっちゃったんでしょ」

「……うん」

「だから最初に、あれは間違いだったって言うべきだったのよ」

「だって……」

「負《ふ》の連鎖《れんさ》は、最初に止めないといけないの。連鎖してからだともう止められなくなっちゃうんだから」

「千里様、お知恵をお貸《か》しください……」

「もうそのまま付き合っちゃうしかないんじゃない?」

「え……」

「で、時が来たら、別れる」

「別れるの?」

「クリスマスが近いから、そういうカップルたくさんいるでしょ。そういう風にすれば、相手の傷《きず》も浅《あさ》いんじゃない？　ひと冬の経験《けいけん》ってことで」

「まだなにも経験してないよ！」

「え？　経験したいの？」

「え？　経験って、なんの？」

二人は顔を見合わせる。それから、一緒に笑いだす。

「とりあえず、デート行ってみたら？」

「好きでもないのに？」

「好きじゃなくても付き合ってるんだから」

「楽しいかなぁ……？」

「それは、茜次第じゃないの？　将来《しょうらい》のための予行練習と思って」

「むしろあっち次第だと思うんだけど」

「そうやって求めるだけの女じゃダメよ」

「千里、たまにものすごく大人《おとな》っぽいこと言うよね」

「たまにじゃなくていつもでしょ」

そうこう言い合っているうちに学校に着いてしまった。そのまま一日そわそわした気持ちで授業を受けた。

そして迎《むか》えた日曜日。

今日は、午後から駅で待ち合わせて映画《えいが》を観《み》に行くことになっている。千里にアドバイスをもらった日の部活後、一緒に帰る道すがら、茜は優斗をデートに誘《さそ》ったのだ。

待ち合わせは、茜の家の最寄り駅の改札口。優斗が近くまで来てくれると言うのでそれに甘《あま》えることにした。

茜が行くと、紺《こん》のダッフルコートを着た優斗が待っていた。雪ン子のようなかわいさがある。

一方茜は、長袖《ながそで》のふんわりした白いセーターに赤いチェックのスカート、ウール調のチェスターコートを着、黒いタイツに黒いブーツ、コンパクトな金ボタンのバッグというファッションだ。

「伊坂君早いね！」

茜は手を振《ふ》りながら優斗に近付く。茜の頬は、うっすらと朱《しゅ》がさしていた。

これ、優斗君にはどんな風に映《うつ》ってるのかな。変じゃないだろうか。いつももっとラフな恰好《かっこう》で、こんな気合いの入ったコーデ、よっぽどのときでなければしない。友達と遊びにいくときに私がこんな恰好で行ったら、絶対に笑われる。

そんな茜の気も知らず、優斗はなにも言わず、ただはにかむのだった。

なにかコメントしてよ、と内心ツッコむ茜。これでも勇気を出して女の子を演出《えんしゅつ》してるんだから、ちょっとは感想ちょうだいよ、と思う。

日曜といえども真っ昼間の電車は空《す》いていて、二人は隣同士《となりどうし》に座った。優斗は、相変わらずもじもじしている。

そんな様子がまたかわいらしい。もしかすると、いや、もしかしなくても、私より完璧《かんぺき》にかわいい。彼を弟ですと紹介しても、違和感《いわかん》はないのではないだろうか。活発な姉と、シャイな弟……。

いやいや、これはデートなんだ。どんなに弟っぽくても、今だけは、優斗君は私の彼氏。デートに集中しようと、茜は一人うなずいた。

「伊坂君ってさ、普段《ふだん》映画館とか、遊びにいかないの？」

目的地の駅に着く前、茜はふと思いついて聞いてみた。

「うん、映画館は、二年生のときに行っただけなんだ」

「中学二年生？」

「ううん、小学校」

「箱入《はこい》り娘《むすめ》じゃん！」

思わず茜はそう言った。優斗は、否定《ひてい》することもなく、恥《は》ずかしそうに笑う。

「友達と遊ばないの？　ゲーセンとか」

男子と言えばゲーセン、そんなステレオタイプな価値観《かちかん》で茜は再《ふたた》び質問してみた。意外とこういうタイプがゲーセンで遊んでいたらおもしろいと思ったのである。

「ゲーセンなんて、行ったことないよ」

「箱入りじゃん！」

「だから今日、楽しみなんだ」

「…………」

少し間が空《あ》いた。本当は、そうだね、楽しみだよね、と──嘘《うそ》でもそう言うべきところなのだろうと思ったが、それとは別の感情《かんじょう》が湧《わ》いてきて、茜は、その定石通《じょうせきどお》りの言葉を言うのをやめた。

「伊坂君、かわいいね」

「えー……」

茜は、思わず優斗の頭を撫《な》でた。

小さな頭だ。ペットを飼っていない茜は、もし家にペットがいたらこんな感じなのかなと思う。

「なに観たい？」

電車を降りて少し歩き、宇宙《うちゅう》ステーションのような映画館の入り口を入ると、正面のチケット受付のカウンター前には、上映《じょうえい》されている映画の大きなポスターが並《なら》べられていた。時期的なものなのか、恋《れん》愛《あい》映画が多い。

「うわぁ、どれもおもしろそう」

「伊坂君、映画久《ひさ》しぶりなんだよね？」

「うん」

「じゃあ──」

茜は、ハリウッドのSF《エスエフ》パニック映画のチケットを二枚《まい》買った。優斗はすぐに、きっちり半分お金を渡してくれる。

やっぱり、映画館といったら大音量、大迫力《だいはくりょく》、そしてポップコーンだ。二人でポップコーンのビッグサイズとコーラを二つ買って上映ルームに入る。

バケツのようなビッグポップコーンを持つと、優斗の顔はポップコーンに埋《う》もれてしまって、それを見た茜は、腹《はら》を抱えて笑った。

さっき取った真ん中の一番よい席に二人は隣同士で腰《こし》を下ろす。緊張しているのか急におとなしくなってしまった優斗を、茜はおもしろがって、そのわき腹をつついた。

「なんで伊坂君が緊張してるの」

「いや、わかんない……」

そうこうしているうちに、ライトが消え、画面を覆《おお》っていた幕《まく》が開いた。いよいよか、という間のあと、近日ロードショーの予告編《よこくへん》が流れる。

「おぉ……」

上映前の予告だけで感動している優斗を見て、茜はまた笑ってしまった。

「それで、どうだったの?」

学校の昼食時、千里は、あたりに優斗や他の男子がいないのを確認しながら、声をひそめて茜にたずねた。二人はいつも通り机《つくえ》を並べ、いつもならその場任《ばまか》せのとりとめのない会話に終始する。

しかし今日――茜のデート明けのこの日の話題は、食事が始まる前から決まっていた。茜は、ハンバーグの付け合わせのブロッコリーを頬張《ほおば》りながら、うーんと考える。それから、首をかしげて答えた。

「楽しかった？」

「私が聞いてるんだけど……」

はたして楽しかったのだろうか？　茜は自分に問いかける。

映画の後は、ゲーセンに寄ってクレーンゲームやモグラたたきをし、その後は、地中海を連想させるイタリアンレストランで、一緒にパスタを食べた。

つまらなかったら、映画を見るだけで早々に切り上げていただろう。

振り返れば、完璧に〝充実《じゅうじつ》したデート〟だった。

「うん、たぶん、楽しかった、と思う……」

「ちゃんとデートしたんでしょ？」

「うん、映画見て、ゲーセン行って、ご飯も食べて」

「完璧じゃない」

「そうなんだけど、デートって、そういうものなの？」

「それをデートと言わなかったら、なにをデートと言うの？」

「違うんだよ！」

「なにが」

「デートっぽくないっていうか……普通《ふつう》さ、ドキドキとかするじゃん？　手つないだとか、つなげなかったとか、そういう感じのさ、触《ふ》れたとか触れないとか、そういうドキドキ！」

「あぁ……そういうのがなかったと」

「うん、全然なかった。なんだろう……優斗君を、一方的におもしろがったというか、そんな感じだった」

「いつの間にか名前呼《なまえよ》びになってるけど」

「だってなんか、弟っぽいんだもん。伊坂君っていうより、優斗君——いや、優ちゃんって感じ」

「なに、結局のろけ？」

だからそんなんじゃないって、と反論《はんろん》する茜に、はいはいお達者《たっしゃ》で、と素《そ》っ気《け》なく返す千里だった。

＊

優斗はその週も、茜の部活のある日には、レモンのはちみつ漬けを持って学校に来た。茜の部活が終わると、二人は正門で待ち合わせ、甘いレモンを食べながら帰る。その週の週末、茜はまた、前回と同じように、帰り道で優斗をデートに誘った。

日曜日の昼過ぎ、前回と同じ場所、同じ時間で待ち合わせ。

やはり先に来ていた優斗は、またあの紺のダッフルコートを着ていた。

茜は、最初こそ女の子らしいファッションで挑《いど》んだが、二回目の今日は黒にピンク文字の入ったトレーナーにラフなジャケットを着、下はジーンズに白いスニーカーという、男の子っぽいカジュアルな服装《ふくそう》でやってきていた。

優斗が弟みたいなので、これがちょうどよいと思った。妹や弟のいない茜は、実はこっそりと、頼《たよ》れる姉というのを演《えん》じてみたくなったのだ。

「今日はどこに行くの？」

「まぁまぁ、ついてきて」

電車に乗って向かった先は、スイーツ食べ放題のチェーン店。茜はバスケ部で何度か来たことがあって気に入っていた。行き先を教えなかったのは、優斗の驚く顔が見たかったからだ。

店に着いた。

お菓子の家をモチーフにした外装。店は、階段を下りた地下にある。店に着いてからテーブルに案内されて席に着くまでの間、優斗の瞳《ひとみ》は、あんよを覚えたての子供が、初めてハトや猫《ねこ》や、たんぽぽの綿《わた》毛《げ》や、そういうものに出会って感動するのと同じように輝《かがや》いていた。

店の真ん中にあるチョコレートの噴水《ふんすい》に目を奪《うば》われる優斗に、茜は笑いながら言った。

「じゃ、取りにいこ」

色とりどりのケーキ、アイス、シロップのジュース、甘くないサラダやピザなんかも置いてある。茜はプレートの上にどんどんケーキを載《の》せ、優斗は茜に遅れないように、自分もケーキを選んだ。

「いただきます」

席に着くと、優斗は丁寧《ていねい》に手を合わせる。なにも言わずにケーキを食べようとした茜は、はっとして、一度フォークを置き、優斗に倣《なら》っていただきますをした。

「ん〜……おいひぃ〜！」

茜が幸せそうにケーキを頬張ると、優斗もうんうんとうなずいた。

そうしてふと、イチゴのムースを一口ずつ味わう優斗を見て、茜は思わず笑ってしまった。雰囲気だけなら、優斗は高級洋菓子店《こうきゅうようがしてん》の客のようで、優斗が食べていると、ケーキも上等なものに見えてくる。

「優ちゃんさ——」

「っ！」

優斗は、突然の〝ちゃん付け〟に咳《せ》き込《こ》みそうになり、あわててジュースのストローをくわえる。

「え、優ちゃんって呼んじゃダメ？」

「えー……恥ずかしいよ……」

「いいじゃんいいじゃん、優ちゃん」

「……うん」

うなずいて、優斗はそっとジュースを置いた。耳が真っ赤になっている。

「私のことも好きに呼んでいいから」

「泉、さん」

「つまんない！」

「えー……」

「じゃあ、私の下の名前、呼んでみて」

茜は、にやりと笑った。恥ずかしがってしどろもどろになる優斗は、見ていて飽《あ》きない。

「い、いいよ……」

「ダメ、はい、どうぞ！」

優斗は、もう逃げ場はないと観念し、小さな声で言った。

「あかね、さん……」

「さん、とかいいから、ちゃんと呼《よ》び捨《す》てで！」

恥ずかしがる優斗を見て、おもしろがる茜。

そしてふと茜は他の席を、本当になにげなく見た。

——男子バスケ部のメンバーがいた。同じ学年の男子が二人と、先輩が二人。女のマネージャーの先輩もいる。そのうちの一人が、あの大伴智也だった。

女バスでもさんざんいじられていたし、デートを見られるくらいはなんともない茜だったが、それが憧れの先輩となれば、話は別だ。

茜が男《だん》バスの存在に気付いた数秒後、大伴も茜たちに気が付いた。大伴は、自分たちの席にケーキを置いた後、一人で、茜と優斗の座るテーブルにやってきた。

「茜じゃん。今日は、デート？」

大伴は、茜の向かいに座る優斗に視線《しせん》をやり、茜にたずねた。茜は、顔を赤くして、反射的《はんしゃてき》に首を振った。

「ち、違いますよ！　そんなわけないじゃないですか！」

「違うの？　でも茜、最近付き合ってるって聞いてるよ」

「それはその……」

「付き合ってないの？」

大伴は、今度は茜だけでなく、優斗にも聞くように視線を移動させた。優斗は、うつむいて口を閉じた。

「な、成り行きで……」

茜は、しどろもどろに言葉を並べる。それを聞いた大伴は、ほんの一瞬《いっしゅん》、口元に小さな笑みを浮《う》かべた。

「じゃあ、俺《おれ》にもまだチャンスがあるってことかな？」

「え？」

「いや、なんでもないよ、気にしないで」

大伴は、さわやかな笑みを浮かべて、テーブルを離《はな》れていく。茜は、心臓《しんぞう》がやたら激しく鼓動《こどう》しているのを感じた。首筋《くびすじ》を冷たい両手で冷やし、向かいの席の優斗を見る。

優斗は、小動物のようにちっちゃくなって、無言のままケーキを食べていた。

月曜日の朝、千里は、待ち合わせの時間よりも早く来ていた茜を見つけて、にやりと笑みを浮かべ、茜のもとに歩み寄った。

「あれ茜さん、最近月曜日早いねぇ。なにかあったの？」

「千里、それは意地悪《いじわる》だよ！」

「で、なにがあったの？」

「なんかね――」

茜はなんでもお見通しのような千里に先日のデートの話をした。

よりにもよって、そんな所で大伴に会ってしまう間の悪さが、なんとも茜らしいなと思いながら、千里は黙《だま》って学校までの道のりを歩きながら最後まで話を聞いた。

が、聞き終わると、千里はぎゅっと茜のほっぺたを両手でつまんだ。

「な、ないひゅるの！」

「なにって、優斗君がかわいそうだなって思って」

「でもさ、実際、先輩からあんなこと言われたらさ……」

「だとしてもね――」

「わかってるよ！　でも、優ちゃんのことは、事故《じこ》なんだって！　私本当は、大伴先輩ラブなんだから」

「じゃあ、乗《の》り換《か》えちゃえば？」

「乗り換えるって？」

「だから、優斗君と別れて、大伴先輩と付き合う」

「待って待って……大伴先輩、私のこと好きかどうかわからないじゃん」

「はぁ？『俺にもまだチャンスがあるってことかな』とか言われてるんでしょ？」

「そうだけど」

にやついた茜の頬を、茜は再びつまんだ。

「いひゃいいひゃい……なにするの」

「いや、なんとなく……」

「どうしたらいいかなぁ」

「茜はどうしたいの？」

「どうって、そりゃあ……」

大伴先輩と付き合いたいよ、と言おうとしたが、茜は自分でもなぜかわからないまま、口を閉じてしまった。心に、強く引っかかるものがあった。

「優ちゃんと遊べなくなるのは、嫌《いや》だなぁ……」

「じゃ、キープしとけば？」

千里はびっくりするようなことを平気で言ってのける。

「キープ!? なに、キープって!」

「だから、保険《ほけん》かけておくのよ。優斗君と付き合ってる状態のまま大伴先輩に告白して、マルだったら優斗君と別れて先輩と付き合う。バツだったら、そのまま優斗君と継続《けいぞく》」

「えー、最低だよそれ」

「茜さ、自覚ないの!?」

「なんの、自覚?」

千里は、ばちんと茜の両頬を平手ではさんだ。むにゅっと、茜の唇《くちびる》が、ひょっとこのように尖《とが》る。

「な、なに……?」

茜はとっさに対応《たいおう》できず、半泣きで親友の千里を見つめた。

「優斗君のこと好きじゃないの?」

「だから、あれは事故だったたって——」

「最初はね。でも、今は、どうなの?」

茜は、思わず立ち止まって考えた。今はどうだろうか。最初の感じとは違う。だいぶ打《う》ち解《と》けたように思う。でも、それとこれとは……。

煮え切らない茜に、千里は質問をぶつける。

「優斗君のこと、嫌い?」

「嫌いなわけないじゃん。むしろ好きだよ」

「好きなの？」

「え？　あれ？　あ、好きなのかな？」

千里が歩きだしたので、茜もそれについてゆく。

校門にさしかかったとき、千里はふと立ち止まり、茜を真っすぐ見つめて言った。

「別れたら、今の関係には戻《もど》れないよ。友達になるだけ、なんていうのは、無理だからね」

「うーん……千里、顔怖《こわ》いよ。般若《はんにゃ》みたい」

「アンタのために怒《おこ》ってるんでしょ！」

「いひゃいいひゃい……」


放課後、六時半過ぎ。女バスの練習が終わり、着替えを終えた後、茜はいつものように正門に向かった。いつものように優斗が、容器の入った袋《ふくろ》を持って待っている。

「優ちゃん、お待たせー」

なんだか安心した茜は、その場で早速レモンを口に放り込んだ。朝、千里と話してもぬぐい切れなかったモヤモヤが、嵐《あらし》の後の空のように、吹《ふ》き飛《と》んでしまったようだった。

三枚ほど食べた後、茜は、自分でも意識《いしき》しないままに、ぽつりと言った。

「ごめんね、この間」

優斗は、〝この間〟が一昨日《おととい》のケーキデートのときのことだとすぐに理解《りかい》した。

「いいよ。やっぱり、恥ずかしいもんね」

優斗はそう返した。その言葉を聞くと茜は、心臓の上に鉛《なまり》を載せられたような苦しさを感じた。

〝恥ずかしかった〟から、優斗と付き合っているのを否定したわけじゃない。先輩だったから、そう返したんだ。茜は、そのことを謝《あやま》ろうと思って口を開いたが、言葉は喉《のど》につかえて出てこない。

茜は、千里の言葉をふいに思い出した。

『別れたら、今の関係には戻れないよ』

茜は、一度口を閉じ、優斗に聞いてみた。

「優ちゃん、私のこと好き？」

「え？　……うん」

「どこが好きなの？」

「どこって……」

「いつから？」

「ええと、隣の席になったときあったでしょ。そのときから……」

「私以外の人に告白されてたら、どうしてた？」

「なんでそんなこと聞くの？」

まくしたてるように質問する茜を止めるように、優斗は逆《ぎゃく》に、茜に聞いた。

茜は、鋭い矢で射抜《いぬ》かれたように、固まってしまった。

どうして自分は、こんなことを優ちゃんに聞いているのだろうか。優ちゃんを、なにかの犯人《はんにん》に仕立て上げたいのだろうか？　優ちゃんがもし、私のことを好きじゃなかったら。とりあえずで付き合っているのだったら、それを理由に、自分のこの罪悪感《ざいあくかん》を払拭《ふっしょく》できるかもしれない——なんて、私はなにを考えているのだろう。優ちゃんはこんなに優しいのに、私は……。

「おぉ、茜」

そのとき、茜の名前を呼んだのは、背の高い三年生、大伴智也だった。

「なにしてんの？」

門の脇《わき》にいる茜のもとに、そのまま近付いてきた大伴は、優斗を無視するように、茜だけを見て質問した。

「ちょっと、話をしてたんです」

茜は優斗から視線を逸《そ》らして答えた。

「ふーん。ねぇ、一緒に帰らない？」

「え？」

突然の誘いに、茜は驚いて顔を上げた。大伴の目が、じっと自分に近付いてくる。こんな間近で男の人に見つめられたことのない茜は、それだけで、なにも考えられなくなってしまった。

「家まで送るよ。ほら」

大伴は、茜のスクールバッグを持つと、すたすたと歩き始める。茜は、とっさに優斗の顔を見た。優斗は、特別悲しそうにも、さびしそうにも見えない。こんなとき、どうしてなにも言わないのか、茜は自分のことを棚《たな》に上げて、苛立《いらだ》ちを覚えた。

「今日は、先輩と帰る？」

と、優斗は、そんな質問を茜にした。

茜は、なんだか無性《むしょう》に腹が立って、その勢いに任せて答える。

「そうする」

自分でも驚くほど冷たい声でそう言った茜は、スカートを翻《ひるがえ》して、大伴のあとを追いかけた。今は優斗から遠く、できるだけ遠く、その視線が当たらない所まで、逃げていきたかった。


――それから一週間、茜は毎日大伴と帰った。

部活後、変わらず優斗は決まって正門で待っていたが、そこで話をしていると大伴がやってきて、そこから大伴と茜が二人で帰るという流れができていた。

木曜日あたりになると、まるで優斗と茜は、大伴が来るまでの時間つぶしのように会話をしているのだった。

そしてついに金曜日、茜は、部活のあと体育館から大伴と一緒に正門を通り、そのまま帰った。

正門には優斗がいたが、茜は、レモンをひとつも食べず、優斗と一言も言葉を交わさなかった。そのまますっと目を逸らし、逃げるように正門を抜けた。

大伴は勝利を確信し、すれ違いざま、優斗だけに聞こえる声で囁いた。

「この試合《ゲーム》、俺の勝ちだな」

優斗ははっと顔を上げた。大伴と茜、二人の背中が遠ざかっていった。


――茜、大伴先輩と付き合ってるの？

――今日も一緒に帰ってたじゃん！

――優斗君とは別れたの⁉

その夜の女バスメッセは大盛《おおも》り上《あ》がりである。しかし茜は、ただ一言しか返さなかった。

――付き合ってないし別れてない！

どうしてこんなことになったのか。茜は、自分のせいだとは思っていたが、この流れをまったく理解できないでいた。

来週から期末試験前で一週間部活が休みになる。期末試験が終わると、二学期も終わり、すぐに十二月二十四日――クリスマス・イヴである。

なんとかしないといけない、と茜は思った。

明日《あした》、明後日《あさって》は部活も休み。

日曜日は、どういうわけか今日の帰り道、大伴先輩に映画に誘われ、なし崩《くず》し的《てき》にＯＫしてしまったが、それは、この際《さい》どうでもいい。

今、茜の心の中を占《し》めている一番の問題は、優斗だった。

スマホを手に取る。

これから優ちゃんに電話して、明日、デートに誘おう。

なんて誘おうか？　口実は？　待ち合わせ場所に着いたとき、まずなんて言えばいい？　いや、それよりもこの電話、どう切り出したらいい？

茜は指をすべらせ、モニターをつけたり消したりを繰《く》り返《かえ》す。

しかしもう、ここまできたら勢いだ。どうしてこんな風に悩《なや》んでいるのか、なにに悩んでいるのかもよくわからなくなってきていたが、とにかく、ぶつかるしかない。

茜は覚悟を決めて、通話ボタンを押した。

コールが一回、二回——三回目の途中《とちゅう》で、〝通話中〟になった。

「もしもし」

「優ちゃん？」

「あ……泉さん」

茜って呼びなさいよと思ったが、そのことは今は置いておく。

自分が先輩と帰ろうとしたとき、どうして、「ダメだ」と言ってくれなかったのか、そのことも今はとりあえず、置いておく。

今日、なんで優ちゃんの前を通ったのに声をかけてくれなかったのかとか、もうそんなことも、全部置いておこう。

茜は、息を吸《す》って、一気に言った。

「明日、いつもの駅に十時！　来られるよね？」

「え!?　十時……うん、大丈夫だけど――」

「絶対来て」

それだけ言うと、茜は、一方的に電話を切った。

ぶわっと、汗《あせ》が出る。

なんて勝手な電話だと自分でも思ったが、もうどうにでもなれ、という気もした。茜は、そのまま風《ふ》呂《ろ》場《ば》に直行した。


翌朝、十時。

茜が行くと、やっぱりもう優斗は待っていた。いつもの、紺のダッフルコートだ。茜は今日は、最初のデートで着ていた、女の子らしいコーディネートである。

「行こう」

茜はそう言うと、行く先も告げず、ずいずいと改札に入った。優斗が後ろを早足でついてくる気配がする。やってきた電車は空いていた。二人は隣同士で座ったが、会話らしい会話はほとんどなかった。

そのまま、終点の駅までやってきてしまった。

それを優斗がいぶかしがることもなく、二人してホームに降《お》りる。このままじゃまずいと思って、茜は勇気を出して切り出した。

「優ちゃん、私のこと、好きなんだよね？」

「……うん」

「私が、他の男の人と一緒に帰って、嫌じゃないの？」

「でも、泉さんがそうしたいなら——」

「茜でしょ？　なんで私のこと、そう呼んでくれないの？　そう呼んでって言ったじゃん！」

茜は、そう言ってしまってから、自分がほとほと嫌になった。

どうしてこんなに大きな声を出して優ちゃんを責《せ》めてるの。責められなきゃいけないのは、私の方なのに。そう思う冷静《れいせい》な考えとは裏腹《うらはら》に、茜は、言葉を止められなかった。

「でも……」

「そうやって、なんでいつもおどおどしてるの！　私が、先輩と付き合っちゃってもいいの⁉」

「嫌だけど……でも、泉さんが、その人の方が好きなら、しょうがないと思う……」

昼間のホーム、自販機《じはんき》の傍《かたわ》らで、二人で言い合う。優斗の声は、たびたび流れる放送や電車の音ですぐにかき消されてしまう。

「しょうがないって、なに……？」

茜は自分でも知らないうちに、泣きそうになっていた。声がふるえているのに気付いて、なおさら自分が情《なさ》けなくなる。

こんな風に、勝手にわめいて、泣いて、本当にみっともない。全然かわいくない。

「泉さん、本当は僕のこと、好きじゃなかったでしょ」

そのとき、突然《とつぜん》優斗が、静かながら、はっきりとした声で言った。

茜の今にも爆発《ばくはつ》しそうな感情は、涙《なみだ》とともに、引っ込んでしまった。

「……え？」

茜は、優斗の顔をのぞき込んだ。

いつもと同じ、優《やさ》しい表情。いつもより、悲しそうな瞳。茜の心臓は凍《こご》えて、鼓動を忘《わす》れたかのようだった。

「あのラブレター、僕に書いたんじゃないよね？」

「……なんで、そう思うの？」

「だって、『走ってるところ』なんて書いてあったけど、僕、帰宅部だし、運動会でも走る競技《きょうぎ》には出てなかったから」

「…………」

「でも、僕は、泉さんのことが好きだったから、そうだったらいいなぁと思って、すぐに返事を書いたんだけど……やっぱり違ったんだよね？」

茜は、答えられなかった。

「本当は、大伴先輩のことが好きなんだよね？」

茜は、全身から血の気が引いていくのを感じた。立っている感覚が、なくなっていく。

「ごめんね。わかってたんだけど……僕、泉さんといられるのが、楽しくて、好きだったから……」

ぐすん、ぐすんと、優斗は泣き出してしまった。

ラブレターのことも、大伴のことも、泣くタイミングまで奪われてしまった茜は立《た》ち尽《つ》くすしかなかった。これはどうなってゆくのだろうか、どうなるのだろうかと、ただ頭の中で、その言葉だけが繰り返される。

たしかなのは、優斗との関係は、もう、これで終わりだということ、それだけだった。

「おいおい、なんだよ、ガキが、恋人《こいびと》ごっこしてんじゃん」

階段《かいだん》から下りてきた、茶髪《ちゃぱつ》の若者の四人組が、二人を見つけると、そんなことを言って近付いてきた。

「なに、中学生？　あ、でも、君、かわいいな。ねぇ、名前なんて言うの？」

茶髪の一人がそんな風に絡《から》んできて、茜に触れようと手を伸ばした。

その瞬間《しゅんかん》――優斗が、茜と若者の間に体をすべり込ませた。その一瞬後、若者の体がフワッと浮き、駅の硬《かた》いホームに、背中からたたきつけられる。

なにが起きたのか、誰にもわからなかった。

「茜、こっち！」

優斗は、茜の手を取ると、あっけに取られている若者たちを置いて、そのまま階段をかけ上がり、改札を出、人ごみの中に入った。

ずいずいと進んでゆき、小さな喫茶店《きっさてん》の中に入ると、そこでほっと息をつく。

急にいろいろなことが起きてぼうっとしていた茜だったが、呼吸《こきゅう》が落ち着くとだんだんと意識が戻ってきて、自分が今、美味しそうなカプチーノを前にテーブル席に座っているのに気付いて、驚いてしまう。

「飲んで」

優斗に促《うなが》され、茜はなにも考えず、カプチーノを飲んだ。

美味しかった。普段カプチーノなんて飲まないが、これは、美味しかった。

そして、ふっと顔を上げて、優斗を見る。

茜は、優斗に見つめられている恥ずかしさに、思わず顔を赤らめて、うつむいてしまった。これはどうしたことだろう。どうしてこんなに恥ずかしいのだろう。茜は、自分で自分がわからなくなってしまった。

「優ちゃん……あんなに、強かったの？」

茜は、風邪を引いたときでもこうはならないというような、小さくかすれた声でそう言った。

茜の知っている優斗はもっとかわいくて弱々しいはずだった。付き合っている彼女《かのじょ》が別の男に取られそうになっても泣《な》き寝入《ねい》りしてしまうような意気地《いくじ》なしの、もじもじした、けれど格別《かくべつ》に優しい、そんな男の子だった。

「空手《からて》を、習ってたんだ……」

「そんなの、初めて聞いた!」

「言わなかったから……」

「どうして教えてくれなかったの⁉　優ちゃん、すごい、すごい、かっこよかった」

しかし優斗は、褒《ほ》められても、全然嬉しそうではなかった。それどころか、悲しそうな表情で、じっと、目の前のコーヒーカップを見つめている。

「怖かったでしょ?」

「うん、そりゃあ、怖かったけど——」

「怖い思いさせて、ごめんね」

茜にとって、優斗のこんな思いつめた表情も、初めてだった。これはただごとではないと思って口を開きかけたが、それよりも早く、優斗が立ち上がった。

「試合で、相手に怪我《けが》させちゃったことがあるんだ。さっきの人だって、もしかしたら……」

「でもあれは、正当防衛《せいとうぼうえい》だよ!」

優斗は首を振る。

「あんなことしないで、ふつうに逃げればよかったのに……」

優斗は両手で顔を覆《おお》い、それから、ゆっくりと手を外して、茜を見つめて言った。

「泉さんも、僕のこと、怖いでしょ？」

「え？」

「黙っててごめんね、泉さん……」

優斗はそう言うと、財布から千円札を出して、テーブルの上に置いた。

そして、「別れよう」とだけ言い残し、優斗は、店を出ていった。


優斗が席を立ち、店を出たあと、茜は、優斗の残したコーヒーカップを見つめていた。

そういえば明日、先輩にデートに誘われているんだっけ——と、ぼーっと思い出す。少し前なら、優斗に振られたのだから、と先輩の誘いに飛びついたかもしれない。

でも今は、到底《とうてい》そんな気にはなれない。大伴先輩はカッコイイし、人気もあるし、頼れる三年生だということは間違いない。けれど——。

「私は、優ちゃんのことが——」

小さく、その続きをつぶやいてみる。大伴先輩でも、他の誰でもなく、私は優ちゃんのことが好きなんだ。大切なんだ。

茜は深呼吸すると、バッグからスマホを引っ張りだした。

電話をかける。通話の相手は、大伴である。

「おぉ、茜、どうした？　明日さ——」

「先輩、ごめんなさい！」

「え？」

「私、やっぱり明日は行けません」

あぁ、大伴先輩の誘いを断《ことわ》ってしまった。これはもう、バレたら女バスの皆に、メッセでボコボコにされちゃうな。

――でも。

「私、好きな人いるので！」

一方的に言い切って、茜は電話を切った。

茜は店を出、そのまま千里の家に向かう。

運よく千里は家にいた。千里の家は茜の家からも近い一軒家《いっけんや》で、インターホンを鳴らすと、千里本人が出てきた。本当なら、茜は優斗とデートしているはずの時間なので、来訪《らいほう》に驚いた顔をしている。

「今日デートなんじゃないの？　振られた？」

いきなり図星を突かれ、茜は、玄関のフローリングの上にぱたりと両手両膝をついた。

「えぇ、本当にそうなの⁉　待って、なにがあったかまず聞かせて」

茜は、千里の部屋で、さっきまでのことを全て打ち明けた。

千里は、全部聞いたあと、何度か口を開きかけたが、なにを言うべきか定まらず、口を閉じた。

「……私、やっぱり、優ちゃんが、好き」

その沈黙に、茜はぽつりと、決意のような言葉を置いた。

それを聞いた千里は、のけ反《ぞ》って、そのままベッドに倒《たお》れ込《こ》む。

「やっと自覚したかー！」

千里は、大声でそんなことを叫《さけ》んだ。

「声大きいよ！　なに、やっとって！」

「茜には優斗君みたいな男子がいいよ。優斗君にとってはどうかわからないけど」

千里は、茜の反応がにぶいので、茜の顔をのぞき込んでみた。すると、茜は、ぽろぽろと涙をこぼしはじめた。あわてたのは千里だ。

「な、嘘うそ！　冗談《じょうだん》だよ茜！　優斗君にとっても茜みたいな明るい子がいいって！　ね、だからほら、涙拭《ふ》いて！」

子供をあやすように茜をなだめ、落ち着いたところで、千里は切り出した。

「茜、優斗君のこと、どうするの？」

「私――もう一回、優ちゃんに告白してみる」

おぉ、と千里は思わず、茜の覚悟《かくご》に感嘆《かんたん》の声を上げた。そして互《たが》いを見つめ、うなずき合う。女同士、そこに言葉は必要なかった。

「いつにするの？」

茜は、白い天井をあおいで考えた。

「やっぱり――」

「イヴ？」

「うん」

＊

【私、優ちゃんに振られて、いろいろ考えました。

この一週間ちょっと、会話もなくて、一緒に帰ることもなくなって、今まではそんなのふつうだったけど、今は、とてもさびしいです。

それから、私、優ちゃんのこと、全然怖くないよ。優ちゃんは、どんなに強くても、相手のことを思いやる優しい優ちゃんだよ。先輩のことで、たくさん嫌な思いさせて、ごめんなさい。

やっぱり私、優ちゃんのことが大好きです。

もし私を許してくれるなら、明日の夕方五時、イベント広場のクリスマスツリーの前で待ってるので、来てください。　泉茜】

テスト明け、冬休みに突入した十二月二十四日、土曜日。

イベント広場は、クリスマス一色だった。

優斗の家の最寄り駅の駅前にある広場で、たまに大道芸の催《もよお》しなどが行われている。

茜は、約束よりだいぶ早く三時過ぎには広場に着いていた。

思えば、いつも優ちゃんには、来てもらうばかりだった。放課後も、デートの日も、いつも優ちゃんが待っていてくれた。だから今日は、私から優ちゃんの所にやってきた。今日は、私が待つ番だ。

ケーキ屋の前では売り子がサンタになり、クリスマスソングが流れ、広場の真ん中に立つ巨大なクリスマスツリーはイルミネーションできらきら光っている。

ツリーの周りにはベンチがあったが、茜は、ベンチには座らないと心を決めていた。

もし、優ちゃんが来なくても、門限《もんげん》ギリギリの九時まではここで待っていよう。寒いし、足も疲れるけど、これは優ちゃんを傷つけた罰《ばつ》だ。茜は、そんな風に思っていた。

四時半になった。

茜は、いよいよ緊張してきた。優ちゃんは、来てくれるだろうか。

優しいから、来てくれるかもしれない。けれど、その優しさに甘えたくはない。でも、そういうのを全部抜《ぬ》きにして、本当に、来てほしい。

冬休みの宿題を後ろの席に回すとき、一緒にまぎれ込ませた手紙。振り返ることもしないまま教室を出てきちゃったけど、ちゃんと読んでくれただろうか。

あと十五分で五時。

あと、十分。

あと、五分……。

茜は、いつの間にか目をつぶっていた。

優ちゃんは、来るなら十分前くらいには来ているはずだから、今来ていないということは、きっと今日は、もう来ない。わかってるけど、わかってるけど……。

茜の閉じた瞼《まぶた》から、涙があふれてくる。

茜はそれを手で拭《ぬぐ》った。ハンカチくらい持ってくればよかった。手袋《てぶくろ》くらい、してくればよかった。

寒くて悲しい茜の肩《かた》。

その小さな肩を——とんとんと、たたく男の子がいた。

茜は、目を開けた。

前にいたのは、まぎれもなく、優斗だった。

茜は思わず、優斗に抱《だ》きついた。

「優ちゃん、ごめんね、ありがとう、大好き……」

優斗の耳元で、そんな言葉をささやく。

自分でも驚いていた。そんな、女の子みたいな言葉を、自分が口にする日が来るなんて。

「このラブレターは、ちゃんと僕宛だよね……？」

優斗がそう聞いてきたので、茜はその頬にそっと唇をつけた。

携帯電話《けいたいでんわ》で待ち合わせ

櫻《さくら》いいよ

どうしようもない状況《じょうきょう》に陥《おちい》ると、頭が真っ白というよりも真っ暗になるんだな、と床《ゆか》に座《すわ》り込《こ》み、ベッドに突《つ》っ伏《ぷ》しながら思った。

にゃあ、とすぐそばにいたトラ柄長毛種《がらちょうもうしゅ》のメス猫《ねこ》、リンが鳴いてわたしを慰《なぐさ》める。そして、ふわふわの毛でなでるようにわたしの手の上をまたいで通り過ぎた。

顔を上げて手にしている携帯電話をじっと見つめる。

問題はこれが、わたしのではなく〝誰《だれ》か〟の携帯であるということだ。

「どうしよう……」

つぶやくと、リンがもう一度、にゃあ、と鳴いた。

この手元の携帯がわたしのものではない、と気づいたのはつい数分前のこと。

学校が終わり寄り道をしてから帰宅し、わたしの部屋でくつろいでいるかわいいリンを写真におさめようとしたときだ。ロックをかけていないはずなのにパスワードを求められたうえに、ホーム画面にはリンとは違《ちが》う短毛の黒と白のまだら柄の猫がいた（リンには負けるけれどこの猫も相当かわいい）。

このままでは、リンの写真が撮《と》れない。いや、そうじゃなくて。これがわたしの携帯でないならば、わたしのはいったいどこにいってしまったのだろう。

瞼《まぶた》を閉《と》じて、ゆっくりと記憶《きおく》をさかのぼる。

学校を出るときに携帯で時間を確認《かくにん》した。そのときはまだあった。そのまま友だちの瑛子《えいこ》たちと一緒《いっしょ》にお気に入りの雑貨屋《ざっかや》に寄り、ファストフード店に行って二時間ほどおしゃべりした。そのときもわたしは携帯を取り出して操作《そうさ》していた。

と、いうことはそのあとだ。

日が沈《しず》み出したのでそろそろ帰ろうか、と店を出ようとしたとき——ちょうど入ってきた誰かとぶつかった。

わたしは手に携帯を持っていて、ぶつかった衝撃《しょうげき》で落としてしまったのを思い出す。

「……あのときかぁ」

床に転がるふたつの携帯。とっさに、自分のではないほうの携帯を拾《ひろ》ってしまったのだろう。偶然《ぐうぜん》同じ機種で、なおかつわたしと同じようにケースもなく、画面に保護《ほご》シートも貼《は》られていないから、帰ってくるまで気づかなかった。

ちゃんと確認すればよかった、とうなだれるしかない。

「どうすればいいんだろう」

つぶやいて、手元の携帯をじいっと見つめながら考える。

再《ふたた》び自分のを手にするためにはどうすればいいのか。

高校入学と同時に両親に買ってもらって、まだ半年しか経《た》っていない。失《な》くしてしまったなんて言ったら怒《おこ》られるのは目に見えている。最悪、当分は携帯を持たせてくれないかもしれない。

しかもあの携帯には、リンの画像が大量に保存されている。どこにもバックアップしていないので、機種変はしたくない。

でも、相手がどこの誰かもわからないのではどうしようもない。なにか、ぶつかった人を探《さが》し出《だ》す手がかりはないだろうか。

目をつむって必死に記憶を蘇《よみがえ》らせる。

相手は男の子だった。間違《まちが》いない。そしてたぶん、わたしと同い年くらい。白いカッターシャツに黒いズボンだった。わたしの通う高校の制服はグレーなので同じ高校ではない。だけど、黒い制服というだけでは、どこの高校かさっぱりわからない。そして、顔は微塵《みじん》も思い出せない。すぐに謝《あやま》りながら携帯を拾ったのだ。

きっと今、男の子も自分の携帯がないことで困《こま》っているはずだ。

彼《かれ》もこのかわいい猫の写真をたくさん撮りためているだろう。待ち受けにするくらいだ。

画面の向こうからこちらを見てくる金色の瞳《ひとみ》をした猫。眠《ねむ》いのだろうか、ちょっと目つきが悪い。それもまたかわいいなあと思いながらため息をひとつ吐《は》き出《だ》した。

そのとき。

「っわ！」

突然《とつぜん》携帯がぶるぶると震《ふる》え出《だ》す。

画面には見覚えのある電話番号が表示されていた。これは……わたしの番号だ。

勝手に人の電話を操作《そうさ》するのはちょっと気が引ける。けれど。

おそるおそる通話ボタンをスライドさせる。ロック中でも通話できる機能《きのう》ってすごい。ありがたい。

「は……はい」

「あ、あの……え、っと。オレ、携帯、落とした者です……」

電話の向こう側にいる男の子が、わたしと同じように緊張《きんちょう》しているのがすぐにわかった。

ちょっと低めだけどゆっくりとしたしゃべり方に丁寧《ていねい》な口調。声フェチではないはずなのに、耳の奥《おく》が熱くなり、心臓《しんぞう》をぎゅっと鷲掴《わしづか》みされたような感覚がわたしを襲《おそ》う。

「この携帯、きみの、ですよね。勝手に電話使ってすみません」

「あ、だ、大丈夫《だいじょうぶ》です！　すみません、よく見て拾わなくて」

電話越《でんわご》しで見えるはずもないのに、ついぺこぺこと頭を下げてしまう。

「どうしようかと思っていたところだったので、かけてもらって助かりました」

「オレのロックかけてましたよね。ほんとごめん」

ごめん、の声色がなんだか優《やさ》しくて思わずきゅんとしてしまった。

「え、っと……じゃあ、どうしようか。きみがよければ明日、学校帰りに会って受《う》け渡《わた》しできたらと思うんですけど……」

「はい、それで、大丈夫です。え、っと……四時半くらいなら」

スムーズに話が進んでいく。

明日の学校帰り、今日ぶつかった店の最寄り駅の中央出口、ちょうど百貨店《ひゃっかてん》があるのでその入り口で待ち合わせすることになった。

無事、わたしの携帯が手元に戻《もど》ってきそうだ。ほっと胸《むね》をなで下ろす。

「じゃあ、なにかあったら電話――あ、オレのロックかかってるんだっけ。えっと、パスワード教えておくよ」

彼はそう言って躊躇《ちゅうちょ》なく六桁《けた》の数字を教えてくれた。

いいんですか、と聞く間もない。けれど、相手がこの男の子でよかった、と素直《すなお》に思った。なんて誠《せい》実《じつ》な人なんだろう。

「なにかあったら電話使ってもいいから。携帯が使えないと不便なこともあるかもしれないし。オレだけ使えるっていうのもなんだか。あ、メッセージとか写真とか余計《よけい》なものは見てないので……！　アプリも触《さわ》ってないから！　なんなら電源《でんげん》切っておくし！」

あわてた様子の声に、ついふふっと笑ってしまった。

「大丈夫です、ありがとうございます。友だちからメッセージや電話が来るかもだけど……無視《むし》してくれたら。明日には落ち着くと思うし」

多分、友だちからメッセージが届《とど》くけれど、そんなに急ぎの用事はないだろうし、大丈夫だろう。

「オレのほうも多分、友だちからいろいろ届くと思うんだけど……うるさかったらごめん」

男の子はそう申《もう》し訳《わけ》なさそうにつぶやいた。

なんとなく、電話の向こうで頭を下げているような気がする。さっきのわたしと同じだ。そう思うと、緊張がふっとほぐれた。

「じゃあ、えっと、また、明日」

「うん、わかった」

いつの間にか、お互《たが》い敬語はなくなっていた。じゃあ明日、と最後にもう一度挨拶《あいさつ》をして通話を切る。

耳元に、まだ彼の声の余韻《よいん》が残っていた。

携帯のパスワードは0004|8。なんの数字だろう。04|8は誕生日かもしれない。春生まれの男の子。そして多分、猫好き。

ぶつかった彼はどんな感じだったのかをもう一度、思い出そうとしてみた。

多分、背は高かった。黒髪《くろかみ》だったような気がするけれど、長かったのか短かったのかは思い出せない。

「すみません」とわたしが謝るよりも先に頭を下げてくれたっけ。

胸の中を、不思議《ふしぎ》な風が通り過ぎていくのを感じた。体の真ん中らへんが、ざわざわする。

布団《ふとん》にダイブして、脚《あし》をばたつかせると、リンが携帯をのぞき込んで不思議そうな顔をする。知らない猫の写真に興味を示したようだ。

わたしの待ち受け画面では、リンが首を傾《かし》げてこちらを見ている。

彼も携帯を見て「自分の猫のほうがかわいいけど、この猫もかわいい」なんて思ったのかな、と思うとちょっと笑ってしまった。

どんな男の子だろう。せっかく会うなら、かっこいい子がいいなあー。なんてね。

*

朝、学校で瑛子に会うなり携帯電話のことを話した。

「あーだから由利《ゆり》、昨日メッセージ既読《きどく》にならなかったんだあ」

やっぱり昨晩《さくばん》メッセージを何度か送ってくれていたらしい。

「ごめんね、なんか、間違って拾っちゃったみたいで」

「そんなことあるんだね。でも相手がわかってよかったね」

昨日ぶつかったとき、瑛子もそばにいたので男の子のことを覚えているか聞いてみたけれど、まったく記憶にないと言われた。ぶつかった本人のわたしが覚えていないのだから、それもそうか。

「どんな人だろうね一」

「ねー」

机《つくえ》をはさんで向かい合いながら、ふたりで想像する。

「なんか、結構《けっこう》友だち多いみたいでメッセージすんごい来るんだよね」

「へー、友だち多いんだ」

今も携帯がカバンの中でぶるぶると震えているのがわかる。

短いメッセージだと画面に表示されるので、何度か不可抗力《ふかこうりょく》で見てしまった。

『今テレビでお前の好きなメタルの特集やってんぞ』

『借りてた漫画《まんが》明日持っていくわーすっげーおもしろかった』

『いえーい、新作ゲームゲット！　週末オレん家《ち》でやろうぜ』

『返事しろよー』『また携帯見てねえだろ』『電池なくす勢いでメッセージ送ってやろうぜ』『おーい』

そこから結構な量のメッセージが届いた。

メタルを聞くんだ。漫画も読むんだ。ゲームも好きらしい。

見知らぬ人の情報《じょうほう》に、なぜかドキドキしてしまう。

ただ、彼のことをこそこそ調べているみたいな気分になり、申し訳なくて夜には携帯の電源を落とした。それでも、ずっと携帯電話の存在《そんざい》が気になって落ち着かなかった。

朝になり電源を入れると、未読のメッセージは七十件。それだけで、彼が友だちに慕《した》われているのがよくわかる。

そしてなにより。

『昨日はごめん』

『携帯入《い》れ替《か》わってたんだって？』

『知らずにメッセ送りまくってすんません』

こんなメッセージが学校に来る途中《とちゅう》、次々と届いた。

彼が友だちに事情を説明してくれたのだろう。そして、友だちはわたしに向けてのメッセージを送ってくれたようだ。こんなにいい友人に囲《かこ》まれている彼にますます興味が湧《わ》く。

友だちがいい人たちなのだから、本人が悪い人なわけがない。

「男友だちの多い男は信用できるって、お兄ちゃんが言ってたよー。いいじゃん」

「いいってなにがよー」

「運命の出会いかもよー」

瑛子がにやにやしながらわたしを肘《ひじ》でつつく。

まさか、と笑いながら返事をしたけれど、ほんの少し夢見てしまったのは事実だ。

「どんな男の子だろうなあ……」

「由利の好みのあの俳優《はいゆう》みたいな人だったりしてー」

「やっぱい、ソッコー恋《こい》に落ちるね！　むしろ本人だったりして！　アイドルだったりしてー」

「漫画みたいじゃんー」

ふたりで目を合わせてむふふふ、と笑う。

目をつむって、思い描いてみる。っていうか、浮《う》かぶのは好きな俳優の顔だ。

色白で、二重《ふたえ》のタレ目が好きだ。身長は百七十五くらいが理想。髪の毛はふわふわの、リンみたいな猫っ毛がいいな。なでると気持ちよさそうな感じ。

毎日汗《あせ》を流してます、みたいな体つきのいいスポーツマンタイプはちょっと苦手だ。細くて、でも筋《きん》肉質《にくしつ》で、さわやかな人がいい。滅多《めった》なことでは怒らなくて、いつもにこにこ笑っているような人。

とはいえ、そんな奇跡《きせき》の出会い、現実にはなかなかないことはわかっている。期待はほどほどに。

わたしと同じように相手もアイドルみたいな女の子を想像して期待しているかもしれない。さらさらロングヘアで手足が細く長い、モデルみたいなスタイルの。なのに、百五十三センチしかないうえに中《ちゅう》肉中背《にくちゅうぜい》の至《いた》って平凡《へいぼん》な女の子が現《あらわ》れてがっかりするかも。

……できたらそれを顔に出さない人でありますように。

「あー、今日会うの緊張するなあ」

朝からこんな気持ちになっていたら、放課後まで身が持たない。

はあーっと息を吐き出しながらつぶやくと、瑛子がちょっと驚《おどろ》いた顔を見せた。

「今日会うんだ。早いほうがいいけど、その男の子だいぶ待ってくれるんだね」

「――え?」

瑛子の言っている意味がわからず、首を傾げる。と同時に授業《じゅぎょう》が始まるチャイムが鳴る。

不思議そうな顔をするわたしを見て、今度は瑛子が首をかたむけた。

「今日委員会じゃん」

時間が一瞬《いっしゅん》止まった、ような気がした。

「……っあー！」

思わず大きな声を出してしまった。

すっかり忘《わす》れていた。

全員がなにかしらの委員会に入ることになっているこの学校は、毎月一度、放課後《ほうかご》に委員会会議がある。各々《おのおの》の教室に集められ来月の目標を話し合うのだ。

時間は早い委員会で三十分。遅《おそ》ければ二時間ほど。とくにわたしが入っている美化委員会は遅いと評判《ひょうばん》だ。どう考えても四時半には間に合わない。

やばい。彼に連絡《れんらく》をしておかないと。

とりあえず今日はキャンセルして、明日に変更《へんこう》してもらえばいいだろうか。もう一日、交換《こうかん》したままでも大丈夫だろうか。

慌《あわ》てて携帯電話を取り出してパスワードを入力する——と、正面から伸《の》びてきた手がわたしから携帯をするりと奪《うば》い取った。

「授業始まってるぞー」

弾《はじ》かれたように顔を上げると、いつの間にか教室に入ってきていた化学の先生がわたしを見下ろしながら言った。顔からさあっと血の気が引いていく。

授業中の携帯使用は禁止されている。とはいえ、他の先生ならば口頭注意だけで終わるのだけれど、この先生は必ず没収《ぼっしゅう》する。

ぱくぱくと餌《えさ》を求める金魚のように口を開閉《かいへい》させる。その間に携帯は先生の白衣のポケットにおさまってしまった。

「放課後取りにくるように」

「……は、はい」

それはわたしのものではないんです、なんて言《い》い訳《わけ》は聞き入れてもらえないだろう。

がっくりとうなだれる。やばい。やばすぎる。どうしよう。

今日のわたしは、とことんついていない気がする。多分、今日はそういう日だ。いや、昨日からかも。


結局、委員会が終わったのは午後六時半。

なんでこんな日に限《かぎ》ってとくに委員会が長引いたのか。校舎《こうしゃ》のどこが汚《よご》れているとか、誰が掃除《そうじ》をするとか、心底どうでもいい。やりたい人がやってください。

ずっと時間を気にしながら過ごしていたので、委員会の話はまったく頭に入ってこなかった。

もう待ち合わせ時刻《じこく》から二時間も過ぎてしまっている。

委員会が終わるやいなや、すぐにカバンを摑んで教室を出た。廊下《ろうか》を蹴《け》り上《あ》げながら走り、階段は二段飛ばし。途中《とちゅう》、何人かとぶつかりそうになり危《あや》うく転《こ》けそうになってしまった。

「せ、先生、携帯！」

職員室《しょくいんしつ》のドアを開けた瞬間《しゅんかん》に呼《よ》びかけると、先生は眉間《みけん》にしわを寄せてから渋々《しぶしぶ》といった様子で机《つくえ》の引き出しから携帯を取り出す。

「もう授業中には使うなよ」

そう言いながらわたしに手渡した。

はい、と返事をしてぺこりと頭を下げてから小走りで職員室から立ち去る。

一刻《いっこく》も早く連絡しなくちゃ！

靴箱《くつばこ》で立ち止まり、乱れた呼吸《こきゅう》を整える。

先生が電源を落としていたようで、画面は真っ暗だ。すぐに電源ボタンを押して、パスワードを入力する。早く早く、と気持ちばかりが焦《あせ》って何度かミスをしてしまった。０００４ー８。心の中でつぶやきながら操作する。

「わー！　やっぱり！」

ショートメールに不在《ふざい》着信の通知がいくつか届いていた。どれもわたしの番号だ。すぐに折り返しの電話をかける。

「は――」

「も、もしもし！　ごめんなさい！」

相手が出ると同時に頭を下げながら叫《さけ》んだ。

「い、委員会があって！　しかもあの、携帯を先生に没収されてしまって！　連絡ができなくて……本当にすみません！」

どうしよう、どうしよう。

まくし立てるように話すと、沈黙《ちんもく》の時間が流れる。絶対《ぜったい》怒っている。わたしだったら絶対怒る。二時間も連絡なしだったのだ。約束をすっぽかされたと思っているだろう。

「あの、本当に……」

「ふはは、いいよ。一時間くらいは待ってたんだけど、用事できたのかなって勝手に思って、友だちと遊んじゃってたから大丈夫」

あ、笑った。って、そんなところにときめいている場合じゃない。

「でも、一時間も……」

「大丈夫だよ、友だちも一緒だったから」

優しい言葉が、かえって申し訳ない気持ちを増幅《ぞうふく》させた。

こんな人になんてことを。委員会があることを昨日思い出していれば。せめて連絡しようとする前に先生の存在に気づいていたら、こんなことにはならなかったのに。

もう、本当にわたしのばか。

「あ、例の女の子ー?」

しょんぼりと肩《かた》を落としていると、電話の向こうから明るい声が聞こえてきた。

「よかったじゃんー連絡来て」「初めましてー友達でーす!」「またこいつと会ってやってねー」「おれらとも遊ぼーー!」

騒《さわ》がしい背後《はいご》の様子に、ちょっとびっくりしてしまった。わたしに話しかけているようだけれど、この場合、返事すべきかどうかわからない。悩《なや》んでいると「もう、黙《だま》ってろって！」と男の子の一蹴《いっしゅう》する声が聞こえてきた。

「ご、ごめん、うるさくて」

「あ、いや大丈夫！　遊んでるときにごめんね」

後ろではまだ男の子たちがなにかを叫んでいた。その中に「なにかっこつけてんだよー！」「あんなにへこんでたくせにー」「嫌《きら》われたかなとか悩んでいたくせにー」「本当は二時間待ってたくせにー」と笑う男の子たちの声が聞こえてくる。

へこんでいた。嫌われたかなと、悩んでいた。二時間も待っていた。

聞こえてきた内容を頭の中で反芻《はんすう》する。

「あ、いや！　そんなことないから！　ごめんなんか……」

「う、ううん」

「こいつらがふざけてるだけだから！　ちょっとお前ら黙れって！」

必死に否定《ひてい》する彼の様子から、多分背後の友だちが言っていることは本当なんだろうと思う。

それでも、電話をかけたときの彼は、そんな様子を微塵も感じさせなかった。

明るい声で『大丈夫だよ』と言ってくれた。彼はわたしを一言も責めなかった。二時間も待っていてくれたのに、気を遣《つか》わせないようにわたしには一時間だとウソをついてくれた。

ごめんなさい、という気持ちに、彼の優しさがじわりと染《し》み込《こ》んでくる。

「あーもう、あの、ごめん、ちょっと今はうるさいから、夜電話してもいいかな」

「え？　あ、は、はい！」

「えーっとじゃあ、十時くらいに電話する、ほんとごめん」

そう言ったあと、電話を切る。彼が謝るようなことはなにひとつないのに。

十時、か。今夜、もう一度彼と電話で話ができる。頬がゆるんでしまう。

わたしのせいで彼に迷惑《めいわく》をかけて、結果、携帯の受け渡しができなかった。なのに、彼とのつながりが、今日で終わらなかったことを喜んでいる。

しかも、男の子と電話の約束なんて初めてだ。なんだかまるで恋人同士《こいびとどうし》みたい――。

「なんてね！」

靴箱を目の前にして、なに勝手な妄想《もうそう》をしてしまっているのか。

ぱっと顔を上げて、なんでもないふりをして携帯をポケットに入れた。なのに、気がつけば口の端《はし》が持ち上がってしまう。

どんな人だろう。どんな男の子だろう。

十時の電話が待ち遠しい。

携帯を見つめながら、ベッドに寝っ転がって早十分。

晩《ばん》ご飯《はん》は食べた。お風呂《ふろ》も済《す》ませた。じりじりと約束の時間が近づいてくる。それに比例してわたしの心拍数《しんぱくすう》も上がっていく。緊張で不整脈《ふせいみゃく》になってしまいそうだ。

気にしないようにと一度は携帯を机に置き手放してみたものの、余計落ち着かなくて結局《けっきょく》こうして待っている。

はああーっと息を吐き出したその瞬間――プルルルル、と着信音が鳴って、心臓がとびきり大きく跳《は》ね上《あ》がった。ドキン、とかじゃない。バクン、て感じ。

「は、はぃい！」

急いで取ると、返事をするだけなのに噛《か》んでしまった。しかもワンコールで出てしまった。電話を待っていたことがまるわかり。

あああもう、恥《は》ずかしい！

「こんばんは、ごめんね今日は」

わたしとは対照的《たいしょうてき》に落ち着いた声で彼が言う。

「ううん、大丈夫！　と、友だちと仲《なか》よさそうだね」

「まあ、男子校だから、みんなで集まって騒ぐしか楽しみがないっていうか」

男子校だったのか。新たな情報を心の中にメモしておいた。忘れないように赤ペンで。

「あの、ごめんね、二時間も待たせてしまって……」

「友だちも一緒だったから話しながらだったし、気にしないで。そっちも大変だったみたいだし」

「明日は、絶対大丈夫だから！　って、明日でいいんだっけ？　ごめんね、携帯なくて不便してない？」

「大丈夫。あ、時間はどうする？　今日と一緒の四時半でいいかな？　携帯もべつに問題ないよ。もともとそんなにメッセージをやりとりする方じゃないし。家ではＰＣでネット見るし」

そうなんだ、なんかかっこいいなあ。わたしはほとんど携帯だ。

「そっちこそ、大丈夫？」

「わたしは大丈夫。逆にいっつも携帯見てるから猫が拗《す》ねちゃって。昨日と今日は遊んであげたから満足そうにしてる」

そう言うと、リンが自分の話をされていることに気づいたのか足元で返事をするかのように、にゃあっと鳴いた。ちょっとあくび交じりに。

「あ、今聞こえた」

「ふふ、よく鳴くんだよー。おしゃべり猫なの。帰ってくるとドアの向こうからにゃあにゃあ鳴いて待っててくれるんだよ。寝るときも絶対わたしの側《そば》に来てくれるんだけど、いびきもかくの」

猫の話になると、ついつい饒舌《じょうぜつ》になってしまう。

慌てて口を塞《ふさ》ぐけれど、彼は「オレの家の猫もすっごいかわいいんだ」とさっきよりもちょっと明るい声で話しはじめた。

「待ち受け画面の猫だよね。かわいかった」

「そうそう。きみのも待ち受け、猫だったよね。まあ、オレんちのサトルのがかわいいけど」

「ふはは、うちのリンのほうがかわいいし」

自慢《じまんげ》気な彼の声に、つい声に出して笑ってしまう。

あまりの溺愛《できあい》ぶりに、ついクスクスと笑いながらわたしも親ばか丸出しで反論《はんろん》した。そこからはお互い愛猫《あいびょう》自慢だ。名前を呼ぶと返事をしてくれること、もっとなでてと手を出してくるところ、おやつ、と口にすると目をぱちーっと見開いて寄ってくるところ。

お互いに一歩も退《ひ》かない。それが、楽しかった。

猫が大好きすぎて、猫にかぎらず動物の出てくる感動物語は感情移入しすぎてつらいことでも意気投合した。

一度話が盛《も》り上《あ》がると、そこから好きな映画の話になった。そして音楽の話になったりドラマや漫画の話になったり。

尽《つ》きることがない。何時間でも話し続けることができそうだ。

こんなに話しやすい男の子は初めてだ。まるでずっと前から知り合いだったみたい。まだまだこの時間が続けばいい。そう思う。

けれど、終わりはやってくる。

偶然にも、ふたりして同じタイミングで充電《じゅうでん》が切れる合図が鳴った。

「あー、電池切れる。っていうか二時間以上もしゃべってたんだ、ごめん遅くまで」

「ううん、楽しくってわたしも時間見てなかった。ごめんね、夜更《よふ》かしになっちゃって」

言われて初めて十二時を過ぎていることに気がついた。そういえば喉《のど》もカラカラだ。

「明日、寝坊《ねぼう》しないようにね」

「うん、ありがとう。じゃあ、明日四時半に」

じゃあね。

多分同時にそんなことを言って、名残惜《なごりお》しさを感じながら通話を終えた。

もうちょっと、話したかったな。もっと、話がしたいな。

二時間も電話をしたあとにそんなことを思うなんておかしい。しかも、相手の男の子とは一度も会ったことがないのに。

携帯の画面から、彼の家にいる猫がわたしを見つめている。黄色の瞳《ひとみ》に、微《かす》かに彼のシルエットが映《うつ》っている、ような気がした。もちろんそんなはずはないのだけど。

「きみの名前は、サトルっていうんだね」

画面の猫をそっと指先でなでる。彼の名前を知らないのに、猫の名前は知っているなんて、変なの。

――猫の名前。猫がどれだけ好きかということ。好きな漫画や映画、音楽。

今日一日で知った彼のことだ。

もっと話をすれば、もっと彼のことを知ることができるのだろう。

けれど、手元にある携帯電話は明日には彼のもとに返っていく。もう二度と、わたしと彼がつながることはない。

そう思うと、チクリと胸が痛《いた》んだ。さみしいな、と思ってしまった。

彼の電話番号は履歴《りれき》でわかる。でもそれだけだ。電話をするような用事はない。いや、そもそも、知らない相手にこんな気持ちを抱《いだ》くこと自体がおかしい。

瑛子が言っていたような運命の出会いなんて、そうそうあるわけがない。そんなことわかっている。

携帯電話をぎゅうっと握《にぎ》りしめると、足元にいたはずのリンがわたしの真横にやってきた。そしてぺろりとわたしの手を舐《な》める。んなあ、と変な鳴き声を出してから、携帯を隠《かく》すようにのそりと手元に乗ってきて腰《こし》を下ろした。

「もう、リンってば！　携帯に嫉妬《しっと》しないでよ」

ふは、と笑いながらリンをどかすと、「んああ」と文句を言っているかのように鳴かれた。そしてもう一度わたしの邪魔《じゃま》をするように携帯電話をお尻《しり》に敷《し》いてくつろぐ。

ああ、もうかわいいんだから！

……このリンの顔を、彼に見せてあげたいなあ。

こんな些細《ささい》な瞬間に、思い出すのは名前も知らない男の子のこと。

彼はこんなふうにわたしのことを思い出したりはしないだろう。明日会ってしまえばすべて忘れ去られてしまうかもしれない。そう思うとちょっとくやしくなった。

「一枚《まい》だけ」

携帯をリンの体の下から抜き取り操作して、カメラモードにする。リンにカメラを向けると、必死に毛づくろいをしはじめた。お腹《なか》を天井《てんじょう》に向けた無防備《むぼうび》な格好《かっこう》にくすりと笑ってから、カシャリと音を鳴らして一枚の写真を携帯におさめた。

せめて、リンの写真だけでも、彼に残ってくれたらいい。

猫好きの彼は、リンのかわいい写真を消したりはしないだろう。この写真を見るたびに、きっとわたしのことも思い出してくれるはずだ。

約束の時間十五分前。

今日はなんの問題もなく、こうして待ち合わせ場所にやってくることができた。

駅前にある百貨店の前で、それとなく自分の身だしなみを確認する。

急いで学校を飛び出してきたので、髪の毛がちょっとぼさぼさになってしまった。それを手ぐしで整える。スカートに変なシワは、ない。胸元《むなもと》のリボンも、曲がっていない。

肌《はだ》はテカっていないだろうかとショーウインドウをまじまじとのぞき込んだところで、はっと我《われ》に返った。

大勢の人がいる場所で、なにをしているんだろう。きょろきょろとあたりを見回して、誰にも見られていませんようにと祈りながら澄《す》ました顔をして壁《かべ》にもたれかかる。

彼は今日も友だちと来るだろうか。やっぱりわたしも瑛子を誘《さそ》って一緒に来たほうがよかったかな。

でも、なんとなく、ひとりで来たかった。

彼も、ひとりだったらいいな。

心臓が早鐘《はやがね》を打つ。多分、過去最高速度を記録しているはず。呼吸もなんだかしにくい。息苦しい。

体内のいろんなものが緊張しすぎて、なんだか逃《に》げ出《だ》したくなってきた。

携帯を手で掴みながら、何度も深呼吸を繰《く》り返《かえ》す。吸って吐いて、吸って吐いて。すればするほど落ち着かなくなる。

ああ、もう待っている時間がつらい！

刻々と近づいてくるのに、普段《ふだん》よりもずっと時間が進むのが遅い。何度も何度も時間を確認する。あと十分、五分、三分。

待ち合わせの四時半。今のところ彼らしい人は見当たらない。

「……遅れてる、のかな」

独《ひと》りごちてあたりを見回すけれど、顔がわからないので見つけようがない。制服姿の男の子なんて、ここには溢《あふ》れ返《かえ》っている。もともと人が多い場所なので、四時半になると学校帰りの学生がぐんと増《ふ》えるのだ。

相手も同じ状況かもしれないので電話したほうがいいかな。でも、向かっている最中だったらどうしよう。電車の中だったら彼を焦らせてしまう。連絡はないけれど、もうちょっと待っておいたほうがいいかな。

三分、五分、十分。

じわりじわりと時間が過ぎていくにつれて、緊張ではなく不安が増《ま》してドキドキしてきた。

さすがに遅いし、なんの連絡もないなんておかしくないだろうか。

もしかして、昨日のわたしと同じような状況に彼も陥っているのかもしれない。もしくは待ち合わせ場所を間違えたかも。時間も四時半でよかったっけ。

どうしよう。電話する？　もうちょっと待つ？

しばらく悩んでから、意を決して電話をかけた。

「……つながらない」

電話に出ないとか、留守番電話になるわけでもなく、ずっとツーツーと話し中の音が流れてくる。

なんだろうこれ。

彼が誰かに連絡をしているってこと？　でも、彼の携帯はわたしの手元にある。なにか緊急《きんきゅう》の用事ができたとか？

首をひねり、もう一度かけ直す。結果はさっきと同じだ。

どうしよう……。

彼のことだからなにか事情があるに違いない。そう思い、昨日の彼と同じように待つ決意をする。

とはいえ……ここで待っていていいのだろうか。待ち合わせ場所を間違ったのかもしれないと思い、念《ねん》のため百貨店の別の入り口に駆《か》け足《あし》で向かった。たしか他に三か所あったはずだ。

けれど、彼らしき人は見つけられなかった。おまけに会社帰りの人が増えてきて、ますます見つけられる状況ではなくなってきた。

その間、何度か電話をかけてみるけれど、やっぱり話し中。

時間はすでに五時。

もしも、わたしがなにか勘違《かんちが》いしていたなら、また彼に待ちぼうけを食わせてしまっているかもしれない。昨日に続いて今日も。そう思うと焦る。

もう一度電話をかけてみると——初めて呼び出し音が流れてきて、安堵《あんど》のため息がこぼれた。

「あ、もしも——」

彼の声が聞こえてくる。と、同時に目の前に人が来て、勢いよくぶつかってしまった。

「っわ」

ぐらりとバランスを崩して、視界がゆっくりと傾《かたむ》いていく。

倒《たお》れる！

目をぎゅっと固くつむると、誰かに肩を摑まれた。わたしをしっかりと支《ささ》えてくれる力強く大きな手。

そして、どん、と背中になにかが当たる。

「あ、す、すみません……」

「大丈夫？」

振《ふ》り仰《あお》ぐと、目の前からも携帯電話の向こう側からも同じ声が聞こえてくる。そして、目の前で携帯電話を耳に当てている男の子が、わたしを見下ろしていた。

スポーツをしているのか、がっしりとした体形に小麦色《こむぎいろ》の肌。短髪の、カッターシャツを着た男の子。

身長もわたしよりもずっと大きい。そして、一重《ひとえ》の吊《つ》り目《め》。

目が合った彼が睨《にら》んでいるように見えて、一瞬びくりと体がこわばってしまった。

けれど、多分、この人だ。

まさかこんな人だったとは。あの優しい声で感じた雰囲気《ふんいき》とのギャップがすごい。あの声からこんなにもガタイのいい男の子は想像できなかった。

そして、正直言うと、わたしがもっとも苦手なタイプだ……。威圧感《いあつかん》がある。

彼もわたしに気づいたのだろう。軽く頭を下げる。

「え、と……オレの携帯の。こ、こんにちは」

「は、初めまして」

再び声が二重で聞こえてくる。彼にも聞こえたのか、顔を見合わせてくすりと笑った。

彼の吊り上がった目が、笑うと細くなってかわいく見える。狐《きつね》みたい。勝手に抱いた恐怖心《きょうふしん》がすうっと消えていく。

そして、ああ、この男の子が携帯の持ち主なんだなあ、と改めて思った。

とりあえず、お互い恥《は》ずかしくなり、携帯を切った。

「ごめん、待たせたよね。ちょっと先生に捕まっちゃって。よく考えたらどんな子かわかんないじゃん、て思って焦った。電話したんだけどなかなかつながらなくて」

「あ、わ、わたしも電話したの」

さっき通話中だったのは、多分ふたり同時にかけてしまっていたからだったのだ。しかも何度も同じタイミングで。なんて間が悪い。

「そうだったんだ」

「……今日は、ひとりなんだね」

まわりには、彼と同じ制服の男の子は見当たらなかった。

「あ、うん。みんな都合が悪くて今日はオレひとり」

「そっか。ごめんね、二日続けて……」

大丈夫だよ、と彼は目を線みたいに細くして、人懐《ひとなつ》っこそうな笑顔を見せてくれた。

不思議だ。彼の笑った顔を見ると心の中がぽっと温かくなる。第一印象は怖《こわ》そうだと思ったのに、今はそれがすごく安心感を与えてくれる。

携帯電話をゆっくりと彼に差し出す。

「じゃあ。これ、ごめんね、ありがとう」

「あ、うん。オレのほうこそごめん、ありがとう」

彼もわたしに渡してきて、同時にそれぞれ自分の携帯を手に取った。

入れ違っていた携帯電話は、無事、本来の持ち主のもとに返った。

これで、終わり。

「……えっと、オレは、じゃあ、あの、ありがとう」

どうしたらいいのかわからず向かい合ったままでいると、ためらいがちに彼が言った。

「あ、うん。ありがとう」

まあ、そりゃそうだ。だって携帯電話を返すためだけに会ったのだ。それが終わったら彼にもわたしにも、用はない。ひらひらと手を振って、終了。本日の目的は達成だ。

踵《きびす》を返し、帰っていく男の子。結局名前もわからないままだった。聞かれもしなかった。

でもまあ、いいじゃん。

好みの男の子ではなかったし。わたしの好みとは、真逆のような男の子だった。思《おも》い描《えが》くわたしの理想の男子像とはひとつも重ならなかったし。

……まあ、スポーツマンってちょっと苦手だったけれど、彼は清潔感《せいけつかん》があったし、柔《やわ》らかそうな雰囲気はあった。それに、笑うとてもかわいかった。彼の待ち受け画面のサトルにちょっと似てたかも。

彼はわたしになにも聞いてこなかった。必要最低限の会話しかなかったし、あっさり背を向けて帰ってしまった。実物のわたしを見て、表情には出さなかったけれど内心がっかりしてたのかもしれない。

だったら、仕方ない。

手元には、わたしの携帯電話。もう、彼につながるものはなくなってしまった。

猫の話をすると、途端《とたん》にはずんだ彼の声。もっとサトルのことを教えてほしかったな。リンの自慢もしたかった。映画の話も音楽の話も聞きたかった。

彼のことを知りたかった。

彼の心地よく耳に響《ひび》く声。それを思い出すと、さっき会ったばかりの彼の顔がぴったりと重なる。

見た瞬間、声とイメージが全然違うと思った。けれど、温かな笑みを見せる彼は、電話で抱いた印象と一緒だった。

……もう、電話で話をすることはない。街で出会っても、気づかないかもしれない。二度と交わることがないかもしれない。


――いやだ。


この気持ちの名前はまだわからない。

ただ、終わりにしたくない。終わってほしくない。せめて、名前だけでも教えてほしい。できたらまた会ってほしい。また電話で話がしたい。

この気持ちの名前を、彼と一緒に探してみたい。いや――一緒に育てたい。

彼を追いかけよう！　と踵を返した、そのとき。

手にしていた携帯電話がぶるぶると震えた。画面には『如月尚弥《きさらぎなおや》』と表示されている。見覚えのない名前だ。

……まさか。

不意に顔を上げて彼が去っていったほうを見ると、携帯電話を手にしたまま、振り返ってわたしを見ている男の子と目が合う。

通話ボタンを押して、耳に押《お》し当《あ》てる。

「はい」

「勝手にオレの番号、登録してごめん。なにか、残したくて」

「わたしも、勝手にリンの写真撮って保存しちゃった……」

お互いに、お互いへと向かって一歩踏《ふ》み出《だ》す。ゆっくりと、だけど確実に縮《ちぢ》まるわたしたちの距離《きょり》。

「今日、本当はひとりで会いたくて、友だちが来るのを断ったんだ」

「わたしも、ひとりで来てくれたらいいなって思ってた」

胸が、心地よいリズムを奏《かな》でる。

これから、なにかが始まる予感がする。いや、ちがう。なにかを始めるんだ。

「このまま、終わりたくなかった」

わたしの声と、彼の声が重なった。

今のわたしの顔は、彼と同じように紅潮《こうちょう》しているだろう。

私のカレは小学生

春日東風《かすがとうふう》

同学年男子＝イコールお子ちゃま。

そんな等式がわたしのクラスの女子の中では成り立っている。

それにはちゃんとした理由がある。

なにせクラスの男子ときたら、授業中《じゅぎょうちゅう》は騒《さわ》ぐし、休み時間中も騒ぐし、ホームルームのときまで騒いでいる。箸《はし》が転んでもおかしい年頃《としごろ》というのは、確《たし》か乙女《おとめ》に許《ゆる》された形容《けいよう》だと思うけど、うちのクラスの場合は、それが男子に当てはまっている感じだ。

とにかくウルサイ。

そんな男子を、女子たちは、動物園の動物でも見るような目で眺《なが》めている。もはや対等の人間だとは思っていない。当然、恋愛対象《れんあいたいしょう》になんてなるはずもなく、

「ホント、同学年ってガキだよね」

「やっぱり年上がいいよね、落ち着いてて」

という言葉が、嘲笑《ちょうしょう》とともにひそひそとささやかれることになる。

もちろん他のクラスは違《ちが》うのかもしれないけれど、自分のクラスの男子を見て、他のクラスの男子についても、「多分同じだろう」と推量《すいりょう》してしまうのは仕方のないところ。

さて、同学年の男子のことをお子ちゃまであるという風に、わたし自身は決めつけてはいないのだけれど、そんなことはべつにどうだってかまわない。実際《じっさい》に子どもでも子どもじゃなくても、子どもだって決めつけていても、いなくても。

わたしがかまうのはそんなことじゃなくて、同学年がお子ちゃまであるなら、年下はどうなってしまうのかということである。あるとき、それをクラスメートに訊《き》いてみたところ、

「赤ちゃんじゃやない？」

「異次元《いじげん》の生物」

という答えが返ってきた。

わたしがなぜそんなことを訊いたのか。気になるのか。

それは、わたしが今お付き合いしている男の子、つまりカレシが、なにを隠《かく》そう、年下だったからだ。

わたしは中学一年生、そして、彼《かれ》は一歳《さい》年下の小学六年生。

今から三か月前、小学校の卒業式の日にわたしは彼に告白された。式が終わって友だちとお別れをしたあと——と言っても、ほとんどが同じ中学に上がるので、ひと月もしないうちにまた顔を合わせることになるのだけれど——家族と一緒《いっしょ》になったところに現《あらわ》れたのが彼だった。

話があるからちょっと時間がほしいと言われた彼のその話がまさか告白だとは思ってもみなかった。

彼とは学校の委員会活動で一緒になったときに、ちょっと話したことがあるくらいの仲《なか》だったからだ。

「ずっと好きでした。付き合ってください」

まだ咲《さ》かない校庭の桜《さくら》の木の下で向けられた目がまっすぐで、わたしは思わず「はい」と答えてしまった。生涯《しょうがい》で初めてされた告白だったということ、卒業式というロマンチックなシチュエーションであったということも作用したと思う。

でも結果として、ＯＫしたことは正解だった。

告白から三か月が経《た》った今、わたしも彼のことが好きになっていて、しかもその気持ちは衰《おとろ》えることなく日に日に強くなるようだったからだ。

彼のほうもわたしのことを好きでいてくれるみたいで、そうすると二人の間にはなんの問題もなく、これからただのノロケ話が始まるのかというと、ただのノロケになるためにはクリアしなければいけない問題が一つある。

それが彼が一学年下だということだった。

しかも、小学生。

これが同じ中学生だったらまだしも――といっても、わたしは中学一年生なのでそれは論理的《ろんりてき》にありえないのだけれど――小学生なのである。それが問題。

わたしも去年までは、というか三か月前までは小学生だったわけで、それはわたしの友だちも同じはずなのだけれど、みんなはまるで三十年前ででもあったかのような顔で、

「あの頃《ころ》はよかったなあ、気楽で」

とお酒を飲んだ父が昔をなつかしんでいるときと同じ顔で小学校時代を語るのである。

この三か月の間にいったい、みんなになにがあったのか、その冒険譚《ぼうけんたん》を聞いてみたい気がするが、それはともかく、

「カレシにするならやっぱり高校生だよね。無理ならせめて年上」

こういう言葉を聞くたび、わたしはドキリとする。年下でかつ小学生をカレシにしているなんて、なにかイケナイことをしているような気分になるのだ。

わたしは自分のカレシが小学生であるということはごくごく近しい友人にしか言っていない。親友の二人だけ。

ただし、カレシ自体がいるということは、そういう話題になったときには言っていた。言わないと、彼に対してフェアではないからだ。でも、具体的にどういう人なのかには触れないようにする。

「別の学校の人なんだ」

とだけ言うことにしている。これはウソではないだろう。

それでも、あまりにわたしがカレシについて語らないせいか、近頃、本当にカレシがいるのかどうか疑《うたが》われはじめている。妄想上《もうそうじょう》のカレシなのではないかとさえ言われることもあり、それか、

「言えないってことは、もしかして大学生と付き合ってるとか？」

なんて疑いもかけられたりする。

「どうでもいいじゃん、ほっといてよ」と答えられれば気が楽なんだけど、そうそう簡単《かんたん》にはいかない。恋《こい》バナを拒否《きょひ》すれば、クラスで一人ふわふわと浮《う》き上《あ》がってしまうからだ。わたしの悩《なや》みはいよいよ深い。

この頃わたしはよく思う。

なんで彼はもう一年早く生まれてきてくれなかったんだろうかと。

＊

その日、わたしは隆弥《リューヤ》とカラオケに来ていた。

楢崎《ならさき》隆弥というのが、カレシである彼の名前だ。

隆弥とは休みが合えば必ず遊びにいっていた。合えばというのは、一週間に二日、土曜日と日曜日、彼と同じ日に必ず休みは来るわけだけれど、お互《たが》いに部活や塾《じゅく》があって、土日にいつも会うというわけにもいかなかったからだ。平日は、学校が違うので会えないし。

それでもさびしいと思わないのは、隆弥のマメさによる。こうして休みの日にどこかに誘《さそ》ってくれること、平日は必ずメールや電話をくれること——二人とも携帯電話《けいたいでんわ》を持っている。わたしは中学校入学をきっかけに買ってもらい、隆弥はなんと、わたしに告白した次の日に親を説得して買ってもらったそうだ——など常《つね》に、「気にかけているよ」というサインを送ってくれる。

気も利《き》くし、はっきり言って年上のわたしよりずっと大人《おとな》びていた。

「──ルミ」

近くで名前を呼《よ》ばれて、わたしはびっくりした。

そうして、ほとんど触《ふ》れ合《あ》うばかりの位置に隆弥の顔があるので、二度びっくりした。

「な、な、なに？　ど、ど、どうしたの？」

わたしは座《すわ》っていた室内のシートの上で、おしりを少し動かして彼からちょっと離《はな》れるようにした。

「こっちのセリフだよ。何度も名前呼んでるのに答えないからさ。歌わねえの？」

そう言って隆弥は、曲を入れるためのタッチパネル型の機器を差《さ》し出《だ》してきた。

わたしはドキドキをおさえるように息をついた。

それから手に取った機器のひんやりとした感触《かんしょく》を味わいながら、しかし、それをそのまま彼に返して、

「もう一曲リューヤの歌聴《き》きたいなあ。あ！　あの新曲お願い！」

わたしの好きなロックバンドの歌を明るくリクエストしたのだけど、その明るさはちょっと嘘《うそ》くさかったらしい。隆弥は、わたしのことをじっと見てきた。

「どうしたの？　そんなに見つめられると照れちゃう、えへ」

友人には絶対《ぜったい》に見せられない気持ちの悪いぶりっ子ぶりを見せつけると、隆弥は、呆《あき》れた風《ふう》でもなかったが、

「あの曲はまだ聴《き》いてないんだ。別のでもいいか？」

わたしのいんちきくささを追及《ついきゅう》したりせず言ってきたので、わたしは、「おー！」と片手の拳《こぶし》を前に

突《つ》き出《だ》す。

すぐに始まったアップテンポなリズムに隆弥の綺麗《きれい》な声が乗るのを聴きながら、わたしは部屋のドアの小窓《こまど》のほうをちらりと見た。

わたしは気もそぞろだった。というのも、さっきこの店に入ってきたとき、クラスメートの姿《すがた》を見かけたような気がしたからだ。後ろ姿だったし、一瞬《いっしゅん》だったので、断言《だんげん》はできないけど、多分そうだったような気がする。

こういう悪い予感というのは得てして当たるもので、もしも歌い終わって店を出るときなんかに偶然《ぐうぜん》会ったりしたらどうしようか、とそんなことを考えて不安だったのだ。

そういう不安はその日が初めてのことだった。これまで、デート中に友だちの影《かげ》を見たことはない。考えてみれば、隆弥とは突飛《とっぴ》な場所に行くわけではなく、街の中を歩き回っているだけなのだから、これまで会わなかったことのほうがおかしいくらいなのに。

隆弥が一曲歌い終わる。さすがにもう一曲リクエストすることはできないので、あまり歌いたいような気分ではなかったけれど、わたしも一曲、ロックを歌った。

「イエーイ!」

歌い終わりにポーズを決めたわたしは、しまったと思った。

再《ふた》び隆弥がじとっとした目でわたしを見ているのに気がついたからである。

隆弥は、おかしなポーズのまま固まっているわたしのすぐ近くまで来ると、「気をつけ!」とぴしゃりと言った。

わたしは号令に応じて、ぴしっと背筋《せすじ》を伸《の》ばした。

「……なんで、気をつけ？」

「どうでもいいよ、そんなこと。なにか悩みでもあるの、ルミ？」

「……悩み？　どうして？」

「さっきから、あきらかに様子がおかしいだろ」

「そんなことないよ。いつものわたしだよ」

隆弥はそのままわたしの目を覗《のぞ》き込《こ》むようにしてきた。

わたしと隆弥は同じくらいの身長なので――実はわたしのほうが一センチだけ高い――目線の高さが合う。わたしの前に二重《ふたえ》まぶたが彩《いろど》る瞳《ひとみ》があって、そのなかに不審《ふしん》そうな色が見えた。

別の悩みだったら隆弥に話したかもしれないけれど、まさか、一緒にいるところをクラスメートに見られたら気まずくてそれを思いわずらっていますなんてこと、言えるわけがない。

わたしはとっさに、定期試験のことを考えて憂鬱《ゆううつ》なんだと適当《てきとう》なことを答えた。

「定期試験？」

「そう、そう。なんか点数が悪かったら携帯止めるとかって言われててね」

それ自体は嘘じゃない。母からのお達しである。

隆弥は一応納得《いちおうなっとく》したような顔をした。

「じゃあ、帰って勉強するか?」

でも、そんなことを続けて言ってきたので、わたしは、げ、と思った。クラスメートに見られたら気まずいけれど、だからといって帰りたいわけでは全然ない。わたしは、慌《あわ》てて首を横に振《ふ》る。

「勉強は明日からちゃんとやるから大丈夫《だいじょうぶ》!」

「本当?」

「本当だよ。信じて、お父さん!」

わたしのボケに隆弥は突《つ》っ込《こ》まず、絶対だぞ、と言って、わたしにもう一曲歌わせた。

もう一曲歌うとテンションが上がって、続けて三曲目を歌い、さらには次に歌った隆也の曲の二番を奪《うば》ってしまった。そのあとも思う存分《ぞんぶん》歌ってしまって、制限時間《せいげんじかん》が来る頃には、例の心配は頭から消えてしまった。我《われ》ながら単純《たんじゅん》。

隆弥と一緒にカラオケを出ると、青空がまぶしかった。六月の梅雨《つゆ》の晴れ間を、たしか五月晴《さつきば》れと言ったと思うけど、うろ覚え。

時刻《じこく》は一時を回ったところだった。お腹《なか》が空《す》いたので、わたしたちはファストフード店でお昼にすることにした。

休日の低価格飲食店《ていかかくいんしょくてん》は混雑《こんざつ》の極《きわ》みで、家族連れやカップルで賑《にぎ》わっている。注文カウンターに向かって並《なら》んでいると、「お腹空いたあ、まだなのー?」という子どもの声が後ろから聞こえてきた。

注文したハンバーガーとナゲットとジュースのセットを、注意してテーブルまで運ぶ。

先に立って歩いていた隆弥が椅子《いす》を引いて、わたしを座らせてくれた。

「ありがとう、気が利《き》くね。ホントにキミは小学生なのかね？」

わたしがからかって言うと、隆弥は、そのうち中学生になるよ、と真面目《まじめ》な様子で答えた。

ちっちゃな円テーブルに向かい合って座ってハンバーガーをぱくぱくやりながら、わたしは対面の隆弥の顔を眺《なが》めた。

整った顔立ちだ。影を作れそうなほど長いまつ毛に、つやつやした唇《くちびる》——今はハンバーガーのソースで汚《よご》れてるけど。

ルックスのよさに加えて大人びているし優《やさ》しいしで、学校では相当モテるだろうなあ、とわたしは思った。

「——食べるか？」

「え？」

わたしの目の前にポテトが差し出される。

「なんか物欲《ものほ》しそうに見てるからさ。てか、ポテト、もう一セット頼《たの》む？」

「しっつれーな！」

わたしは怒《おこ》った振《ふ》りをしながら、差し出されたポテトをつまんで食べた。

「結局食べてるじゃんか」

「うん、せっかくだからね。あー、おいしい」

「ルミ」

隆弥が急に真剣《しんけん》な声を出したので、わたしはびっくりした。

「ごめん、食べ過ぎた？」

「違うよ。今、レジカウンターの列に塾《じゅく》の友だちが並んでるんだけどさ」

え、とわたしはドキリとした。そうして、すぐ、

「トイレにでも行ってようか、わたし？」

と姿を隠すことを提案《ていあん》する。

隆弥はテーブルナプキンで口を拭《ぬぐ》ったあと、わたしにもナプキンをよこした。わたしは素直《すなお》にそれで口元を拭《ふ》く。

隆弥はわたしの提案を無視《むし》する格好《かっこう》で、

「オレのカノジョだって言って紹介《しょうかい》してもいい？」

と訊いてきた。

うん、とうなずくまで少し時間が必要だった。

普通《ふつう》なら、カレシの友だちに自分のことを紹介されるのは嬉《うれ》しいことだろう。でも、わたしの場合はちょっと微妙《びみょう》。なにしろ、紹介される相手が年下なのだから。

向こうからどんな風に思われるか想像がついて、それは全然楽しいものではない。

とはいっても、隆弥が紹介したいと言っているのに、嫌《いや》だと言うことなんてできない。

わたしのうなずきかたがぎこちなかったのか、隆弥はすっとした眉《まゆ》をひそめるようにしたけれど、

「じゃあ、紹介するな」

と言って、しばらくしてから、レジカウンターに向かって手を振った。

「お、リューヤだ！」

「なにしてんのぉ？」

四人の男子女子が手に手にトレイを持って、通路をやってくる。そうして、すぐ近くに席を取った。

「そっちは？」

隆弥が訊くと、

「みんなで遊びにいくとこだよ。まずはお昼」

二人の女子のうち芸術的《げいじゅつてき》に髪《かみ》の毛《け》をクルクルさせている子が答えた。

四人は、隆弥から、その隣《となり》にいる見慣《みな》れない女子――つまりわたしだ――へと視線《しせん》を向けた。

隆弥がわたしのことをカノジョだと紹介しているその声が、うまく聞き取れない。心臓《しんぞう》がどきどき……というか、ばくばくしている。自分だけ別世界の人間のような気がした。

「うちらと同じ小六？」

クルクルな子がわたしに訊いた。

わたしは、中一です、となぜか敬語《けいご》で答えた。

「わあ、先輩《せんぱい》だあ」

なんの先輩だよ、と言い返してやりたかったけれど、そんな勇気はなかった。人生の先輩と考えれば間違っているわけでもないし。

「ふうん、中学生っていっても、べつにうちらと変わんないね」

座った席からクルクルは、通路《つうろ》越《ご》しに無遠慮《ぶえんりょ》な目を向けてきた。

わたしは、彼女《かのじょ》のほっぺたを引っぱたけたらどれだけ気分爽快《きぶんそうかい》だろうかと、思わず起こしかけた短気を微笑《ほほえ》みの中にしまった。ただし、うまく笑えているかどうかは自信がない。

「今から『オーバル』に行くんだけど、リューヤとカノジョさんも一緒に行かない？」

クルクルが続けざまに言う。

オーバルとは、駅前にあるショッピングモールだ。この辺の中高生の遊びスポットの一つになっている。訂正《ていせい》。『小』中高生の。

「行くわけないだろ。デート中なのに」

隆弥は素《そ》っ気《け》なく言った。

「えー、いいじゃん、べつに。いいですよね、カノジョさん？」

こっちに振ってこないでほしい、と思いつつ、わたしはこのクルクルちゃんが、頭がいいことを認めなければいけなかった。こっちの気持ちを読んでいる。わたしにも見栄《みえ》というものがある。

「べつにいいんじゃないかな、行っても。リューヤ」

心の広いカノジョを演《えん》じたわたしに、してやったりという顔のクルクルちゃん。

「行こうぜ、行こうぜ」

「リューヤ来るんだー、やったー」

と騒ぎ始める他のメンバーたち。

そんなはしゃいだ空気の中で、

「いや、オレたちは行かない」

隆弥の声がきっぱりと固く響《ひび》いた。

その場にいるみんなが隆弥を見た。わたしも見た。

隆弥はちょっと不機嫌《ふきげん》そうな顔をしている。

「え、いいじゃん。行こうよう、リューヤあ」

クルクルちゃんが甘《あま》ったるい猫撫《ねこな》で声を出す。

「しつこいよ」

隆弥は冷たく返した。その冷たさに、クルクルちゃんの顔が固まる。

固まった顔が元に戻《もど》る前に、隆弥はわたしに向かって、「出るぞ」とぶっきらぼうに言うと、席を立ってそのまま通路を歩き出そうとした。でも、そこで、セルフサービスのこの店では食べた後片付《あとかたづ》けを自分でしなければいけないことを思い出したみたいで、自分とわたしの分まで手早く手に持つ。

「……失礼します」

わたしは、間《ま》が抜《ぬ》けたセリフを隆弥の友だちに言って、彼のあとを追った。その場を離《はな》れるとき、わたしの視界《しかい》に、憎々《にくにく》しげな目をしたクルクルちゃんの顔が映《うつ》っていた。

隆弥はトレイやゴミを片付けたあと、店を出た。わたしもちょっと遅《おく》れて外に出る。

と、隆弥がこちらを向いて待っていた。きつい目つきである。外は相変わらずの青空だったけれど、彼の周りには不穏《ふおん》な空気が漂《ただよ》っている。

「行くぞ」

そう言うと、どこに行くとも言わず、隆弥は歩き出した。

わたしはその背を追うけれど、隆弥は早足で歩いているので、普通に歩いていたわたしはすぐに遅れることになった。

その遅れをダッシュして取り返して、彼の隣《となり》についた。それから、ちょんちょんとその肩《かた》をたたく。

「リューヤくん。わたしを置いてくつもりかい?」

冗談《じょうだん》っぽく言ったあとに、

「さっきはごめん。いい顔して一緒にオーバル行ってもいいんじゃないとか言っちゃって」

真面目に謝《あやま》った。

すると隆弥はピタリと立ち止まって、ふう、と息をつくと、

「いや、オレが悪かったんだよ。そもそもあいつらに話しかけたから」

わたしに正対して答える。

「友だちに話しかけて悪いことないでしょ。やっぱり、わたしが悪いよ」

わたしが重ねて言うと、

「オレだよ」

と隆弥。

「わたしだってば」

「オレだ」

「絶対、わたし！」

「オレ！」

「がんこだなあ、リューヤは。わたし！」

「オレだっ……やめようぜ、アホらしい」

隆弥はクールに言ったけれど、とにかく悪いのはオレだからとなお言い張った。

わたしは、そんな隆弥の頭をよしよしと撫《な》でる。隆弥はされるがままになりながらも、むっとした顔を作った。

「なにしてんだよ？」

「やー、かわいいなあと思って」

「男に『かわいい』言うな」

「たまに子どもっぽいところ見せてくれると安心する」

「ルミよりは大人だけどな」

「うん。それは認《みと》めるよ」

「……む」

「どう？　今の発言、大人っぽかったでしょ？」

わたしがおどけてみせると、それに乗るようにして隆弥は笑った。笑うと言っても、ははは、と声を上げるものじゃなくて、にやりとするくらいの微笑《びしょう》。

「笑ったほうがかわいいぜ、リューヤ」

「だから、『かわいい』言うなよ。……てか、オレたち、通行の邪魔《じゃま》になってる」

隆弥の言うとおり、歩道の真ん中でバカップルをやってたわたしたちは、道行く人の障害《しょうがい》になっていた。

わたしは隆弥の手を引いて、歩道の脇《わき》に寄《よ》る。年上だからなのか、そもそもわたしが図太《ずぶと》いのかはわからないけど、隆弥の手を取ることについて恥《は》ずかしさはない。

対して、隆弥はちょっと恥ずかしそうにしていた。わたしから顔をそむけている。

「それで、これからどこ行くの？　リューヤ」

「……美術館《びじゅつかん》」

「美術館？　リューヤってカッコイイ趣味《しゅみ》持ってるね。わたし、全然芸術の才能《さいのう》ないから、絵とか見てもわかんないかも。でも、がんばるよ」

「オレも絵に興味ないよ。苦手だし」

「じゃあ、なに見るの？」

「絵」

「……もう一回、頭をよしよししたくなってきたぞ」

隆弥はちょっと笑うと、絵は絵でもアニメの絵コンテだよ、と言った。絵コンテというのは、映像作《えいぞうさく》品《ひん》の撮影前《さつえいまえ》に用意されるラフなイラストのことを言うらしい。それが、これから行く美術館に展示《てんじ》されているという。

「なんのアニメ？」

わたしはあまりアニメを見ないので、知らない作品だったらどうしようかと思った。

「ていうか、リューヤ、アニメとか見るんだ。もしかして、美少女戦隊《びしょうじょせんたい》ものとか？」

「……どんなイメージだよ。それ、オレが見てても、ルミは大丈夫か？」

「やっぱそうなんだ！」

「ちげーし」

その後、隆弥が口にしたタイトルは、国民的な有名アニメ映画だった。アニメ好きとか嫌《きら》いとか関係なく誰《だれ》でも知っている作品である。わたしももちろん知っていて、しかも大好きなやつだった。上がるテンション。

結論から言うと、美術館はとても楽しめた。

これまで美術館というと、難《むずか》しげな絵とか彫刻《ちょうこく》とかが展示されている退屈《たいくつ》な空間というイメージがあったけれど、今回の訪問《ほうもん》でそれが変わった。サービスカウンターで聞いたところによると、全年齢《ぜんねんれい》向けの楽しそうなイベントが季節に応《おう》じていろいろと開かれているらしい。

「また、来ようね」

わたしは幸せな気持ちで美術館を出た。そうして、敷地内《しきちない》から出たその瞬間《しゅんかん》のこと。

「あれ？　ルミじゃん」

すぐ近くからわたしの名前を呼ぶ声が上がる。

わたしはギクリとした。その声が誰のものかわかったとき、時が止まったかのように感じられた。

まさかこのタイミングで会うなんて。

幸せと不幸せは連続して起こるということわざがあったような気がする。今は思い出す余裕《よゆう》なんてないけれど。

「……あ、サナ」

沙奈《さな》はクラスメートで、『付き合うなら絶対年上』派《は》のリーダーだった。沙奈の両隣にはもう二人クラスメートがいる。

彼女《かのじょ》たちの目はすぐに、わたしからわたしの隣に移《うつ》った。

「こんなところで会うなんて、奇遇《きぐう》だね」

わたしは言った。言いながら、よりによってこの子たちに会うなんて、と日頃の行いの悪さを反省する。これからは早希《さき》（二人の親友のうちの一人）にも優しくするようにしよう。

「ねえ、ルミ。もしかして、カレシ？」

さっそく沙奈が訊いてきた。

わたしはもちろん間髪容《かんはつい》れずに肯定《こうてい》しなければいけないのはわかっていたけれど、どうしてもそうできなかった。代わりに、少し間を置いてから、「う、うん」としぶしぶそうしなきゃいけないみたいな感じで返事をした。

沙奈は、まるでさっきのファストフード店にいた店員みたいな営業《えいぎょう》スマイルを作ると、隆弥の近くに寄って、

「ルミの友だちでーす」

と明るく作った声を出した。

先を越《こ》されたと思ったのか、残りの二人も近づいてくる。

隆弥は三人の女の子に囲《かこ》まれても、特別照れた様子もなくクールな感じだ。

わたしは核心《かくしん》に触《ふ》れられる前に早くその場を離れたくて仕方がない。が……。

「どこ中《ちゅう》ですかあ？」

という沙奈の声のほうが早かった。

そのときのわたしの気持ちは、とても表現《ひょうげん》できない。

「森沢小《もりさわしょう》だけど」

「……へ？」

脇をちょんっと突っつかれたみたいに変な声を上げた沙奈は、そのあとわたしを見た。その顔はニタニタとして、まるで幼児《ようじ》向《む》けの絵本に描《か》かれた悪い狼《おおかみ》みたいだった。

沙奈は、「小学生と付き合ってるんだあ」とゆっくりと言うと、ふーん、と意味ありげに笑って、それから二人の友だちと目配せし合う。

わたしは早くこの時間が過ぎ去ってくれればいいのに、と思った。

「じゃあ、お幸せにね」

こちらをちょこちょこと振り返ってくすくす笑いながら去っていく三人のクラスメートの後ろ姿に、わたしはため息をついた。

「ごめんね」

わたしは隆弥に言った。

「どういうことだよ？」

「どうって……」

わたしは言いたくなかったけど、この状況《じょうきょう》では言わざるを得ないと悟《さと》る。

ごまかしきれるものではないし、本当のことを言うより、そうやってごまかされることのほうが隆弥は嫌いだろうと思った。なので、全てを話した。

隆弥は黙《だま》って聞いていた。

話し終わったあと、わたしは、

「……怒ってるよね？」

と訊く。

聞かずもがなである。

カノジョに自分の存在《そんざい》を隠されるなんて、自分と付き合っているのが恥ずかしいからそんなことをしているんだって思うに違いない。怒るところである。

なのに、隆弥はすぐに首を横に振った。

「べつに、怒ってないよ」

とても信じられなくてわたしは言う。

「……嘘だ」

「嘘じゃないって」

隆弥の目は穏《おだ》やかだった。

言葉どおり、嘘をついているようには見えない。

「だってさ、オレが一歳子どもだっていうのは事実だし。背だってルミより低いしさ。それは仕方ないよ。でも、今に見てろよ。年は追《お》い抜《ぬ》けないけど、背は追い抜いてみせるし、あと、精神年齢的《せいしんねんれいてき》にはルミより大人になってやるから」

そう言って、隆弥はニッと笑った。

なんて人だろう……。

わたしは胸が熱くなるのを感じた。隆弥のことが愛《いと》おしくてたまらなくなって、一歩彼に近づくと、その背に両腕を回してぎゅっと抱きしめる。

「大好きだ、リューヤ！」

「…………」

なにも反応《はんのう》が返ってこないので、どうしたんだろうと思って体を離すと、隆弥は顔を真っ赤にしている。

かわいい、と思ったわたしはすぐに、そんな場合じゃないと思い直した。

「来て、リューヤ」

わたしは彼の手を取ると、え、と訳《わけ》がわからない様子の隆弥が戸惑《とまど》うのも無視して、走り出す。

わたしは隆弥の手を引いて走った。通行人にぶつかりそうな勢《いきお》いで。

すぐに、わたしは目的地に着いた。

「サナ！」

わたしが声をかけると、沙奈はびっくりしたような顔で振り返った。つられて連れの二人も振り返る。

わたしは自分が出した大声に自分で驚《おどろ》いていた。

不審《ふしん》そうに小首をかしげる沙奈。

「改《あらた》めて紹介するね、楢崎隆弥くん。わたしのカレシです！」

……言った！

その声は、呼《よ》び掛《か》けた声よりもさらに大きくて、周囲の人にも聞こえていた。顔をうつむかせてくつくつ笑う人の姿も見えたけど、気にならなかった。

沙奈は呆気《あっけ》に取られたような顔をして、なにを言えばいいのかわからないような様子だった。

だから、わたしが続けてやる。

「わたしはリューヤと付き合えて幸せです！」

唐突《とうとつ》なその言葉に、沙奈は、「そ、そう。よかったね」と返して、それからは無言になった。

その彼女が沈黙《ちんもく》に耐《た》えられなくなって、「じゃあ、わたしたちこれでね」と別れるまで、わたしは待った。

彼女が立ち去ったあと、わたしは隆弥を見た。

隆弥は頬《ほお》を染《そ》めている。

「こんなことで恥ずかしがってるなんて、大人への道はまだまだ遠いね」

わたしが言うと、

「いや、恥ずかしいだろ、普通に」

と隆弥はもっともなことを言った。

「まあ、そういうことなんで、これからもよろしくね！」

わたしが手を差し出すと、隆弥はすぐにその手を握《にぎ》ってくれる。

その握り方がちょっぴり強くて、でも、わたしはそれを言わないまま、しばらくそのままにしていた。

君に届《とど》け、空に叫《さけ》べ

山橋和弥《やまはしかずや》

七月。

教室の窓《まど》から差《さ》し込《こ》む光は強さを増《ま》し、額《ひたい》から垂《た》れる汗《あせ》がその量を増し、蝉《せみ》が人生をかけて大声で叫び続けている季節。

中学一年生の夏。新しい学校、新しいクラスにも慣れはじめ、帰りのホームルーム中の教室にはもう緊張感《きんちょうかん》なんて微塵《みじん》もないゆったりとした空気が流れていた。

静川圭《しずかわけい》は頬杖《ほおづえ》をつきながらぼんやりと黒板を眺《なが》めている。

今日一日教師たちによって刻《きざ》まれた授業《じゅぎょう》の内容が黒板のぼやけた消《け》し跡《あと》から漂《ただよ》ってくるようだった。

担任《たんにん》がいつもと同じように連絡事項《れんらくじこう》を告《つ》げている。

「えーと、もうすぐ期末テストが始まるから、ちゃんと勉強しとくように。それと廊下《ろうか》に掲示《けいじ》してある体育祭の写真。注文したい人は締《し》め切《き》りが近いから早くするように。それから夏休みが明けたら文化祭だ。二学期に入ってから焦《あせ》ることがないように今から準備《じゅんび》ちゃんとしとけ」

担任はそう言ったあと、おざなりに付け加える。

「それと文化祭で毎年やっていた『空に叫べ』っていう企画《きかく》な。昨日の職員会議《しょくいんかいぎ》で、今年で最後になると決まった」

ガタリと椅子《いす》の鳴る音がした。

見ると、圭の隣《となり》の席の少女が立ち上がっていた。名前は夏目翔子《なつめしょうこ》という。

翔子は机《つくえ》に手をついて、目を見開き担任に視線《しせん》を向《む》けている。

「ん？　どうかしたのか？」

担任が訝《いぶか》しげに翔子に訊《たず》ねる。

「えっと、『空に叫べ』って終わっちゃうんですか？」

「ああ。そうだよ」

「なんでですか？」

翔子は信じられないというように担任を見つめている。

「参加人数が少ないからだな。これ以上続ける意味はないと判断《はんだん》されたんだろ」

担任は他人事《ひとごと》のように告げる。実際《じっさい》担任にとっては文化祭の催《もよお》しがひとつ増《ふ》えようが減《へ》ろうがどうでもよいのだろう。

「なんだ？　夏目は参加したいのか？　申《もう》し込《こ》みならまだ間に合うぞ」

翔子はなにかを言いたそうに口を動かしたが、結局《けっきょく》伝えるべき言葉が見つからなかったのかそのまま黙《だま》って腰《こし》を下ろした。

担任はそれで質問が終わったと判断したようで、連絡事項の伝達を再開し、淡々《たんたん》と帰りのホームルームを終了させた。

生徒たちはガヤガヤと音を立てながら教室を出ていったり、部活動や委員会の準備を始めたりする。

圭は鞄《かばん》を取って立ち上がった。廊下へと向かいながら、ふと気になって肩越《かたご》しに振《ふ》り返《かえ》る。

光の当たりぐあいで灰色《はいいろ》に近い色に見えるショートカットの髪形《かみがた》に、透《す》き通《とお》るような白い肌《はだ》。

翔子は椅子にじっと座《すわ》り神妙《しんみょう》な表情でうつむいていた。

うすいピンク色の唇《くちびる》を軽く噛《か》んでいる。

なにを考えているのだろう。

気にはなったが圭は想像するだけにとどめて、声をかけたりはしなかった。

廊下にあふれ出た生徒たちに溶《と》け込《こ》むように足を進める。喧噪《けんそう》や熱気が満ちていて少し息苦しさを感じた。

圭は視線を横に向けて、窓の外に広がる大空を眺める。大きな雲が誰《だれ》の声も届かない場所をゆっくりと流れていた。


次の日から翔子の様子が変わった。

授業中はなにか悩むように眉根《まゆね》を寄せてじっと机を睨《にら》んでいるし、廊下を歩くときは地面に視線を落として足取りが重い。午前の授業中ずっと心ここにあらずといった感じだったので、昼休み、教室で圭は興味本位《きょうみほんい》で翔子に訊ねた。

「なあ、なにかあったのか？」

翔子は片肘《かたひじ》をついて紙パックのリンゴジュースを苦《にが》い顔をして飲んでいた。机の上には食べかけのサンドイッチがうなだれるように横たわっている。

翔子は目だけで圭を確認《かくにん》すると、大げさにため息をつく。

「リンゴジュースが苦く感じられるほどにはなにかがあったよ」

「なんだそりゃ」

圭はあきれて小さく笑った。

「静川君は昨日の話ちゃんと聞いてた？」

「昨日？　昨日って誰かなんか言ってた？」

翔子は再《ふたた》び大きくため息をつく。

昨日そこまで落ち込むようなことがあっただろうか。考えてみるが思《おも》い浮《う》かばなかった。

「担任が言ってたじゃん。『空に叫べ』がなくなるって」

「ああ」

そのことか、と圭は納得《なっとく》した。『空に叫べ』、というのはこの学校の文化祭の催しのひとつで、屋上から参加者が思い思いの主張を叫ぶというものだ。

生徒からも一般《いっぱん》からも参加者を募集《ぼしゅう》していて、ただ屋上から大声で叫ぶというだけなのに一時期は百人を超《こ》える応募者《おうぼしゃ》がいたこともあったらしい。

けれど担任の説明でもあったように今では参加者も激減《げきげん》したようで、今年で最後の企画になってしまった。

たしかに昨日の帰りのホームルームで担任が説明したときに翔子は驚《おどろ》いて質問していたが、まさかそれでここまで落ち込んでいるとは思わなかった。

「誰か告白《こくはく》したい相手でもいんの？」

昔はその企画で屋上から思いを伝える人も多かったと耳にしたことがあったので、圭は訊ねた。

「そういうんじゃないけど」

「じゃあ、なんで？　そこまで落ち込むこと？」

「だって当然あると思ってたのに、いきなりなくなっちゃうだなんてひどすぎると思わない？」

「今年あんだからいいだろ」

「ダメだって！　来年もあることが大事なのに」

翔子はジュースを机に置いて頭を抱《かか》えた。

「ああ、もうダメだ。ねえ、どうすればいいと思う？」

「そんなの俺に訊《き》かれてもわかんねーよ」

「そうだよねー」

翔子は三度目になるため息をついた。

そこまでがっかりするようなことだろうか。不思議《ふしぎ》に思いつつ、圭は思いついたことを適当《てきとう》に言ってみる。

「参加人数が減ったことが原因《げんいん》でなくなるんなら、今年増えれば来年もあるんじゃない？」

翔子は顔を上げる。そしてゆっくりと圭を見た。感情の読み取れない顔に見つめられて戸惑《とまど》う。

「なんだよ」

「それだよ」

翔子はぽつりと言った。

「そうだよ。参加者がたくさんいれば来年もやるよね」

翔子は強く目をつぶって、嬉《うれ》しそうに笑う。

「なんだー。簡単《かんたん》なことだったんだ。そっかー。よかったよかった」

どうやら翔子の頭の中ではすでに『空に叫べ』の参加者は大量に増えていて、来年も行われることが決定しているようだった。

「静川君ありがと」

「いや、いいよ。なにかしたわけでもないし」

とそこで、翔子はなにかに気づいたように圭の手を握《にぎ》った。

「な、なに!?」

突然《とつぜん》のことに驚いて思わず手を振《ふ》り払《はら》おうとしたが、翔子が強く握ってきたので離《はな》すことができなかった。

圭は手と翔子を交互《こうご》に見る。

「ねえ。静川君もやろうよ」

「はあ？　なにを？」

「考えてみたら女の子の参加者はあんまり見込めそうにないし、男の子なら一番会話してるの静川君だなって思った」

「そりゃあ、席が隣同士だからな。というかなんの話してんだ？」

「だから、静川君も一緒《いっしょ》に『空に叫べ』に参加しようって言ってるの」

翔子はにこにこと笑っている。

圭はぬくもりが伝わってくる自分の手を見て、それから表情をゆるませている翔子を見て、そして翔子が放った言葉を十分に咀嚼《そしゃく》して、返事をした。

「いや。俺はやらねーよ」

翔子は芝居《しばい》がかったように「ええっ」と目を大きく見開いて驚いた。


次の日から圭の翔子につきまとわれる日々が始まった。

「やろうよ」と翔子が言えば、「やらないよ」と圭は返した。何度も同じ会話が繰《く》り返《かえ》される。

圭は興味本位で翔子に声をかけたことを後悔《こうかい》した。

放課後《ほうかご》。

足早に帰路《きろ》についた圭を翔子が駆《か》け足《あし》で追いかけてきた。

「ちょっと。なんで待ってくれないの？」

「なんで待つ必要があんだよ」

「だって今までは一緒に帰ってたじゃん」

「それは帰る道が同じで、たまたま帰る時間が重なったときだろ？　意識的《いしきてき》に一緒に帰ったことはない」

「でも意識的に先に帰られたこともなかったはずだよ」

翔子の不満そうな主張に圭は返事に窮《きゅう》した。

「やらないぞ」

翔子がなにかを言ってくる前に先手を打って断言《だんげん》する。

「なんでそこまで頑《かたく》ななのかな？」

「なんでそこまで『空に叫べ』にこだわってるんだよ」

「あー、それはね」

「いいよ。興味ない」

翔子の言葉を制《せい》して圭は歩調を速める。

これ以上首を突《つ》っ込《こ》んでややこしいことになるのはごめんだった。

「それはわたしのお父さんとお母さんがつき合うことになったきっかけが『空に叫べ』だったからだよ」

興味ないと言ったのに翔子は圭の言葉を無視《むし》して話しはじめる。

「わたしのお母さんはね、そのときお父さんのことをまったく知らなかったんだけど、お父さんはずっとお母さんのことが好きだったんだって。それで、いつか告白しようと決めていて、『空に叫べ』で思いを伝えることにしたってわけ。お母さんはいきなり校舎《こうしゃ》の屋上から告白されたときは驚いたって言ってたけど、それがきっかけでふたりは仲良くなって交際《こうさい》するようになって結婚して、わたしが生まれたと」

「へー」

気のない相づちを返す。

「つまりは、わたしが今ここにいることも元をたどれば『空に叫べ』があったからで」

「ほー」

「もしも『空に叫べ』がなかったら、今静川君は会話をする相手がいなくなってしまうってこと」

「なるほどね」

「つまりは、二人の人間を引き合わせ、一人の人間を誕生《たんじょう》させたってことだよ」

「それはまたなんとも壮大《そうだい》な」

「って、どう思った?」

翔子は嬉しそうに笑っている。圭は顔をしかめて本心を口にした。

「まあ、そりゃあ、いい話だなって思ったよ」

「だよね。だから静川君も一緒にやろうよ」

「なんでそうなるんだよ」

「わたしの親の話、いい話だって言ってくれたじゃん」

「それとこれとは話が別だろ」

「静川君サッカー部でしょ？　全国大会優勝《ゆうしょう》するぞとか叫んだら気持ちいいよ、きっと」

「……一回戦敗退《はいたい》ばっかの俺《おれ》たちがそんなこと言ったら馬鹿《ばか》にされるわ」

「笑われてなんぼでしょ、わたしたちは」

「わたしたちはって……俺はそうは思わない」

「じゃあ、愛の告白しちゃいなよ。わたし応援《おうえん》するよ？　静川君は好きな人とか気になってる人いないの？」

圭は翔子を一瞥《いちべつ》する。それから視線を下に向けてこぼすように言った。

「べつに、いないよ」

「なら、もういっそわたしに告白しちゃう？」

「はあ？」

驚いて素《す》っ頓狂《とんきょう》な声が出てしまった。

「それおかしいだろ」

「いや、まあやらせだよ、やらせ。わたしに静川君が告白して、それでわたしが演技《えんぎ》でオーケーする、と。そしたらそれを見た人たちは感動して、来年からも『空に叫べ』をしようという流れになる、と」

「ずいぶん安っぽい計画だな」

「じゃあ、このまま『空に叫べ』がなくなってもいいの？」

「それは……」

正直に言えば、どっちでもよかった。なくなってもなくならなくても、その結果に大きな差異《さい》があるとは思えない。

けれど、拗《す》ねたように眉間《みけん》にしわを寄せている翔子を傷《きず》つける言葉を安易《あんい》に吐《は》くことができなかった。

「もしかして恥《は》ずかしいの？」

翔子はからかうように言った。

恥ずかしくないと言い返そうとしたが、すんでのところで言葉を呑《の》み込む。

売り言葉に買い言葉で返したら、そこまで言うならじゃあやってみろ、ああやってやるさ、という展《てん》開《かい》になることは目に見えている。

圭は押《お》し黙《だま》った。無視して足を進める。

「あっ、逃《に》げないでよ」

翔子が追いかけてきても圭は取り合わず、家へと足を速めた。

高層ビルの間を抜《ぬ》け、片側《かたがわ》三車線もある道路を歩道橋で渡《わた》り、スーツ姿《すがた》の大人《おとな》たちとすれ違《ちが》いながら帰り道を急いだ。

都会のど真ん中にある中学校と自宅。

こんなに空気の汚《きたな》くて人が大勢《おおぜい》いる場所でいったいなにを叫べというのだろう。

＊

今から三か月前。

中学校の入学式。

生徒のほとんどが小学校からの顔なじみだったので、落ち着いた空気が最初から流れていた。

小学校の延長線《えんちょうせん》。同じような日々がまた三年続く。

そのことに対する期待《きたい》は大きくなく、感情の変化もほとんどなかった。

そんな中、入学式が終わったあと、新しいクラスでの自己紹介《じこしょうかい》の場面で翔子が言った言葉が印象に残っていた。

翔子は嬉々《きき》とした笑顔で弾《はず》んだ声でこう言ったのだ。

「わたしはこの学校が大好きなので、通うことができて本当に嬉しいです」

仕草や口調や表情、その全てから喜びを放っていた。そんな彼女《かのじょ》を見て、圭は少し羨《うらや》ましかった。

自分はあんな風に楽しそうに嬉しそうに誰かになにかを伝えたことなんて今までにあっただろうか。

誰かに思わず伝えたくなるような感情を抱《いだ》いたことがあっただろうか。

今になって考えれば、入学を翔子が喜んでいたのは父と母の思い出の校舎に自分も通えるということを感じてのことだったのかもしれない。

そんなことを考えながら、圭は教室で文化祭の準備《じゅんび》をしている翔子を見やった。

圭たちのクラスはコスプレ喫茶《きっさ》をすることに多数決で決まり、夏休みも半分が過《す》ぎた今はその内装の準備に追われている。


圭の通う中学では、文化祭の準備期間が学校側から指定《してい》されていて、その期間にクラス内の有志《ゆうし》が集まって作業を進めていた。

今日学校に来ているのはクラスの半分ほど。その中に圭と翔子も含《ふく》まれていた。

翔子は短い髪を後ろでくくって真剣《しんけん》な面持《おもも》ちで装飾《そうしょく》に使う色とりどりの風船を膨《ふく》らませている。翔子は視線に気づいたのかこちらに近づいてきた。

「屋上から叫ぶ気になった？」

「全然」

圭は瞬時《しゅんじ》に返答する。

あれから翔子は何人かの生徒に『空に叫べ』に参加してほしいと頼んだようだが、ことごとく断《ことわ》られたようだ。

「一緒にやろうよ」

「一人でどうぞ」

圭は素っ気《そけ》なく答える。

「来年ないかもしれないんだよ？」

「あきらめたのかよ」

「だって、静川君もやってくれないし……誰もやってくれないし」

翔子は床《ゆか》に座り込んで膝《ひざ》を抱える。

「わざわざ屋上から叫ばなくても、チア部でいっつも叫んでるじゃん」

「あれはかけ声であって、言う言葉が決まっちゃってるの。『空に叫べ』とは別もの」

おわかり？　と翔子は指を振った。

「それなら海とか山とか」

「海も山も遠いよ」

「じゃあカラオケ」

翔子は首を振る。

「タバコくさいから嫌《いや》」

我《わ》が侭《まま》だなと思いつつ、翔子の言うことに同意できる部分もあったので否定《ひてい》はしなかった。

「文化祭の準備楽しい?」

翔子はペンキのハケを持って、近くの段《だん》ボールを青く塗《ぬ》りながら訊いてきた。

「楽しいけど」

「……けど?」

翔子が小首をかしげてじっと見つめてくる。

「いや、もしかしてつまらなそうに見えたのかなと」

「そういうわけじゃないけど、なにか物足りなさそうだぞ」

そう翔子は可愛《かわい》く言うと、青色のペンキが染《し》み込《こ》んだハケを、圭のほっぺたにちょんとつけた。

「おい。なにすんだ」

頬に触《ふ》れると指にペンキがつく。

「困《こま》ったことに理由がとくに思い浮かばないんだな、これが」

翔子はその場でうずくまって、困った困ったと繰り返す。

色素の薄《うす》い髪に白い肌、うすいピンク色の頬、大きくて丸い瞳《ひとみ》。その目はここではないどこかを見ているようだった。

「なに?」

視線に気づいて翔子が見てくる。

「いや、べつに」

圭は目を逸《そ》らした。

「やり返してもいいよ。そのかわり可愛く塗ってね」

翔子は笑いながら自分の頬を指でつつく。

「難しそうだからやめとくわ」

圭はつられて小さく笑った。


やがて下校の指示が出されて生徒たちは校舎から出る。

空は赤みを帯《お》びて、太陽はそびえ立つビルの背《せ》にすでに隠《かく》れてしまっていた。

圭と翔子は並《なら》んで帰り道を歩く。すれ違う人も、脇《わき》を追い越していく車も目に見えないなにかに急《せ》かされるように慌《あわ》ただしい。

ふと気になって圭は質問する。

「そういえば『空に叫べ』って今何人ぐらい参加の申請《しんせい》来てるんだ?」

「今のところ生徒はわたし一人だって」

翔子は寂《さび》しそうに地面に転がった石ころを蹴飛《けと》ばす。

なるほど。そこまで人気が落ちているなら来年からなくすと判断されたのも当然だろう。

「なんで、みんなやりたくないんだろ?」

翔子が問いたげな目で見てくる。

圭には、『空に叫べ』の参加者が減っている理由がなんとなくわかった。大声を出すという行為《こうい》が身近なものではなくなったのだ。声にしなくても文字を打ち込めば意思疎通《いしそつう》は十分にできる。声高《こわだか》になにかを主張するよりも、黙っていたほうがうまくいくことが多いのも、もうこの歳《とし》になれば経験《けいけん》から知っている。

出る杭《くい》は打たれるという言葉があるように、大声は煙《けむ》たがられるという感じもあるのだろう。

「そもそも、大声出してなにがいいんだよ」

圭がそう言うと、翔子がじっと見つめてきた。そして、突然彼女は走り出す。

人込みを縫《ぬ》うように地面を蹴り、一気に二十メートルくらい走ったあと歩道橋の上へと駆け上った。

高層ビルに囲《かこ》まれた歩道橋の下を車が通り抜けていく。

彼女は歩道橋の真ん中に立ち止まってこちらを振り向いた。

夕刻から夜へと移っていく時間。人通りもまだ多い。

圭と翔子は離れた場所に立って互《たが》いを見つめる。

普通に声を発したら言葉が届かない距離《きょり》。

次の瞬間、翔子は身体《からだ》を反《そ》らして息を吸《す》い込《こ》んだ。

一瞬《いっしゅん》の溜《た》め。

そして、辺り一帯《いったい》の空気を震《ふる》わせる声が彼女の口から発せられる。

「リンゴジュ―――ス！！！　うまいいいいいいいいいいいいいい！！！！！」

衝撃《しょうげき》。

鼓膜《こまく》というよりも、全身で圭はその声を浴《あ》びた。

通りがかった人たちが一様に非難《ひなん》の色を宿《やど》した視線を翔子に送る。

圭は全身に鳥肌《とりはだ》が立つのを感じた。

相変《あいか》わらず周囲にはさまざまな音が絡《から》まり合《あ》っているはずなのに、なぜか自分と彼女の間だけ音が消え去ったようだった。

翔子の叫び声が頭の中で響《ひび》いている。

彼女の身体が発せられる限界《げんかい》の声。

全力。

ふたりはしばらくの間、見つめ合った。

唐突《とうとつ》に翔子が笑い出す。かと思うと、弾むような足取りで彼女は圭のもとに戻《もど》ってきた。

「なんでリンゴジュースなんだよ」

「オレンジジュースのほうがよかった?」

「いや、そういうことじゃなくて」

ふふんと翔子は笑った。

「それは好きだからだよ」

「周りの人見てたぞ」

圭は辺りを見回す。先ほど非難の目を向けてきた人たちも今はすでにどこかに行ってしまった。

「それはいいんだよ。どうだった？　なんか、スッキリした？」

「よくわかんねーよ」

「じゃあ、わたしがスッキリしたと思わない？」

翔子を見る。晴れ晴れとした笑顔。溜まっていたものを全て身体の外に吐き出したような爽快《そうかい》さが彼女からは発散《はっさん》されていた。

「そうかもな」

翔子は笑った。

「静川君も叫ぶ？」

「俺はいいよ」

「じゃあ、代わりにわたしがもう一回叫ぼうか？」

「なんでそうなるんだよ」

「なんでだろうね」

翔子はおかしそうに笑った。

彼女の行動にあきれた。ただ、それと同時になんだかおかしくなってきて、圭も表情をゆるませた。

＊

そうして迎えた文化祭の前日。

天気予報では文化祭当日まで晴天が続くと言われていたのに、この日は予報が外れた。

前日は全ての授業がなくなり、生徒全員が最後のひと踏《ふ》ん張《ば》りと準備に追われていたのだが、突然の雨に外で活動していた生徒たちは大慌《おおあわ》て。

口々に天気を呪《のろ》ったり罵倒《ばとう》したりしながら、グラウンドの入り口に設営《せつえい》されたモニュメントや、催しの宣伝《せんでん》のために立てられた看板《かんばん》などを、急いで雨が当たらない場所に移動させている。

すでにほとんどの準備が終わった教室から、圭はぼんやりとその光景を眺めていた。

両手いっぱいに明日のコスプレ喫茶で使う衣装《いしょう》を抱えた翔子が、慌てたように窓際《まどぎわ》にいた圭に訊いた。

「雨降《ふ》ってるの!?」

「降ってるよ」

翔子は持っていた服を圭に押し付けると、教室から走って出ていった。

あんなに焦ってどこに行ったんだろう。うちのクラスで外に出しているものはないし、翔子が所属しているチア部も屋外に出すようなものは作ってないはずだ。

そこで思《おも》い至《いた》る。屋上には『空に叫べ』の企画のために、毎年使っていた台やら飾《かざ》りやらが出したままになっているはずだ。

圭も持っていた衣装を置いて慌てて屋上に向かう。

扉《とびら》を開けると翔子が先頭に立って、何人かの生徒が雨に濡《ぬ》れた備品《びひん》を必死で屋内に移していた。圭も雨に打たれながらそれを手伝う。

全ての備品を移動させることはできたが、どれもすでに水をかぶって濡れていて、文字や色がにじんでしまっていた。一緒に片付けていた設営係の生徒たちは他にも仕事があるのかどこかに行ってしまう。

圭と翔子は階段《かいだん》の一番上の踊《おど》り場《ば》に置かれた濡れた備品をじっと眺めている。

制服が身体に張り付いて重い。床に垂れた滴《しずく》が小さな水溜まりを作っていた。

ぶるりと身体が震えて寒さを自覚した。

横を見ると髪から水を滴《したた》らせて、翔子が変わりはてた備品を見据《みす》えている。

濡れた髪から垂れた水が頬を伝って涙《なみだ》のように床に落ちる。

「おい。大丈夫《だいじょうぶ》か？」

心配になって訊ねた。

「あーあ。まさか前日にこんな大雨が降るとはね」

きっと泣いていると思ったのに、翔子の声は明るかった。

「乾《かわ》いたら使えるかな？」

「いや、どうだろうな」

乾いたとしても雨によってにじんだペンキは元には戻らない。

「この悲しさを明日叫んでもいいかもね」

そう言って、翔子は笑った。笑っているのにその顔は必死に涙をこらえているように見えた。

そこでふと気になっていたことを訊ねる。

「なあ。そういえばさ。夏目はなにを叫びたいんだ？」

翔子は小首をかしげる。

「気になるの？」

「気になるな」

翔子は含みのある笑顔になる。

「さて、なんでしょう」

「言わないのかよ」

まさか、誰か好きな人がいて、愛の告白をするのだろうか。

「今言ったら明日の楽しみがなくなっちゃうよ」

そう言われると、もうなにも言えなかった。

黙っていたら急激《きゅうげき》に寒気を覚える。

「なあ、教室戻らないか？　このままだと風邪《かぜ》引くぞ」

体操着《たいそうぎ》でも最悪コスプレの衣装でもいいからとにかく着替《きが》えたかった。濡れた身体をタオルで拭《ふ》きたい。

圭の言葉に翔子は反応せず、その場にうずくまった。

「大丈夫か？」

身体の調子でも悪いのかと心配したら、翔子がゆっくりと口を開いた。

「本当はさ。みんながやりたくないなら、それもしょうがないかなって思いはじめてたんだよね」

翔子は少し間を置いて続ける。

「わたしのお父さんはさ。お母さんに思いを伝えたくて、それで叫んだんだよね。聞いてくれる人がいたからお父さんは大声で叫べたんだ。けどさ、どんなにわたしが頑張《がんば》っても、きっと明日は誰も聞いてない。誰にも届かないんだろうね」

「そんなことねーよ」

思わず語気を強めて圭は言った。

翔子の表情がいつもより弱々しくて、そのことにどうしても耐《た》えられなくて圭は言葉を続ける。

「俺はちゃんと聞いてるぞ。夏目の言葉全部ちゃんと聞いてる」

翔子は目を丸くして圭を見る。

「やだ。もしかして愛の告白?」

「ち、ちが、そんなんじゃねーよ」

「告白するなら明日にしてよ」

「だから、俺はやんねーって」

非難するような目を翔子は圭に向ける。

「ふーん。まっ、でもそれでもいっか」

翔子はゆっくりと立ち上がった。

「静川君が聞いててくれるなら、わたしもなんの気がねなく大声で叫べるよ」

翔子は笑った。

「おう。楽しみにしてる」

圭も笑った。

彼女が大声で叫ぶなら、あるいはその姿《すがた》に触発《しょくはつ》されて自分も叫びたくなる人も出てくるんじゃないだろうか。そんな明るい希望すら思《おも》い描《えが》けた。

雨音が弱くなっていく。

「お、もしかして上がったかな？」

扉を開けると灰色の雲の間から太陽の光が差し込んでいた。

「明日は晴れそうだな」

「うん。絶好《ぜっこう》の叫び日和《びより》だ」

雨で澄《す》んだ空気の中で、翔子の声がきれいに響いた。

文化祭当日。予想もしなかった展開が待っていた。

あれだけ『空に叫べ』という催しにこだわっていた翔子は風邪を引いて学校に来ていなかった。

「なにやってんだよ、あいつ」

昼過ぎ。屋上から見下ろすグラウンドには多くの模擬店《もぎてん》が立ち並び、生徒やその家族と思われる人たちでにぎわっている。誰もが楽しそうだが、遠くにいる圭にまでその声は届かない。

屋上では、設営係たちが翔子が参加を切望していた『空に叫べ』のセットを片付けようとしている。雨で『空に叫べ』の文字がにじんでしまった立て看板。まだ乾ききっていない今まで参加した人たちのメッセージが書かれた垂《た》れ幕《まく》。毎年いろいろな人がそこに立って自分の気持ちを叫んだステージ。雨で濡れたとしても、彼らが、彼女たちが残してきた気持ちはまだ熱を帯びて叫びたがっているようだった。

どうやら一般の参加者も誰もいなかったので催しを中止することが決定したらしい。

撤収《てっしゅう》の作業をしている生徒の会話が風に乗って圭の耳に届く。

「当日にドタキャンかよ。だったら最初から参加の申請なんてするなっていうんだよな」

「オレたちに対する嫌《いや》がらせだろ。無駄《むだ》に準備させて、片付けさせるっていう」

彼らの不満の矛先《ほこさき》が向いているのが翔子であることに気づいた。

「最初っからやる気ないならやるなってーの」

「というかどうせ仮病《けびょう》だろ？　面倒《めんどう》くさいことするよな」

彼らは翔子がここにいないのをいいことに口々に彼女を責め立てる。

圭は込み上げてくる感情に気づいた。

翔子は本気で『空に叫べ』を存続《そんぞく》させようとしていた。誰も見向きもしなくても、ときにバカにされても必死にその意義《いぎ》を訴《うった》えていた。

それを知らない外野がなぜ彼女を悪く言うことができるのだ。熱いなにかが自分の身体をめぐっていく。

気づけば圭は屋上の真ん中へと向かって歩き出していた。

「あの、参加者ですか？」

圭に気づいた生徒が声をかけてきた。圭は曖昧《あいまい》にうなずく。

「えーと、まあ、それなら今やってもらえたら、そのあとに片付けますよ」

運営の生徒のやる気のない態度《たいど》を気にもとめず、圭はステージ上に上がる。

見下ろすと、グラウンドに出ている模擬店や大勢の人たちが見えた。

何人かがこちらに気付いて視線をもたげた。

圭は辺りを見回す。遠くのほうにはビルが連なって山脈のようになっている。無機質《むきしつ》な塊《かたまり》の束《たば》。

不意にそいつらを全部吹《ふ》き飛《と》ばしたくなった。あのときの翔子のように大声で空気を震わせて、グラウンドにいる全ての人間を驚かせたくなった。

ふと、視界の隅《すみ》に見知った顔を見つける。

翔子がマスクをしてグラウンドの右端《みぎはじ》からこちらを見上げていた。

体調が悪いというのに家でじっと寝《ね》ていることができなかったのだろう。彼女にとってこの『空に叫べ』はそこまで大切なものなのだ。

「風邪引いてんなら、おとなしく寝てろよな」

圭はあきれて小さく笑った。
彼女はこの屋上でなにを叫ぼうと思っていたのだろう。
やっぱり、彼女の父と同じように誰かに告白でもしようとしたのだろうか。
圭は息を吸い込んで肺《はい》に空気を目一杯《めいっぱい》溜める。
吸い込んで、吸い込んで、限界まで身体を膨らませる。
そして一気に肺を押しつぶした。喉《のど》から飛び出す空気に言葉を乗せる。
限界まで息を絞《しぼ》り出《だ》し、喉を震えさせる。

「夏目翔子のバカヤロ――――――――!!!!」

身体の中から空気がなくなる。
全力で走ったあとのような息苦しさが残った。
グラウンドを見ると、大勢の人がぽかんとした顔で見上げていた。
身体の中に溜まっていた不快感《ふかいかん》を全て吐き出したかのような気持ちよさ。
せき止めていたものを打《う》ち壊《こわ》したかのような達成感や爽快感が全身を満たしていく。
「たしかにこれはスッキリするわ」
圭はそう漏《も》らして校庭の翔子を見た。

翔子はマスクを外し、こちらに向かって大きく手を振ると、笑いながらなにかを言った。

彼女の声は圭には届かなかったが、なにを言われたのかなんとなくわかる。

「バーカ」

圭はおかしくなった。たしかに自分は少しバカになれたのかもしれない。

風が吹く。

目を閉じる。

木々のざわめきや人々の喧噪《けんそう》が聞こえる。

その全てをもう一度大声で吹き飛ばしたくなった。

次はなにを言おうか。

思考をめぐらせてみると、翔子の両親のことが思い浮かんだ。

——ああいうのも、ありかもしれない。

自分の声を聞いてくれる相手はそこにいるのだ。

声に乗せるべき感情もすでに自分の胸の中に見つけている。

心臓が激しく収縮《しゅうしゅく》する。

体温が急激に上昇《じょうしょう》していくのを感じる。

圭は、もう一度息を大きく吸い込んで、翔子に叫びを届けた。

清く正しい三角関係

菜《な》つは

「せんせーい!」

鮮《あざ》やかな青色に今にも溶《と》けてしまいそうな白い雲がひとつふわりと浮《う》かぶ空に、みっつの手のひらが突《つ》き上《あ》げられた。

「僕《ぼく》たち!」

「私《わたし》たちは!!」

小学五年生の私――楓子《ふうこ》と幼《おさな》なじみの航太《こうた》は、身長もほとんど同じ。だから、天にかざしたふたつの手のひらはほぼ同じ高さに並《なら》ぶ。

「スポーツマンシップにのっとり!」

そしてもうひとつ。それよりわずかに上に伸《の》びた手の持ち主は、六年生の一真《かずま》くんだ。一真くんは私たちより少しだけ背《せ》が高い。

今日は、私たちの住む町内会の運動会だ。

私たちは、団地でも有名な仲《なか》の良い幼なじみ。だから、開会式の選手宣誓《せんしゅせんせい》も三人そろって務《つと》めている。

私が指先をピンと伸ばすと、航太もつま先立ちになる。みっつの手のひらの高さが、ほぼ水平に並んだ。

すると、一真くんがすまし顔で背伸びをした。また、一真くんの手だけ、空に少し近くなる。

「一真くん、ずるい！」

マイクに届《とど》かないよう小声で言ったのは、航太だ。私もそうだそうだとうなずく。

「仲間と協力し合いー！」

航太がマイクスタンドに顔を近づけ、一層《いっそう》声を張《は》り上《あ》げた。つま先立ちのせいで、一瞬《いっしゅん》バランスを崩《くず》しそうになった。

「相手チームを敬《うやま》いー！」

私も負けじとその場で小さくジャンプした。こうなると、神聖《しんせい》な選手宣誓も遊びの延長《えんちょう》になってくる。

応援席《おうえんせき》から、近所のおじさんたちの「マジメにやれー」というヤジが聞こえてきた。

私たちは一呼吸《ひとこきゅう》置いたあと、一真くんの「せーの」というかけ声に合わせて、宣誓を締《し》めくくる。

「正々堂々と戦うことを誓《ちか》いまーす!!」

息の合った三人分の絶叫《ぜっきょう》と、もう勘弁《かんべん》と悲鳴を上げたスピーカーのキーンという音割《おとわ》れが、青空に響《ひび》いた。

＊
＊

私たちが暮《く》らしているのは、十年ほど前にできたばかりの新興住宅地《しんこうじゅうたくち》。団地内には同年代の子どもがたくさんいるけれど、その中でも特別《とくべつ》気が合い、私と航太と一真くんはいつも一緒《いっしょ》に遊んでいた。自分だけ違《ちが》う性別も、一真くんとの年齢差《ねんれいさ》も、意識《いしき》したことはなかった。

この関係が微妙《びみょう》に変わりはじめたきっかけは、一真くんが一足先に中学生になったことだった。

私が初めて一真くんの学ラン姿《すがた》を見たのは、入学式の朝。一真くんが急に男の人になった気がして戸《と》惑《まど》ったのを、今でもよく覚えている。

それなのに一真くんは、いつもと変わらない柔和《にゅうわ》な笑顔で「フーコ、おはよう」と声をかけてくれたから、私の頭の中は緊張《きんちょう》と混乱《こんらん》とドキドキで大忙《おおいそが》しだった。

ついこの前まで一緒に歩いていた小学校の通学路も、一真くんは途中《とちゅう》で「またね」と私たちと別れて中学校へ向かう。私は、もうランドセルを背負《せお》っていないその背中を、急に遠く、恋《こい》しく感じた。

私の初恋は、そんな〝寂《さび》しさ〟から始まったのかもしれない。

同時に、航太との関係も変わった。急に一真くんを意識しはじめた私の態度《たいど》がおもしろくなかったみたいで、航太は必要以上に私に突《つ》っかかってくるようになった。

私も負《ま》けず嫌《ぎら》いだから、言われっぱなしは性《しょう》に合わない。いちいちムキになって応戦《おうせん》したので、気づけば私たちは、会えば口ゲンカをするのが当たり前の関係になっていた。

そんな関係は、私と航太が中学生になった今も続いている——。

「――また、航太と席が近い」

私と航太は同じクラスだ。

新年度最初の席替《せきが》えでは斜《なな》め後《うし》ろで、その次が右隣《みぎどなり》。そして今回は前だ。私は首をかしげた。

たしかさっきのクジ引きで、私の席の前は別の男の子に決まったはずだ。だけど、そのクラスメイトは教卓《きょうたく》の真《ま》ん前《まえ》に座《すわ》っている。

代《か》わりに目の前にいるのは、航太だった。

「あいつ目が悪いんだって。黒板が見えにくいって困《こま》ってたから、代わってやった」

だけど今航太が座っている席は、廊下側《ろうかがわ》の前から二番目。そこまで黒板が見えにくい席ではないと思うんだけど。

「なんだ？ 文句《もんく》あるのか？」

「べつに。教室でも航太と近所なんて、さえないなぁと思っただけ」

「それはこっちの台詞《せりふ》だ、バーカ」

最後の〝バーカ〟は聞《き》き慣《な》れた航太の口癖《くちぐせ》だ。

「あの二人、また夫婦《ふうふ》ゲンカしてる。仲いいよね」

周りからそんな声が聞こえてくる。全然、そんなんじゃないのに！

私は、航太の背中をじっと見つめた。今は半袖《はんそで》のシャツだけど、今年の春、初めて航太の学ラン姿を見たとき、一真くんに感じたときめきを全然感じなかった。それどころか「うわー、似合《にあ》わない」なんてひどいことを言ってしまった気もする。

航太は、あくまでも友達で、ライバルだ。

航太と一真くんはどちらも大切な幼なじみに変わりないけれど、私の二人に対する気持ちはまったく違うものに変化しつつあった。


「練習してーなぁ」

その日の終礼後《しゅうれいご》、航太がひとりごとにしては少し大きな声でそうつぶやいた。

今は一学期の期末試験前で、どの部活も活動停止期間中《かつどうていしきかんちゅう》だ。いつも終礼と同時に教室を飛び出すサッカー部の航太は、部活がしたくてウズウズしていた。

航太は入部してすぐにレギュラーに選ばれたらしい。航太の家のベランダに一ケタの背番号が入ったユニフォームが干《ほ》されているのを見たり、「航太くんすごいね！」となぜか私が褒《ほ》められたりすると、誇《ほこ》らしい反面、ちょっとだけおもしろくない。

私の負けず嫌いは、どうやら航太限定《げんてい》で発動されるようだ。

「試験《しけん》が近いっていうのに、余裕《よゆう》だね」

私は、航太と一緒に教室を出た。約束をしていたわけじゃないけど、自然な流れだった。

昇降口《しょうこうぐち》で、そっと一真くんの靴箱《くつばこ》をのぞく。もちろん、靴箱の位置はとっくにチェック済《ず》みだ。

一真くんの外靴はもうなかった。ただ、同じクラスの人がまだ付近にたくさんいるから、そこまで遠くへは行っていないはずだ。

急げば追いつけるかも。そう思うと、私の歩くペースはどんどん速くなる。

案《あん》の定《じょう》、だるそうに歩く航太を急《せ》かしながら校庭を抜《ぬ》けたところで、前方を一人で歩いている一真くんに気がついた。

一真くん、と口に出そうとした瞬間《しゅんかん》、航太が先にその名前を呼《よ》ぶ。

「私のほうが先に気づいてたのに！」

「いや、俺《おれ》はもっと前からわかってたし」

たったこれだけのことでも、航太に負けたくない。私たちは早足で、一真くんのもとへ急いだ。

「三人で歩くの、久《ひさ》しぶりだね」

真ん中が一真くんで、その両サイドに私と航太が並ぶ。

同じ中学生になっても、それぞれ部活や塾《じゅく》があるから帰り道が一緒になることはあまりない。久しぶりに一真くんといられるのが、とても嬉《うれ》しかった。

最初は、なにげない話題ばかりだった。部活や友達の話、最近話題になっている動画サイトの話などをしていて、そこからいきなり恋愛《れんあい》の話に変わったのは、

「航太、二年の女子から告白《こくはく》されたんだって？」

という、一真くんの一言がきっかけだった。

「え？　初耳なんだけど！」

驚《おどろ》いて身を乗り出し、一真くんの向こう側にいる航太の顔をのぞき込《こ》むと、

「べつにフーコに話す必要ねーし。手作りの菓子《かし》もらっただけだし」

と、あからさまに面倒《めんどう》くさそうな顔をされた。

「〝だけ〟って言い方はないでしょ！　航太がいいなんて、そんな奇特《きとく》な人、なかなかいないよ？　もっと感謝《かんしゃ》しなくちゃ」

「航太ってかわいいんだって。人気があるらしいよ。同じクラスの女子からいろいろ聞かれたこともあるし」

「ウソでしょ？　こんな生意気《なまいき》な奴《やつ》の、どこがかわいいの？」

改めて航太の顔をまじまじと見たけれど、ぶすっとした表情にはかわいげのかけらもなくて、やっぱり意味がわからない。

「……なんだよ」

「変わった人もいるなぁと思って。航太より一真くんのほうがかっこいいのに」

「俺は全然モテないよ。手作りプレゼントには憧《あこが》れるけどね」

「でも、手作りって重くない？」

「俺は嬉しいよ？　気持ちがこもってる感じがするし。古風なタイプの女の子っていいじゃん。手作りのお弁当《べんとう》とか、手編《てあ》みのセーターとか、憧れるなぁ」

「ふーん。一真くんってそういう女の子がタイプなんだ」

すると、黙《だま》っていた航太がニヤッと笑った。

「まあ、フーコには無理《むり》だな。お前、折《お》り鶴《づる》の羽根を破《やぶ》るくらい不器用《ぶきよう》じゃん」

「それ、幼稚園《ようちえん》のときの話でしょ！　今なら、料理も編み物も、やる気にさえなれば楽勝《らくしょう》なんだからね！」

気がつけば、私と航太の言い合いに挟《はさ》まれた一真くんが苦笑いをしながらそれを聞くといういつものパターンになっていた。

そんな感じでわいわい騒《さわ》ぎながら、「暑いね」なんてグチを言いながら、私たちはあっという間に団地まで帰り着いた。

最初に別れるのは一真くんだ。私と航太の家は、一真くんの家からもう少し先の区画にある。

今度一緒に帰れるのはいつだろうなんて、名残惜《なごりお》しさを感じながら、一真くんに別れを告《つ》げた。航太と二人で歩きながら、さっきの一真くんの言葉を思い返す。

『手作りプレゼントには憧れる』

そうか。手作りプレゼント、ありなんだ。

たしかに、一真くんは落ち着きがあって実年齢よりずいぶん大人《おとな》びて見える。だから隣に並ぶ女の子も、奥《おく》ゆかしくて控《ひか》えめな大人なタイプが似合いそうだ。どう考えても、私のイメージとはかけ離《はな》れている。

……私じゃ、無理なのかな。

やっと同じ中学校に通うようになったのに、一真くんとの距離《きょり》は近づくどころか、離れていくばかり。

遠くなった一真くんの背中を思い出し、焦《あせ》りと寂しさで胸《むね》がぎゅっと締めつけられた。

いやだ。一真くんのこと、あきらめたくない。

徐々《じょじょ》に私の足は重くなっていった。


翌日《よくじつ》になっても心のモヤモヤは晴れないまま。あっという間に放課後《ほうかご》になってしまった。

「まだ帰らねーの？」

声をかけられてハッと前を向くと、椅子《いす》に後ろ向きに座った航太がこっちを見ていた。

私が机《つくえ》の上に広げていたのは、去年の冬に買った中高生向けのファッション雑誌《ざっし》。昨夜、『冬の小物コーデ特集』が載《の》っていたのを思い出し、読み返していたところだ。

「もしかして、待っていてくれたの？」

「バカ言うな。さっきまで友達と話してただけだ」

気づけば終礼からずいぶん時間が経《た》っていたみたいで、いつの間にか、教室には私たちだけになっていた。

日が陰《かげ》り、薄暗《うすぐら》くなりはじめた教室。いつもなら校舎《こうしゃ》の外から部活動の活気ある声が聞こえてくる時間だけど、テスト期間中の今はそれもなく、しんと静まりかえっている。

「ねえ、航太」

「あー？」

そのやる気のない返事、なんなの!?　と言いたいのを我慢《がまん》する。ここでケンカしちゃいけない。悔《くや》しいけれど、今、私が頼《たよ》れるのは、目の前にいる生意気な幼なじみだけだから。

昨日から、ずっと考えていた。一真くんのこと、このままなにもせずに終わらせたくない。もっと近くに、ずっと一緒にいたい。だから——。

「あのね。私、一真くんが好きなの」

私は、机を両手でバンと叩《たた》いて立ち上がった。

「——は？」

顔を上げた航太は、驚いて目を何度もパチパチさせていた。

「決めた。私、告白する！」

「…………」

航太はビックリ顔のまま、さっきから固まっている。

「だから……私と一真くんのこと、応援して」

航太は黙ったまま、ゆっくりと体を横向きに変えた。

「ねえ、聞いてる？」

「ああ……」

長い沈黙《ちんもく》のあと、航太はおもむろに立ち上がると、「帰るぞ」と言って教室を出ていこうとする。

「ちょっと、待って！　まだ続きがあるんだから。これ見て！」

私はあわてて雑誌を手に取って、航太に見せようとした。そこには制服姿の男の子たちがマフラーを首に巻《ま》いている写真が載っていた。

だけど、航太は立ち止まっただけで、振《ふ》り返《かえ》ってくれる気配はない。仕方なく、話を続けた。

「あのね。一真くん、昨日手作りプレゼントがほしいって言ってたでしょ？　だから、マフラーを作って、告白しようと思うんだ」

「…………」

「でも、雑誌を見てもピンと来なくて……。それで、航太にお願い。一真くんに、どんなマフラーがほしいか、さりげなく聞いてほしいの」

「はぁ!?」

「せっかく作るんなら、一真くんの好みにとことん合わせたいし」

顔の前で両手を合わせて、航太を拝《おが》む。気分はすっかり神様仏様航太様《かみさまほとけさまこうたさま》だ。

「こんなこと、航太にしか頼《たの》めないし……お願い!!」

「…………」

――航太は最後までノリが悪かった。

その後、航太が発した言葉はたった一言、「考えとく」だけ。そのまま先に教室から出ていってしまった。

……べつに、いいんだけど。

そもそも、航太から優《やさ》しい言葉が返ってくるとは思っていなかったし。

逆に、からかわれるか、「それが人にお願いする態度か」って言われるかと思ってた。いつもの航太ならこの攻撃《こうげき》チャンスを絶対に逃《のが》さないはず。

だから身構《みがま》えていたのに、拍子抜《ひょうしぬ》けだ。

でも、仕方ない。やっぱり恋バナは、男友達よりも親友に聞いてもらうべきだったんだ。

私は、一番の親友、亜美《あみ》の顔を思い浮かべた。たしか、放課後は図書館で試験勉強をしているはず。

今すぐこの気持ちを聞いてほしくて、私は図書館へ向かった。

親友の亜美を捕《つか》まえ、いきさつを説明すると、亜美は図書館の椅子に座ったままなぜか頭を抱《かか》えてしまった。

「不憫《ふびん》すぎる……」

主語のないつぶやきでは、意味がわからない。

だけどまあいいか。私は、昨日突如《とつじょ》思いついた告白計画の説明を小声で続ける。

「一真くんは十一月生まれだから、誕生日《たんじょうび》に告白しようと思うんだ。プレゼントは手作りマフラーにするつもり」

「フーコ、編み物なんてできたっけ?」

「ううん! 今から練習すれば、秋までに少しは上達できるかなと思って」

昨日、家に帰ってから、編み物について調べてみた。

周囲に経験者《けいけんしゃ》はいないから、頼みの綱《つな》はネットだけ。幸《さいわ》い、初心者向けのありがたい解説《かいせつ》サイトや動画がたくさん見つかった。

その中からいくつかお気に入り登録をすれば、特製《とくせい》テキストの準備《じゅんび》は完璧《かんぺき》だ。

「期末試験が終わったら手芸屋さんに行かなくちゃね。編み物のことはわかんないけど、買い物には付き合うよ」

「ありがとー！」

やはり持つべきものは友達だ。亜美の気持ちがとても嬉しい。

「もう色は決めた？　一真先輩《せんぱい》、何色が似合うかな。黒とか、シックなイメージだよね」

「大丈夫《だいじょうぶ》、それは航太に直接聞いてもらうから！」

「……え？」

「さっき、航太に頼んだんだ。一真くんに、手作りマフラーをもらえるとしたらどんなものがいいか、さりげなく聞いてほしい！　って」

亜美の眉毛《まゆげ》が、どんどんハの字に下がっていく。

「……航太くんは、なんて？」

「〝考えとく〟って。ちょっと機嫌悪《きげんわる》かったけど、無理なお願いしたから仕方ないよね」

亜美がついたため息に交じって、「ダメだ」という言葉が漏《も》れる。

「フーコが告白するっていうんなら、応援するけどさ……。でも……」

「うん？」

「……あーあ。航太くんも苦労するわ！」

亜美が、そんな意味不明な言葉と一緒に、さっきよりももっと大きなため息をついた。


「マフラーのこと、一真くんに聞いた」

航太にそう言われたのは、期末試験の最終日だ。

放課後、机の中の荷物をカバンに詰《つ》め込《こ》みながら、航太は早口でこう告げた。

「色は青。派手《はで》じゃないやつ。幅《はば》は太め。フワフワ感よりもしっかり防寒《ぼうかん》タイプ。機能重視《きのうじゅうし》。あと、チクチクする素材《そざい》は苦手らしい」

まるで準備《じゅんび》された文章を読み上げるように一気に言われて、私はメモを取るのに精一杯《せいいっぱい》だ。

「すごい。こんなに詳《くわ》しく聞いてくれたんだ。やるじゃん航太！」

航太は「ふんっ」と鼻《はな》で返事をしただけで、こっちを向きもしない。

でも、その内容は少し……いや、かなり意外なものだった。

だって、以前亜美も言っていたとおり、一真くんはシンプルで暗めの色が似合うイメージがある。実際、私服はだいたいそんな感じだし。青というのは予想外だ。

「ねえ、どんな青がいいのかな？」

航太は、多分……と前置きしてから、地元のサッカーチームのユニフォームの色を挙《あ》げた。スタジアムに映《は》える、とても明るくて鮮やかな青だ。

「でもそれだと、一真くんとイメージ違くない？」

「知らねーよ、俺は聞いたことをそのまま伝えてるだけだし」

不機嫌そうに帰り支度《じたく》をする航太にそう言われてしまえば、なにも言えなくなる。

もしかしたら一真くんはイメチェンを図っているのかもしれない。そんな明るい一真くんの一面を見てみたい気もする。

ここは、素直《すなお》に航太にお礼を言っておくほうがよさそうだ。試験が終わったので、今日から部活が再開する。いつまでも航太を引きとめれば、いっそう機嫌を損《そこ》ねることは間違いなかった。

「うん、わかった。ありがとう！」

私にしては珍《めずら》しく、ちゃんと感謝の気持ちを伝える。もちろん、心のこもった笑顔を添《そ》えて。

「うるせー」

だけど、航太から返ってきた言葉は、そんな一言だけ。そのまま「部活行く」と言って教室を出ていってしまった。

「なんなの、あの態度！」

——一真くんに聞くのが、そんなに嫌《いや》だったのかな。

もっとちゃんとお礼を言うべきだった？

初めて一真くんのことを相談したときと同じで、航太らしくない態度が引っかかったけれど、考えても答えは出ない。

行き詰まった私の頭の中は、気づくと、仏頂面《ぶっちょうづら》をした航太ではなく、青いマフラーを巻いて微笑《ほほえ》む一真くんでいっぱいになっていた。

……そうだ！　これでマフラー作りを始められるんだ！

マズい、航太に気を取られている場合ではない。私はあれやこれや買うものを想像して、イメージを膨《ふく》らませた。

作るべきマフラーのイメージが具体的になれば、次は材料《ざいりょう》の調達《ちょうたつ》だ。

週末になると、私はさっそく亜美に付き添ってもらってショッピングモール内にある手芸店へ買い物に出かけた。

けれど私たちはどちらも〝手芸店に一度も入ったことがない〟レベルの、初心者だ。アイテムが多すぎて、いったいなにを買ったらいいのかわからない。毛糸だけでも何百種類もあるのだ。

途方《とほう》に暮《く》れていると、親切な店員さんが声をかけてくれた。

私が手にしていた青色の毛糸に気づいて、優しく微笑む。

「青……もしかして男の子にあげるの？」

「は、はい」

店員さんの目がキラキラと輝《かがや》いた。

「マフラーを作りたいけど、初心者で……」

「素敵《すてき》じゃない！　どんな人？　ボーイフレンドかな？」

気恥《きは》ずかしくて言葉に詰まる私の代わりに、気楽な亜美が店員さんに説明してくれた。

一真くんが手作りプレゼントに憧れていることや、青いマフラーを希望していること。おまけに、ボーイフレンドではなく、片想《かたおも》い中《ちゅう》の幼なじみだってことまで……。

それを聞いた店員さんは、嬉しそうに毛糸や針《はり》を選んでくれた。

「初心者なら太めの糸のほうが編みやすいわね。単色もいいけど、色が混ざった糸を使うと表情に変化が出るし、不揃《ふぞろ》いな編み目も多少カバーできるから、オススメよ」

そう言って、親切に編み方まで実践《じっせん》しながら教えてくれる。

「やっぱり手作りの贈《おく》り物《もの》っていいと思うの。編み目ひとつひとつに思いを込めるんだから、こんないいプレゼントはないでしょ？　頑張《がんば》ってね！」

そういえば一真くんも、気持ちが嬉しいって言っていた。

よし、頑張ろう！

単純《たんじゅん》な私は、買い物を済ませると、亜美にお礼を言って早めに帰宅し、さっそく編み物の練習に取りかかった。

挑戦《ちょうせん》するのはシンプルな棒針《ぼうばり》のガーター編みだ。店員さんの説明を聞いたり、動画で見たりしたときには簡単《かんたん》そうだと思ったけど、実際《じっさい》にやってみると驚くくらい難《むずか》しい。

週末は、部屋にこもってずっと練習に励《はげ》んだ。

長時間緊張しながら編んだせいか、月曜日の朝には肩《かた》や首が痛《いた》くなっていた。編み物で筋肉痛《きんにくつう》なんて、聞いたことないんだけど……！

ようやく力の加減《かげん》を覚えたのはそれから数日後。練習用のマフラーは二十センチを超《こ》える長さまで延《の》びていた。

けれど、私はその出来栄《できば》えのひどさに愕然《がくぜん》とする。

「なにこれ……。マフラーのふわふわ感が全然ないじゃん」

気持ちがこもっているというより、力を込めて編みました！　と全力でアピールしているような、編み目がギチギチに詰まったそれは、固くて、頑丈《がんじょう》そうで、しかも重量感があった。

これじゃ、マフラーというより鍋敷《なべし》きじゃん。

気持ちを上げるために、これを首に巻いた一真くんの姿を思い浮かべようとしたけれど、頭に浮かんだのは以前、交通事故にあったおじいちゃんが首に巻いていたコルセット。

無理だ。真っ青なコルセットを巻いた一真くんの笑顔なんて、ダメージが大きすぎる。

私は、慌《あわ》てて首をぶんぶん振った。

「はぁ……やり直しだね」

棒針を抜いて毛糸を引っ張る。ギチギチに編んでいるから、ほどくのもスムーズにはいかない。

おまけに指がチクチク痛んだ。指先に視線《しせん》を落とすと、いつも毛糸を引っかける左手の人差し指、ちょうど第一関節《だいいちかんせつ》の下あたりが赤くなっていた。

ほどいた毛糸は、しっかり編んだ跡《あと》が残ってクネクネと曲がっているし、なにをやってもなにを見ても、ため息が止まらない。

「あーあ。明日、毛糸を買い直そう」

手編みマフラーへの道のりは、長くて険《けわ》しそうだ。まだ始めたばかりだというのに、すでに私の心は折れかかっていた。


「どうした？　いつにも増《ま》して、ひでー顔だぞ」

夏休みが翌週に迫ったある日、休み時間に航太が後ろを向いて話しかけてきた。

「いつにも増してって、なにそれ」

――だいたい、航太はいつも一言多いんだよ！

心の中でそう思っても、口に出す元気はない。それくらい、私は弱りきっていた。

「なんか、あったのか？」

いつものように言い返さない私を心配して、航太の口調が急に優しいものに変わる。なんだかんだ言っても、航太は私に優しいのだ。

「まあね……」

「もしかして、一真くんのことか？」

私は、はあっと大きなため息をついた。

「編み物って、思ったより難しいよ。もう、心が折れそう」

「でも、まだ練習なんだろ？」

「そうだけど。全然上達しないし、こんな暑いのに私はなにやってるんだろうって思っちゃって」

はぁ……。だめだ、ため息が止まらない。

そのとき、なにかに気づいた航太が勢いよく真横の窓《まど》を開けた。全開にされた窓の向こう、廊下を歩いていたのは一真くんだった。

「うわ！」

驚いたのは、私と一真くんだ。びっくりして思わず足を止めた一真くんに、航太が涼《すず》しい顔で話しかける。

「次は移動教室《いどうきょうしつ》？」

「うん、これから技術《ぎじゅつ》。航太とフーコは、学校でも仲いいんだね」

「たまたま、本当にたまたま、席が近いだけだから！」

そんな雑談《ざつだん》は、時間にすればほんの数十秒。けれど話をしただけでふわっと気持ちが軽くなった気がした。

最後に航太が気をきかせて、

「フーコが凹《へこ》んでるから、励ましてやってくれない？」

と一真くんに頼んでくれた。一真くんも、

「そうなの？　じゃあ、理由はよくわかんないけど、フーコ、頑張れ」

って言ってくれて。頭をくしゃくしゃと撫《な》でてくれた。

うわーっ！

私の心臓《しんぞう》がドキンと大きく跳《は》ねあがる。

我ながら単純だと思うけど、好きな人と話せて元気にならないわけがない。おまけに頭まで撫でられて、ドキドキしすぎてしんどいくらいだ。

つかの間のおしゃべりを終えると、私は笑顔で一真くんを見送った。

「これでちょっとは元気出たか？」

「……うん、生き返った。一真くんが通るの、よく気づいたね。航太、グッジョブ」

「だろー？」

そう言った航太のドヤ顔も、憎《にく》らしさよりも優しさ成分多めに見える。

「……指に傷《きず》まで作って頑張ってるんだから、あきらめずにもうちょっと続ければいいじゃん。まだ時間はあるんだし」

「そうだね。ありがとう」

左手の人差し指に貼《は》った大きめの絆創膏《ばんそうこう》に、航太は気づいてくれたんだ。それが嬉しくて、お礼の言葉が驚くくらい素直に口から出た。

言われた航太も驚いたみたいで、目が丸くなったのがおもしろい。

私たちだって、たまには口ゲンカ以外の会話ができるんだよね。

それにしても、手作りのプレゼントって大変だ。そこには時間や努力や相手を思う気持ちがいっぱい詰まっている。自分で作ってみて、初めてわかったことだった。

だとしたら――。

「航太もさ、手作りのお菓子をもらった女の子に、ちゃんとお礼言うんだよ」

そう言った途端《とたん》、航太がハッと息をのんだのがわかった。顔中の筋肉《きんにく》が一気に強《こわ》ばって、表情がすうっと消えていく。

「お前に言われなくても、ちゃんとしてるから」

航太の変化は気になったけれど、気分がよくなっていた私はそのまま話を続けた。

「だったらいいけど、その女の子の気持ち、大事にしてあげてよね。航太のこと好きじゃなきゃ、手作りプレゼントなんてしないんだから。できるだけ前向きに考えて」

「うるせー！」

椅子がガタンと音を立てる。航太が急に立ち上がった。

「そういうこと、お前にだけは言われたくねーんだよ！」

航太は、私のほうを見もせずにそう吐《は》き捨《す》てると、教室を出ていってしまう。

「――え？」

いつもの軽口が返ってくると思っていたのに。

あっけに取られていた私の背中を、亜美がトンと軽く叩く。

教室を見渡すと、クラスメイトたちが「あーあ」という顔をしてこっちを見ていた。

——訳《わけ》がわからないのは、私だけみたいだ。

それからしばらく経っても、航太の機嫌はよくならないままだった。前の席に座っていても、振り向くことのないその背中は、鉄壁《てっぺき》の防御《ぼうぎょ》で私を拒絶《きょぜつ》し続けていて、声をかけられない。

あの日、なにが航太の逆鱗《げきりん》に触《ふ》れたんだろう？　いくら考えてもわからないままで、こっちのストレスもたまる一方だ。

けれど、さすがの私でも、「いつまで怒っているつもり？　理由をちゃんと言いなさいよ！」なんて椅子を蹴飛《けと》ばしたりしたら、火に油を注ぐだけだということはよくわかる。

仕方ない。ひたすら、航太の機嫌が直るのを待つしかなかった。


だけど、終業式の日を迎《むか》えても、状況《じょうきょう》は変わらなかった。

苛立《いらだ》っていたのははじめの数日だけ。私たちはたしかにいつも言い合いばかりしているけれど、決してケンカが尾を引くことはなかった。

こんなに何日も避《さ》けられ続けることは、初めてだ。

「もう……意味わかんない」

仲直りのきっかけもつかめず、私はひたすら途方《とほう》に暮《く》れていた。

だから今、学校からの帰り道で、偶然《ぐうぜん》少し前を航太が一人で歩いているのに気づいても、私は声をかけることをためらっていた。

無言で一定の距離を保ったまま歩き続けていると、急に、航太の足が止まった。私もつられて立ち止まる。

「……うそ」

場所は、私たちの住む団地の少し手前。

目の前に、一真くんがいた。そして隣には、一真くんに寄り添うように並ぶ、うちの学校の制服を着た女の子――。

私は息をのんだ。

公園から聞こえてくるセミの鳴き声がうるさい。首筋《くびすじ》を、汗《あせ》がつうっと伝った。

彼女《かのじょ》は、とても小柄《こがら》で、色白で、腕《うで》なんて折れそうなくらい細くて。それなのに、まとった雰囲気《ふんいき》は柔《やわ》らかくてふわふわで。

ああ、素敵な手編みのマフラーを一真くんにプレゼントするのは、こういう人なんだって、思ってしまった。

一真くんは団地に入らず、通り過ぎていく。

……きっと家まで送ってあげるんだ。

時折チラッと彼女のほうを向く一真くんの目は、ただ優しいだけじゃなくて、ほんのり熱を帯《お》びている。

そんな甘《あま》い表情も、彼女と視線が合うと慌てて目をそらす照れくさそうな表情も、どちらも私には見せてくれたことのないものだ。

こんなの、一目瞭然《いちもくりょうぜん》じゃん。

「そっかぁ。一真くん、彼女がいたんだ」

思わず力が抜けてその場で笑ってしまった。

部活がある日は、帰りは別々。航太や一真くんとばったり会うことなんて珍しいのに、どうしてこんな最悪なタイミングで会ってしまうんだろう。運が悪すぎだよ……。

一日中太陽に照らされ続けたアスファルトの熱さも気にせずに、二人はゆっくり歩いている。まるで家に着きたくないと思っているように。

そのまま、一真くんと彼女は次の角を曲がってしまった。

二人の姿が視界から消えるのを見届けて、私は再《ふたた》び歩きはじめる。航太も立ち止まったままだったから、あっという間に追いついてしまった。

びっくりしたねー、なんて笑って話しかけようと思ったのに、航太は私と違って、全然驚いていなかった。私に気づくとただ気まずそうにこちらの顔色をうかがうだけ。

その表情を見た私は、すべてを察《さっ》した。

「知ってたんだ」

航太が、無言でうなずく。

知らなかったのは私だけだったんだ。一人で浮かれて、バカみたい……。

「……航太は、いつ知ったの？」

「フーコに頼まれて、一真くんにマフラーの色を聞きにいったとき。今日みたいに、彼女と二人で帰ってた」

「……そっか」

航太が足もとの石ころを思い切り蹴飛ばすと、カラカラと軽い音を立ててずいぶん先まで転がっていった。

うるさく聞こえていたセミの鳴き声が、ピタリと止まる。

……だめだ、泣きそうだ。

気がついたら、私は走り出していた。

「待て！」と航太に腕を掴《つか》まれたけど、私はそれを力いっぱい振りほどいた。

一真くんが通り過ぎた団地の入り口を、猛《もう》ダッシュで入っていく。早く家に帰りたい。涙《なみだ》でグチャグチャの顔を、誰《だれ》にも見られたくなかった。

玄関《げんかん》にカバンを投げ出し、自分の部屋に駆《か》け込《こ》んだ途端に、涙が嗚咽《おえつ》とともに一気にあふれ出る。私はその場に立《た》ち尽《つ》くしたまま泣いた。

汗が一気に噴《ふ》き出《で》た。一日中閉《し》め切《き》っていた部屋はかなり蒸《む》し暑《あつ》い。

ふと、視界《しかい》に、机の上に置いていた竹かごがうつった。中に入っているのは、編みかけのマフラーだ。

練習の成果が少しずつ出てきて、まだ編み目は不揃いだけど、それなりにフワフワ感が出せるようになったばかりだった。

長さも一メートル近くあるから、もう鍋敷きやコルセットに間違えられる心配はないだろう。

「編み物、やっと楽しくなったんだけどな」

でも、もう、必要ない。編み物の練習も、青色の毛糸も、心のこもったマフラーも。

私はマフラーから棒針を抜き取ると、勢《いきお》いよく毛糸をほどきはじめた。涙が毛糸にぽたりと落ちた。

すると、「お邪魔《じゃま》します！」という航太の声が聞こえてきた。

――え？　航太？

私は慌てて涙を拭《ぬぐ》う。うちは共働《ともばたら》きで、日中は不在《ふざい》だ。航太もそれを知っているのに、いつも律儀《りちぎ》に大きな声で挨拶《あいさつ》をするんだ。そして、いつものようにノックもせずに私の部屋に入ってきた。

全力疾走《ぜんりょくしっそう》してきたのかすっかり上気した航太の顔は、強《こわ》ばっていた。

クーラーを入れるタイミングを逃した六畳《じょう》の部屋は、航太が来たことでさらに熱気を帯び、室温が上《じょう》昇《しょう》していく。汗をかいた素肌《すはだ》に制服や毛糸が張り付いて、とても気持ちが悪かった。

手の中のマフラーに目を落としたら、ふっと笑いが漏れた。

「私、バカみたいだね。なにも知らずに、毎晩《まいばん》せっせとこれを編んでたなんて」

「…………」

航太の返事がなかったけれど、私は気にせずマフラーを見つめたましゃべり続けた。しゃべらずにはいられなかった。

「航太も性格悪いよね。知ってたんなら、最初から教えてくれればよかったのに。内心、いい気味だって思ってたんじゃないの？」

話しながらも、マフラーの毛糸をほどく手も止めない。適度《てきど》なゆるさをもたせて編んだマフラーは、簡単にほどけていく。あっという間に、足下《あしもと》に毛糸がたまっていった。

「やめろ！」

私がなにをしているかに気づいた航太が、慌てて私の手からマフラーを奪《うば》って上に掲《かか》げた。

「せっかくここまで編んだのに、もったいないだろ」

「返して！　航太には関係ない！」

マフラーは航太の右手に丸められて握《にぎ》られたままだ。

私がどんなに取り返そうと背伸びをしても、ジャンプをしても、航太の頭の上に持ち上げられたそれにはどうしても届かない。

そんな些細《ささい》なことさえ、悔しい。ついこの前まで、私たちの身長は同じくらいだったはずなのに。

「このマフラーは、俺のだから」

「……え？」

航太の言葉に、涙がピタリと止まる。

予想外の出来事が次々と起きているせいで、思考が全然追いつかない。

私が一瞬動きを止めた隙《すき》に、航太は寸足《すんた》らずのマフラーを自分の首に無理矢理巻きつけた。

「青は、一真くんじゃなくて、俺の好きな色。一真くんには……どうしても聞けなかった。その代わり、決めたんだ。このマフラーは俺がもらうって」

「かわいそうだから、同情ってこと？」

「同情じゃねーし」

だんだん、航太の眉間《みけん》にシワが寄り始めた。

暑い。私は、航太を睨《にら》んだままシャツの袖《そで》で汗を拭う。どこかチグハグで噛《か》み合《あ》わない会話にイライラするのはお互《たが》い様《さま》だ。

「だったらどうして？　嫌がらせ？」

「なんでそうなるんだよ」

「だって、航太が私の編んだマフラーをほしがる理由なんて、ないじゃない」

「だーかーらー！」

航太の眉間のシワが一番深くなったと同時に、私は航太に肩を摑まれた。

がっちり肩を固定されて、まっすぐに見つめられる。そして――。

「俺はお前が好きなんだよ！　もっと早く気づけ、この鈍感《どんかん》！」

「……！」

息が止まるかと思った。それは人生で一番の驚きだった。

航太が、私を⁉

「一真くんはいい男だから、フーコが好きになる気持ちはよくわかる。でも俺だって、フーコのことをあきらめたくなかったから、このマフラーができるまでに、絶対一真くんより俺を好きにさせてやるって、力ずくでフーコを振り向かせるって、決めてたんだよ！」

いやいや。ちょっと待って！　混乱しながら、私は反論《はんろん》する。

「そんなこと言われても、信じられるわけないじゃん！」

航太が目を閉じて、一度大きく息を吐いた。

「信じろって……」

そして、今までとは違う落ち着いた口調で、いろいろ聞かせてくれた。

航太が私を意識するようになったのは、私が一真くんを好きになったのと同じころ。私の態度が変わったことにムカついたのがきっかけだったという。

私は小さくうなずいた。たしかに、私はあからさまに一真くんと航太への態度を変えていた。

あの頃から航太は私に突っかかってくることが多くなったよね。あれは、私の気を引こうとしてくれていたんだ……。

「だから席替えのときだって、裏《うら》で小細工してずっとフーコの近くをキープしてたんだ」

「え？　そうなの？」

航太が返事の代わりに黙ってうなずいた。

「……ごめん、気づかなかった」

「だよな」

ふっと、航太が苦笑いをした。

「参ったわ。普通《ふつう》、あんだけ続いたらおかしいと思うもんじゃねえの？」

「いや、でも、さすがに今回はちょっと変だと思ったんだよ？　目が悪い男子と席を代わったって言ってたけど、もともとの席も二番目で、大して変わらないじゃんって……」

「……それだけ、必死だったんだよ」

ばつの悪そうな顔をした航太が、少し口を尖《とが》らせて、そう小声でつぶやいた。

「なのにお前、ほんっとに気づかないし、しまいには一真くんに告白するとか言い出すし。ふざけんな！　って何度怒鳴《どな》りたくなったかわからねーわ」

「………」

返す言葉が見つからない。今さらだけど、私、航太にかなりひどい態度を取ってきたのかも……。

「とにかく焦って、なんとかしたくて。……でも、なにも思いつかなくて、結局《けっきょく》いつもどおり。とりあえずこっち向かせようと思って、頻繁《ひんぱん》にちょっかい出してた。まあ、いつも怒らせてばっかりだったけどな」

「なにそれ。好きな子の気を引きたくてつい意地悪《いじわる》しちゃうとか、典型的《てんけいてき》な小学生男子じゃん」

「ああ、そうだよ！　クラスの奴らにも散々《さんざん》言われたわ！　そんなので鈍感なフーコが気づくわけないって」

航太がキッと私を睨む。だけどすぐに目を逸《そ》らされた。

「……言っとくけど、気づいてなかったの、お前だけだからな。どんだけ鈍《にぶ》いんだよ」

「ゴメン……」

……やばい。私まで恥ずかしくなってきた。航太の照れが伝染《でんせん》したみたいだ。

航太は気恥ずかしそうに、話を続ける。

極《きわ》めつけは、私の〝他の女の子の気持ちを大事にしろ〟発言だったという。鈍すぎる私に、本気で心が折れそうになったらしい。どう接《せっ》していいかわからないくらい、ダメージを受けたって。

最近怒っていたのは、これが理由だったようだ。

気のきいた言葉が見つからなくて、私はひたすら「ゴメン」と謝《あやま》るしかなかった。

「……私なんてやめて、他の子を好きになればよかったのに」

「人の初恋なめんな。そんなに簡単にあきらめられるか」

まっすぐに私を見つめて、真顔でそう言ってのけた航太にドキッとした。

全身汗だくなのに、首には不格好《ぶかっこう》なマフラーもどきを巻いていて余計《よけい》暑そうだ。決してかっこいい姿ではないのに、どうしても、目が離せない――。

話が途切《とぎ》れたところで、航太が「暑《あち》ぃー」と言いながらマフラーで汗を拭った。

「やめてよ、それ、汗ふきタオルじゃないんだからね！」

私はすかさず、再び航太の首から延びている毛糸の端《はし》を手に取り、マフラーをほどく作業を再開させる。

慌てたのが航太だ。

「なあ、俺の話聞いてたか？　このマフラーは俺がもらうから、これ以上ほどくなって」

それでも私は毛糸を引っ張る手を止めない。うん。なにがあっても、絶対やめない。

「フーコ、やめろ！」

航太が私の手をぎゅっと摑んだ。

「……ダメだよ。だってこのマフラーは、一目一目、一真くんのことを想いながら編んだものだから。他の人にはあげられない」

「俺はべつにかまわねーけど」

「私が嫌なの」

このまま流されて航太にマフラーを渡《わた》してしまうのは、違う気がした。だって、それではまるで一真くんへの不完全燃焼《ふかんぜんねんしょう》だった気持ちを、そのまま航太にスライドさせてしまうみたいだから。

そんなのはずるい。私だって正面から航太に向き合って、体当たりしなくちゃ！

「お願い、もう一度最初からやり直させて。今度は航太のことだけを考えながら編むから」

「……え？」

「航太の気持ち、今まで気がつかなくてごめん。これからは、ちゃんと考える。マフラーができるまで、待っててください」

失恋したばかりの今はまだ、航太のことを一真くんと同じように恋愛対象《たいしょう》として好きになれるかどうかはわからない。けれど、航太のまっすぐな気持ちは、間違いなく私の心に響いたから——。

ふっと、私の手を掴んでいた航太の手から力が抜けた。

「なにそれ。俺のためにとか、ずるいだろ……」

見上げると、航太の顔は耳だけでなく、どこも真っ赤だった。

「航太、照れてる」

「お前だって」

毛糸に囲《かこ》まれて汗びっしょりな姿に気づいた私が、今さらエアコンのスイッチを入れると、ふたりで目を見合わせて笑った。

「早く冬になればいいのに」と、航太がぽつりとつぶやいた。

「そうだね」と、私も相づちを打つ。

こんなに熱くて暑い夏を、私はきっと忘《わす》れない。

クラスの中心で、愛を叫《さけ》ぶ

猫𩸽《まんぐーす》

【川西優梨《かわにしゆり》の一学期】

私《わたし》はかなりどんくさい女だ。

はいてきた靴下《くつした》の片《かた》っぽが学校指定の紺《こん》ソックスで、もう片っぽがよく似《に》た色の短い靴下だって気づいたのは、

「川西、靴下の長さちげーじゃん、だっさ」

給食当番だった保坂《ほさか》くんが、ワカメの卵《たまご》とじスープをよそってくれたときに叫んだからだ。マスク越《ご》しなのによく響《ひび》く声で。

クラス中の視線《しせん》にさらされた私の顔は真っ赤になる。きっと今朝《けさ》、寝坊《ねぼう》して、あわてて学校へ行く準《じゅん》備《び》をしたせいだ。

こういうとき私は口をパクパクするばかりで、なにも言い返せない。うつむいてしまうと、保坂くんがおたまを置いて配膳台《はいぜんだい》を回ってきて、私の足もとにしゃがみこんだ。

「はーマジだせーな」

そして私のソックスを左右同じ長さまでずり下ろした。

「これでいいだろ。応急処置《おうきゅうしょち》だ」

保坂くんはわざとらしく手を払《はら》いニカリと笑う。

「せんせー保坂くんが川西さんの足さわりました」

誰《だれ》かが言うと、教室内にどっと笑いが起きた。

「ちげーよ。靴下直してやっただけ。わかる？　どぅゆ、あんだあすたあん？」

保坂くんが英語の山内《やまうち》先生の口癖《くちぐせ》を真似《まね》して答えると、教室がさらに沸《わ》いた。

保坂くんと仲良《なかよ》しの水田《みずた》くんが、「相変《あいか》わらずほっちゃんのものまねは無駄《むだ》にクオリティ高《たけ》えな」と保坂くんをバシバシたたく。

担任《たんにん》の金子《かねこ》先生は、先輩教師《せんぱいきょうし》のものまねを笑うわけにはいかないと苦《にが》い顔をしていたのだけれど、頬《ほお》の筋肉《きんにく》がひくひくと動いているのを隠《かく》しきれていない。

保坂彬光《あきみつ》くんはクラスのムードメーカーだ。彼《かれ》を中心におもしろいことが起こる。とくに男子からの人気は絶大《ぜつだい》だ。

女子の間ではおちゃらけすぎていると、珍獣扱《ちんじゅうあつか》いされている。今も早くスープをよそいなさいよと、怒《おこ》られている。きっと恋愛対象《れんあいたいしょう》として見ている子はいないだろう。

——でも。

保坂くんはお調子者だけれど、実は優《やさ》しいんだ。

今だって私が陰《かげ》で笑いものにされるところを、いじって明るい笑いに変えてくれた。

私だけが知っている本当の保坂くん。

さわられた脛《すね》のあたりがなぜだか熱を持っていた。

＊＊

私が保坂くんを知ったのは、中学二年にあがったこの春からだ。

野球部で五厘《ごりん》に刈《か》った頭はお世辞《せじ》にもかっこいいとは思えなかった。背《せ》も、とりたてて高いほうじゃないし、お猿《さる》さんみたいだなっていうのが私の第一印象だ。

正直、保坂くんを好きになるなんて当時の私からしたらありえなかった。……なんて、眼鏡《めがね》をかけた野暮《やぼ》ったい黒髪《くろかみ》の、〝ザ・文化系《けい》〟の見本みたいな私が言うのもアレだけど。

そんな保坂くんを目で追うようになったのはある出来事からだ。


「原田梨乃《はらだりの》さん、前世から好きでした！　あなたは運命の人です！　俺と付き合ってください！」

始業式後に開かれた、クラスで最初のホームルームが終わったあと、保坂くんは名前の順で隣《となり》の席になったばかりの美少女、テニス部の妖精《ようせい》と一年の頃《ころ》から有名《ゆうめい》だった原田さんに突然告《とつぜんこく》った。クラス中に聞こえるような大きな声で。

一瞬《いっしゅん》で教室内が凍《こお》りついた。

前のほうの席にいた私も振《ふ》り返《かえ》って、斜《なな》め後ろで繰《く》り広《ひろ》げられる事件の行くすえを見守る。

原田さんは集まる視線を気にする様子も見せず、ニッコリ笑い、「ごめんなさい」ときっぱり断《ことわ》った。

その笑顔は、テレビでよく観《み》る、握手会《あくしゅかい》に来たファンを相手にするときのアイドルのものにそっくりだな、と私は思った。

ソッコーでフラれてしまった保坂くんは「うぎゃあああ」と大げさに身をよじり悲鳴をあげる。

その瞬間《しゅんかん》、歓声《かんせい》があがった。ざまあ、とか、保坂アウトー、前世からってなんだよ、とか保坂くんと同じ坊主頭《ぼうずあたま》の野球部仲間《なかま》や、彼と一年のとき同じクラスだったらしい男子から野次《やじ》が飛んだ。

女子たちは黄色い声をあげながら、原田さんを取《と》り囲《かこ》んだ。その中心で、美少女らしい笑みを貼《は》りつかせたままの原田さんの顔がなんだか怖《こわ》かった。

きっと新しいクラスになったその日に、こんな形で悪目立ちするとは思わなかったんだろう。

色恋沙汰《いろこいざた》とは無縁《むえん》の私だ。誰かに告ったとか告られたとか、そういうことは本やドラマでの話で、身近に起こるものではないと思っていた。

だから、すごいものを見たと素直《すなお》に感動した。結果は悲惨《ひさん》だったけれど、すごいことをやってのけた保坂くんの行動力にも驚《おどろ》かされた。引《ひ》っ込《こ》み思案《じあん》の私には、絶対《ぜったい》にできないことだから。

それとも、あれはふざけてやったことなのだろうか。

自分が原田さんだったら、なんて考えてみる。

もしかしたらそのときは舞《ま》いあがるかもしれない。でもおどおどしながらも、やっぱり断った、と思う。冷静になった瞬間、なんて軽薄《けいはく》なヤツなんだと怒《いか》りすら覚えるだろう。

——だけど違《ちが》った。

私は知ってしまったのだ。おどけた仮面《かめん》の下に隠された本当の保坂くんを。


始業式から三日が経《た》ち、去年から引き続き図書委員になった私は、五階にある図書室での委員会に出席していた。私の当番は月曜日に決まった。

委員会が解散《かいさん》となって、私はたまたま手に取った小説の冒頭《ぼうとう》が気に入ったので、ページを開いたまま書棚《しょだな》の横に置かれた椅子《いす》に腰《こし》かける。

それから夢中《むちゅう》になって読みふけっていると、チャイムが鳴った。柱にかかった時計を見あげると五時。図書室を閉《し》める時間だ。

司書《ししょ》カウンターでさっそく今日の当番になった先輩が片付《かたづ》けを始めたので、私も手伝う。

ドアに閉室《へいしつ》のプレートをかけると、先輩が「当番じゃないのにありがとう。おかげで早く仕事が終わったよ」とお礼《れい》を言ってくれた。

荷物《にもつ》を取りに自分のクラス——二年一組にたどり着き、引き戸に手をかけると、のぞき窓《まど》から白い背中が見えた。

坊主頭……野球部？

教室に一人残っていたユニフォーム姿《すがた》の生徒は、窓の脇《わき》に隠れるようにして校庭《こうてい》を眺《なが》めていた。身じろぎもせず、坊主頭はずっと同じ方向《ほうこう》に向《む》けられたままだ。

うちの学校の運動部は六時まで活動を許《ゆる》されている。

野球部なのに、もしかしてサボり？　それともたまたま教室に戻《もど》ってきただけなのだろうか。

なんてことを考えていると、ふいに彼が振り向いた。

保坂くんだ！

私は慌《あわ》ててのぞき窓から身を引いて、教室から逃《に》げるように離《はな》れた。なぜそんな行動を取ったのか、自分でもよくわからない。

目は合っていない、よね。一瞬、目の端《はし》でとらえた保坂くんは悲しげな顔をしていた。いつもの明るい保坂くんとは、まったく違った。

なんで体を隠して外を見ていたのだろう？

なんであんな悲しそうな顔をしていたのだろう？

好奇心《こうきしん》ほぼ百パーセントの疑問《ぎもん》が頭の中に残った。

それから間もなく、一組の扉《とびら》が開く音が聞こえたので、時間を置いて教室へと戻った。

さっそく保坂くんがいた窓へ行き、西日に染《そ》まった外を見ると、答えはすぐにわかった。

正面に、防護《ぼうご》ネットで囲われたテニスコートがあった。二面あるコートとコートの間で、顧問《こもん》の先生を部員たちが取り囲んでいる。おそらくミーティング中なのだろう。

真剣《しんけん》に先生を見つめる部員たち。その中に、一際《ひときわ》目立つ女の子がいた。

その子は先生の話に耳を傾《かたむ》けながら、サイドで髪を結《ゆ》わえていたゴムを外した。はらりと落ちた淡《あわ》い栗色《くりいろ》の髪が、夕日を受け鮮《あざ》やかにきらめく。

同性の私でも、息を呑《の》むほどの美しさ。

……保坂くんはずっと原田さんを見ていたんだ。

外から見つからないよう、身をひそめながら。

誰にも見せたことのない、切実な顔で。

保坂くんは本当に彼女のことが好きなんだって、このとき理解した。おちゃらけた仮面の下に隠した保坂くんの素顔《すがお》を知って、私は保坂くんから目が離せなくなってしまった。

たぶん、これが恋《こい》の始まりだったんだと思う。

＊

やがて中間テストが終わって席替《せきが》えが行われた。

私は保坂くんと近くの席になった。

保坂くんはいつも笑顔だった。仲の良い男子と楽しそうにじゃれ合っている。

保坂くんはこれまた近くの席になった原田さんにも積極的《せっきょくてき》に話しかけていた。

ことあるごとに「原田さんかわいい」とか「俺の女神」とか「そろそろ俺に惚《ほ》れたんじゃない？」とか言って、原田さんを苦笑いさせまくった。

男子はそんな保坂くんを「バカ」とか「懲《こ》りないヤツ」とか「身《み》の程《ほど》知《し》らず」とか、けなしながら笑ってた。

保坂くんはけなされると、余計《よけい》におどけてみせる。

私はそんな彼をずっと観察していた。そして気づいたことがある。

保坂くんって、実はけっこう整った顔をしているんだ。クリッとした目で、鼻は小さいけど鼻筋《はなすじ》は通っていて、唇《くちびる》は上下の厚《あつ》さが均等《きんとう》ですごくバランスがいい。

とくにいいのは笑ったときの皺《しわ》だ。目尻《めじり》にできる数本の皺は、お年寄りを思わせる。それが、同年代の男の子がちょっと苦手な私にもおだやかな印象を与《あた》えていた。

保坂くんは近くになった私にも屈託《くったく》なく話しかけてくれる。

そのたびに緊張《きんちょう》してしまい、うまく話せない。本当は保坂くんとたくさん話したいって思ってるのに。

こんなにも胸《むね》がキュンキュンしているのに。

だけど、保坂くんをそんな風に思っているのは私だけみたいで。

「惚れるわけないじゃん」

その日も原田さんがボソッと言った。美少女にあるまじきムスッとした顔で。

それを聞いた保坂くんは「今日もフられ申した」とその場に膝《ひざ》から崩《くず》れおち、また男子たちは大笑い。

保坂くんもやっぱり笑ってた。

私は大げさに落ち込むフリをする保坂くんを複雑《ふくざつ》な気持ちで眺めていた。あれで実はけっこう本気なのだ。一人になったとき、保坂くんは夕暮《ゆうぐ》れの教室で見せたあの顔をするのだろう。

——それを知っているのは、クラスでたぶん私だけ。

六時間目の授業《じゅぎょう》は生物だった。

図書室から持ってきた図鑑《ずかん》を使う内容だった。

もちろんクラス三十人全員分の図鑑なんてないので、先生は六人ずつグループを組ませて、各グループごとに一冊ずつ配った。

生物の先生は私のクラスの担任なので、チャイムが鳴ってそのまま帰りのホームルームになる。

放課後、図鑑はその日の日直が返しにいくことになっていたのだけれど。

「川西さん、図書委員だよね？」

ちょうど日直だった原田さんに呼《よ》び止《と》められた。

私は原田さんに声をかけられて、どぎまぎしてしまう。クラスで一番イケてる原田さんが、一般人《いっぱんじん》グループの私に話しかけるなんて滅多《めった》にないことだ。

「私の相方《あいかた》休みで超最悪《ちょうさいあく》だった」

そういえば今日一日の号令は全部原田さんがかけていた。休みの男子が日直だったのか。

「それでお願いがあるんだけど……」

原田さんは胸の前で手を合わせた。上目遣《うわめづか》いが、女子の私でも赤面してしまうくらいかわいい。

伊達《だて》にモテてるわけじゃないな。

教卓《きょうたく》の上には集められた図鑑。

あ、そっか。ぶ厚い生物図鑑五冊を二階上の図書室まで運ぶなんて女の子一人じゃかなり大変だ。

うん手伝うよ、と言おうとした私より先に原田さんが口を開いた。

「今日、部活でレギュラー決めの部内試合があるんだ。それで、試合の前に練習する約束あるからどうしても遅《おく》れるわけにはいかなくて、さ」

私の代わりに運んどいてくれない？　とは言わなかったけれど、おそらくそういうことなのだろう。

「あ、うん。わかった。私が持ってくよ」

そう答えると、

「ほんとにほんとにごめんね。川西さんやっぱいい人だー」

と私の両手を握《にぎ》ってピョンピョン跳《と》びはねたあと、テニスラケットのグリップが飛び出たサブバッグを抱《かか》えて出ていってしまった。

ちなみに今日は水曜日なので司書当番の日じゃない。私が図書室に行く理由はないのだ。

まあ、原田さんに話しかけてもらって悪い気はしなかったけれども。

私は五冊の図鑑を抱えて廊下《ろうか》に出た……まではいいのだが、数歩歩いたところでもう腕《うで》がダルダルになった。

文化系の私の腕は細い。図鑑は重い。くわえて図書室までの道のりは長い。

とてもじゃないけれど、ひと息で行ける距離《きょり》じゃない。休憩《きゅうけい》ポイントを何個か作ろう。

なんて頭の中でシミュレーションしていると、後ろから声をかけられた。

「川西、お前なんでペンギンみたいな歩き方してんだよ」

むっとして振り返ると、保坂くんが笑っている。

私はびっくりして、バタバタと図鑑を落としてしまった。

「あーもうお前、図書委員だろ？　本は大切にしろよな」

保坂くんは軽口をたたきながら、図鑑を拾《ひろ》い集《あつ》めてくれる。

「あ、あの……ありがと」

両手を差しだし図鑑をもらおうとすると、保坂くんはそのまますたすた歩きだした。私は慌てて保坂くんを追う。

「図書室行くんだろ？　持ってってやるよ」

「え？　でも悪いし……」

「お前さあ、あのクソだせえペンギン歩きで五階まで行く気かよ」

「でも、頼《たの》まれたから……」

「あれ？　お前日直だったっけ」

「違うけど、図書委員だから……」

「押《お》しつけられたのか？　ひっでえな。押しつけたの誰？」

「えと……ううん。私が持ってくって言ったの」

原田さんに頼まれたって言うのは、告《つ》げ口《ぐち》みたいでなんだか嫌《いや》だった。

保坂くんはそれ以上訊《き》いてこなかった。

「ねえ保坂くん。ほんとに悪いから私持つよ」

「ん？　なにが悪いの？」

「だって野球部あるんでしょ？」

「それなら大丈夫《だいじょうぶ》。今日はオリバーが出張だからな。三年も引退しちゃって今や俺《おれ》らの天下なんだぜ」

「オリバー？」

「顧問《こもん》の折原《おりはら》だよ。いかつい感じがぴったりだろ？」

保坂くんがいたずらっぽく笑う。

「でも――」

なおも食い下がると保坂くんは足を止めた。

「なら半分こしようぜ。川西、手出せよ」

「え、うん」

おずおずと腕を差《さ》しだすと、トスントスンと図鑑が積み重なった。

「よし、じゃあ早いとこ片付けちまおう」

保坂くんはさわやかに歯を見せて、またスタスタ歩きだす。

半分こ。

私が二冊、保坂くんが三冊。その一冊分の思いやりが、胸にじんわり広がった。


「授業以外で図書室入ったの初めてだ」

図鑑を片付け終わると、保坂くんは興味深《きょうみぶか》げに書棚を見て回る。

「お前、普段《ふだん》どんな本読んでるの？」

「え？　んーいろいろ」

「いろいろってなんだよ」

「いろいろはいろいろ、だよ」

そう答えると、保坂くんは口元を拳固《げんこ》で押さえた。目が笑っている。

おもしろいことを思いついたときの目だ。

「ははーん、さてはお前エロいの読んでるな？」

「な、違うよ」

「じゃあどんなの？」

保坂くんはなおも追及《ついきゅう》の手をゆるめない。

「いろんな小説だよ。純文《じゅんぶん》にエンタメ、あとラノベも読むよ」

取り繕《つくろ》おうとして思いのほか大きな声が出てしまう。

すると、大げさな咳払《せきばら》いが聞こえた。そちらを見ると、司書カウンターに図書委員長が座《すわ》っていた。静かにしなさい、と示すように私たちに向かって人差し指を立てている。

急に恥《は》ずかしくなって赤面すると、保坂くんが声を殺して笑った。

「川西って実はおもしろい奴《やつ》なのな」

誰のせいで怒られたと思ってんのって、けっこう本気でむかついて、保坂くんをペチペチたたいた。

保坂くんはごめんごめんと謝《あやま》る。でも、口元はゆるんだままだ。

「せっかくだから俺もなにか借《か》りてみようかな。川西のおすすめはどれ?」

ひとしきり笑った保坂くんが言った。

「うーん、そうだなあ」

これはかなりの難問《なんもん》だ。なにせ私のセンスが問われてしまう。

保坂くんは授業以外で初めて図書室に入ったと言っていた。

おそらくほとんど読書をしたことがないのだろう。

難解《なんかい》な本を教えたら途中《とちゅう》で飽《あ》きてしまうかもしれないし、逆にわかりやすすぎる本をすすめたら馬鹿《ばか》にしてるとか思われるかもしれないし。

しばらく悩《なや》んだあと、私は一冊の本を保坂くんに渡《わた》す。

「これ……何本も映画やドラマやアニメになった小説を書いた作家さんのデビュー作なんだ」

「かなり厚いね」

「うん。だけど続きが気になって読んだら止まらなくなるよ。それに少年向け小説の新人賞受賞作だからすごく読みやすいよ」

「へー、じゃ、これ借りてみようかな。んで、どうやって借りるの？」

「えと、それはね」

私は保坂くんをカウンターに案内《あんない》し、ちょうど委員長が席を外していたので貸《か》し出《だ》し手続きをした。

そのまま一緒に教室に戻ると、保坂くんはカバンを机から掴《つか》む。

「それじゃ俺、部活行くから」

「うん。ありがとうね保坂くん」

「そういや川西、お前司書当番いつなの？」

保坂くんはドアに手をかけたところで振り返る。

「え、月曜日だけど」

「そっか。なら月曜日に返しにいくよ。じゃあな」

軽く手を振って、保坂くんは廊下を駆《か》けていった。

その夜、私は一人、自分の部屋で身もだえていた。

——保坂くんといっぱいしゃべっちゃった。

今日のことを思い出すだけで、胸がいっぱいになる。

——月曜日、早く来ないかな。

寝ちゃえば時間は早く流れる。そう思って頭まで布団《ふとん》をすっぽりかぶってみる、けど、目を閉じると浮かぶのは保坂くんの顔。鼓動《こどう》はいっこうに鎮《しず》まる気配もなく――。

次の朝、鏡台《きょうだい》の前に立った私は、目の下にできた真っ黒な隈《くま》を見て盛大《せいだい》なため息をついた。


「川西。この前の本超おもしろかった。お前やるなあ」

月曜日の放課後、宣言通《せんげんどお》り本を返しにきた保坂くんは開口一番そう言った。

本当は週末も本の話したくてウズウズしてたんだよと言われ、こちらまで嬉《うれ》しくなってしまう。

私のチョイスは大正解だったわけだ。

それから私たちはその本について語り合った。もちろん図書室だから小声で。

となると保坂くんの顔が必然的にものすごく近いとこにある。内心、うひゃあとなりながらも、どこがおもしろかったかを熱っぽく語る保坂くんの言葉を一語一句聞《き》き逃《のが》すまいと、私は真剣に耳を傾ける。

どうしよう。すごく楽しい。

交わす言葉の一粒《ひとつぶ》一粒が宝石《ほうせき》のように思えた。

保坂くんがチラッと時計を見たときには、話しはじめてから一時間が過ぎていた。

「じゃ、そろそろ部活行くわ」

と、切りだす保坂くんが名残惜《なごりお》しそうに見えたのは私の欲目《よくめ》だろうか。

「うん。野球がんばってね」

答えると、保坂くんは少し恥ずかしそうに言った。

「川西さあ、他におすすめある？」

「え？」

「俺、読書にはまっちゃったみたい」

頬をポリポリ搔《か》く保坂くん。はにかみ顔もかわいい。

「うん。あるよ。ちょっと待っててね」

私はカウンターから慌てて飛びだし、勢いがついたせいで机《つくえ》に腿《もも》のつけ根をぶつけた。めっちゃ痛《いた》い。けど、そんな痛みにかまっている場合じゃなくて、時間のない保坂くんのために急いで本を取りにいく。


それから、毎週月曜日の放課後は、保坂くんとの読書感想発表会になった。

好きな人と好きな本について語り合える。こんな幸せなことなんて他にあるのかな。

私は日々、そんな風に思って過ごしていた。


【保坂彬光の冬休み】

十二月、期末テスト明けの月曜日。

すっかり習慣《しゅうかん》になった、週一の放課後の図書室通い。

その日は俺と川西の他に数名の生徒しかいなかった。先週はテスト前で自習しにきたやつらがたくさんいたのに。

人がいない分、室内が寒い。俺らはエアコンが直接あたる席に陣取《じんど》った。

それから、いつものように本について話していると、川西が急にもじもじしだした。

「ん？　どうかした」

訊《たず》ねると川西が大きく息を吸《す》って言った。

「……あのさ。保坂くんって、原田さんのこと好きなんだよね」

「ああ、好きだよ。原田さん超美人だもん」

俺はいつもクラスでしているように、軽く答えてやった。けど不意《ふい》打ちすぎて、ちょっと表情が硬《かた》かったかもしれない。

「……本気で好きなんでしょ？」

そんな俺を川西の瞳《ひとみ》が眼鏡の奥《おく》から見透《みす》かすように射《い》ぬく。

「なんでそんなこと言うんだよ」

「保坂くんって、器用《きよう》だよね。だけど私にはわかるんだ。なんでかっていうとね——」

言われて、腋《わき》の下に嫌な汗《あせ》をかいた。

背筋がゾクリとした。こいつ、俺が冗談《じょうだん》めかして原田さんに告白してる真意を見ぬいてやがる。

みんなの前で笑いものになって、原田さんへの恋心をあきらめてたのに気づいていたんだ。

その途端《とたん》、体中の血が沸騰《ふっとう》する。

「お前になにがわかるっていうんだよ!」

俺は川西を怒鳴《どな》りつけ、借りていた本をカウンターにたたきつけた。

周りの注目が一気にこちらに向き、川西の顔が蒼白《そうはく》になる。

川西はおとなしい女の子だ。こんな風に誰かに怒鳴られたことなんて生まれて初めてかもしれない。

そう思うと、罪悪感《ざいあくかん》が急に襲《おそ》ってきたけれど、俺はもう止まれなかった。

図書室を出る。俺の大声を聞きつけたのか、野次馬《やじうま》の一年坊主たちが廊下に集まってこちらを見ていた。

俺は奇異《きい》の視線を無視《むし》して大股《おおまた》で歩く。

腹の底では本心を見ぬかれていた怒《いか》りと、川西をおびえさせてしまった申《もう》し訳《わけ》なさがぐるぐると渦巻《うずま》いていた。


俺が原田さんを好きになったのは中学の入学式からだ。いわゆる一目惚《ひとめぼ》れってやつだ。

桜の花みたいにきれいだと思ったのは、出会ったのが四月だったというのもあるかもしれない。

俺は野球部に入った。小学生の頃、地元の少年野球団に入っていたので自然の流れだ。

原田さんはソフトテニス部に入った。

野球部の新入部員がすることといえば球拾《たまひろ》い。一年の頃の俺は、テニスコートのそばのライト側に陣取り、球を拾いにいくフリをして原田さんを何度ものぞき見た。

原田さんも新入生だから当然コートになんて立たせてもらえないわけで。テニスコートを囲む防護ネットに沿《そ》って並《なら》び、他の一年生と素振《すぶ》りをする毎日だった。

たまに校庭側で原田さんが素振りをしているときがあって、そんなときはものすごいチャンスだ。俺はネット越しにラケットを振る原田さんの姿を目に焼きつけた。

原田さんを思って悶々《もんもん》とする夜が続いた。

そんな折、奇跡《きせき》が起きた。二年のクラス分けで原田さんと同じクラスになったのだ。

奇跡は続く。

原田と保坂なので、名前の順で決められた席が隣になった。神はいるんだと思った。初詣《はつもうで》で賽銭箱《さいせんばこ》に五百円を投げ入れてマジでよかった。

同じ教室という空間で、間近で見る原田さんは圧倒的《あっとうてき》に美しかった。ここにも神はいたんだな、と思った。原田さんは美の女神だ。

ホームルーム中もずっと原田さんを眺めていた俺は、その美しさにいつまでも見とれていたかった。だけど、同時に気がついてしまった。彼女の美しさは、坊主頭の俺が横に並び立つことを許さないだろう。俺なんかが彼氏になるなんてこと、絶対にありえないのだ、と。

始業式が終わる頃には俺はもう心に決めていた。この恋心に蓋《ふた》をしてしまおう、と。

しばらくして、俺はみんなの見ている前で原田さんにフられた。してやったりだった。絶対に手に入らないものをほしがり続けるなんて、俺のキャラには合わないのだから。

ときには原田さんの反応《はんのう》に傷《きず》つくこともあるけれど、こうして俺は本当の恋心を隠すことに成功した。

〝明るくバカな保坂彬光〟を演じられていると思っていた。あのとき、川西に言われるまでは。

＊

冬休みになって本当によかった。

図書室での一件以降《いこう》、残りの登校日が少なかったとはいえ、教室で川西と顔を合わすのが気まずくてしょうがなかった。

川西に見られていると思うと、原田さんにちょっかいをかける気にもなれず、クラスの連中に「ようやくあきらめたのか？」なんて冷やかされたりもした。

正月、父ちゃんの実家でお年玉をたんまりもらってから家に帰ってきて、自室に一人でいると、いろんなことが頭に浮《う》かんでくる。

そのほとんどが川西に関わることで、俺は自分の変化に戸惑《とまど》っていた。前は原田さんのことばかり考えていたのに。

そう思うと笑えてきた。笑うとけっこう冷静《れいせい》になれる。

『保坂くんって、器用だよね。だけど私にはわかるんだ。なんでかっていうとね――』

最後に交わした言葉と真っ赤になった川西の顔がよみがえる。

なんでかっていうとね、の続きはたぶん――告白だったはずだ。川西が俺のことを好きだって、もうずいぶん前から気づいていた。

川西って案外強《あんがいつよ》いんだな、って素直に思った。ただのおとなしい女子って認識《にんしき》だったのに。

マジで告白しようとするなんてすげー。俺には自分で自分を茶化《ちゃか》しながらでしかできないことなのに。

川西が俺の内心を見破《みやぶ》っていたことについての怒りは消えていた。いや、あのときの怒りだって、今になって思えば見透かされた恥ずかしさをかき消すためだけのものだった。

それに――川西が言ったのは当たって〝た〟ことなのだ。あのとき、俺は前ほど原田さんのことを好きじゃなくなっていた。

桜の花っていうのはある程度《ていど》、距離をとって眺めるからきれいなのだ。近くに寄れば、散った花びらは泥《どろ》にまみれているのがわかる。

――図鑑の片付けを手伝った日、俺は知っていた。

その日の日直が原田さんだったってこと。

原田さんが川西に片付けを押しつけたこと。部内試合だなんて嘘《うそ》っぱちだってことを。

ずっと原田さんのことを見ていたのだから当然だろう。

女神だと思っていた彼女は、自分が美人であること、クラス内で権力があることを最大限に利用するような俗《ぞく》っぽい人間だった。

急に俺たちのレベルまで落ちてきた彼女に、俺は少なからず幻滅《げんめつ》した。ずっと手の届《とど》かない存在《そんざい》でいてほしかったのに。

それに比《くら》べて――。

俺が原田さんのことを好きなのを知っているくせに、原田さんが日直であることを俺が知らないと思っている川西に親しみが湧《わ》いた。それに、原田さんをさりげなくかばうなんて、いい奴だなって素直に思った。

鋭《するど》いくせに抜《ぬ》けている、そんなところがかわいかった。

そう。川西はかわいいのだ。好きな本について話しているときの川西はマジで楽しそうだった。顔を寄せて、眼鏡の隙間《すきま》からのぞく川西のまつ毛はとても長くて。

俺はけっこうどぎまぎしていた。

最初に借りた本を読み終えたあと、他のおすすめを訊いたのも、本を読みたい気持ち半分、川西と会う口実がほしかったのが半分だった。

教室でもその顔をすれば、モテるだろうにと何度も思ったけど、それはそれで無駄にライバルを増やしてしまうかもしれない。

「ライバルって……」

自分の考えたことにまた笑ってしまった。

――そうか、俺は。

言葉に出してみて初めて気づく。

机の引き出しをあけて、ポチ袋《ぶくろ》から千円札を抜き出した。中学生には痛い出費だけれど、去年御利益《ごりやく》があったのだから、今年も、きっと。

俺は買ったばかりのダウンジャケットに袖《そで》を通し、階段《かいだん》を駆けおりた。

「アキミツどこ行くの?」

夕飯の支度《したく》をしていた母ちゃんがなにごとかと、キッチンから顔を出した。

「ちょっと神社行ってくる」

「今から? 初詣はおじいちゃんたちとみんなで行ったじゃない」

「すぐ帰ってくるから」

そう告げて、玄関《げんかん》のドアをバタンと閉めた。

年が明けたばかりの風は当然のように冷たい。

だけど、体の真ん中からふつふつと燃《も》えあがるような熱に浮かされた俺には、その風がとても気持ちのよいものに感じられた。

【川西優梨の三学期。そして……】

あっという間に三月になった。

保坂くんとは図書室での一件っきりだった。

教室でたまに目が合うと、ぷいっとそっぽを向かれてしまう。耳が赤くなるのはまだ怒っている証《あかし》なのだろう。

完全に避《さ》けられている。

クラスでの保坂くんは相変わらずお笑い担当《たんとう》をやっていた。けれど原田さんにちょっかいを出さなくなっていた。

クラスでは、保坂くんがあきらめたのは原田さんに高校生の彼氏ができたせいだって噂が流れていた。

でもそれはちがう。

——私のせいだ。

私の目が気になって、原田さんにちょっかいをかけられなくなってしまったんだ。

自己嫌悪《じこけんお》。私があんなことさえ言わなければ、今だって保坂くんは自分の気持ちを隠したまま、好きな人とふざけた感じでニコニコ話すことができたのに。

謝ろうと何度も声をかけようとしたけど、その度に言葉を呑みこんだ。ひと言が言えない情《なさ》けない私。

時間を巻《ま》き戻《もど》したい。あの日に戻ってなにもなかったことにしたい。

そうすれば保坂くんは前の保坂くんのままでいられたのに。

私も保坂くんと本の話ができたのに。

終業式のあと、担任が挨拶《あいさつ》をして二年生最後のホームルームが終わった。

教室が一気に騒《さわ》がしくなる。みんなこのクラス最後の日を名残惜しむように帰る気配がない。

「三年になっても同じクラスになれたらいいね」なんて他愛《たわい》もない話がそこかしこから聞こえた。

クラス替え、か。私はまた保坂くんと同じクラスになりたいのか、なりたくないのか……正直よくわからない。

どちらかといえば毎日顔を合わせずに済《す》む、別クラスのほうがいいのかもしれない。

だけど、保坂くんに謝らないままクラス替えなんて、すごく嫌だって思った。

傷つけた側の私がこんなに嫌な気持ちになっているんだ。なら、保坂くんはもっと嫌な気持ちのままだって。

だから私は決めた。大きく深呼吸《しんこきゅう》をする。

保坂くんは教室の後ろで仲の良い男子たちと騒いでいた。一人がサッカーボールを抱いている。

このままだと、保坂くんはサッカーをしにいってしまう。

そうなったら私の決意は揺《ゆ》らぐだろう。タイミングが悪かったんだと自分に言い訳をしてしまうだろう。

だから、みんなに見られていても、声をかけなきゃいけない。今、言わないと――。

「保坂くん」

保坂くんは驚いたように私を見返した。

「お、川西さんじゃん」

保坂くんとじゃれていた水田くんと濱家《はまいえ》くんが物珍《ものめずら》しそうにこちらを見る。

私が教室で自分から男子に声をかけるなんて、この一年間なかったことだ。

視線にさらされて動悸《どうき》が速まる。頬がこわばる。喉《のど》が渇《かわ》く。

手の甲《こう》をつねる。決めたんでしょ、私。

「保坂くん……ごめんなさい」

「なになになに？　保坂、お前川西さんになにしたんだよ？」

水田くんがニヤニヤしながら、保坂くんの首を絞《し》めにかかる。

「悪《わり》い、そういうノリじゃないんだ」

保坂くんは伸《の》ばされた手を軽くあしらった。二人はキョトンとした顔になる。

「ちょっと出ようか」

保坂くんは私の手を引いた。教室からは指笛《ゆびぶえ》を吹《ふ》かれ、廊下ですれ違う人からはニヤニヤした顔で見られた。

でも保坂くんはそんなの全部無視して進む。連れてこられたのはトイレの先、今は人の少ない家庭科室の前だ。

「川西、お前なんで謝ってんの？」

保坂くんは壁際《かべぎわ》に私を隠すようにして言った。投げかけられる冷やかしの目から私を守るように。

こういう小さな気遣《きづか》いがやっぱり保坂くんだ。

私の大好きな人。

「……私、ひどいこと言ったから」

保坂くんは真剣な顔で続きを待ってくれている。

その顔を向けられると鼻の奥がつんとして、涙が込《こ》みあげてきた。

でも、泣かない。保坂くんにちゃんと謝るまで私は泣かないんだ。

「ずっとずっと保坂くんに謝りたかった。謝るの……こんな遅《おそ》くなっちゃって……それも、ごめん」

目の奥が熱い。

自分の肘《ひじ》を力いっぱい摑む。

「保坂くんと、たくさんお話ができて、すごく嬉しくて。それで調子に乗っちゃったんだ。保坂くんのことちゃんと見てるよって伝えなきゃって思ったんだ。でも、それって私のわがままで……。誰にだって他人に踏《ふ》み込《こ》んでほしくないことあるのに……保坂くん、自分のつらいとこ誰にも見せないのに……。

私……私」

泣くな——私。歯をくいしばれ。

「保坂くんが私のこと嫌《きら》いになるのわかるし、無視されるのも当然だと思う。だから——」

下唇を嚙《か》む。

今、ものすごくブサイクな顔になってるってわかってる。

だけど、こちらをまっすぐ見つめる瞳から目をそらしちゃいけないんだ。

「本当にごめんなさい」

そこまでが限界《げんかい》だった。

頭をさげた瞬間、涙《なみだ》があふれた。

弱い私。

――最悪だ。

優しい保坂くんは泣いている私を許してしまうだろう。そんなことになりたくないから、泣きたくなかったのに。

でも、もう無理。涙がとめどなくこぼれ落ちていく。

「それな。お前、なに俺のことわかった気になってんだよ」

保坂くんは私の頭にポンと手を置いた。

やわらかな声。じんわりと温かい手。

この温《ぬく》もりを受け取る資格《しかく》なんて、ない。

私は保坂くんの手をどけ、トイレに逃げようとした。

が、瞬間、腕を掴まれる。

「逃がさねえよ」

保坂くんは空《あ》いているほうの手で私の眼鏡を奪《うば》うと、シャツの袖で無造作《むぞうさ》に私の涙と鼻水を拭《ぬぐ》った。

「保坂くん……汚《きたな》いよ」

「いいから目つぶってろ」

そして眼鏡を戻し、

「今から俺のほんとを見せてやる」

ニカッと笑って私の手を引いたまま走って教室に戻った。

「てめえらよく聞けええ！」

そして保坂くんはドアのところで手を離すと、たたっと教壇《きょうだん》の上にのぼる。

注目が集まる。教室にはまだほとんどの生徒が残っていた。そんなみんなを保坂くんは睨《にら》むように見回した。

私は呆然《ぼうぜん》としながら、保坂くんを見守る。

「原田梨乃さん！」

保坂くんは叫んだ。

「保坂、あきらめたんじゃねえのかよ」

「見苦しいぞ！」

「いいぞ、やれやれ」

一斉《いっせい》に野次が飛ぶ。

原田さんはうんざりした顔で保坂くんを見た。

取り巻きの女の子たちも、原田さんと同調するように冷めた目線を送る。

保坂くんはひとしきり野次を浴《あ》びたあと、「皆のもの静まれ」といつものように大げさにジェスチャーをした。

「原田梨乃さん、俺はずっとあなたが好きでした！　入学式の日からずっとあなたが好きでした！」

ヒューと口笛が吹かれ、囃《はや》したてられる。でも、保坂くんは真剣な顔だった。いつものおちゃらけた顔じゃなかった。

私はドアの縁《ふち》を握りしめる。力を入れすぎて指が白くなった。

保坂くんはたぶんフられる。フられるとわかっているのに、私に見せてくれようとしているんだ。

——だから、応援《おうえん》しよう。保坂くんの〝ほんと〟をこの目に焼きつけよう。

つらいけど、そうしなければ私も保坂くんも前に進めないのだから。

「いいかげんにしてよ」

そのとき、原田さんが席を立った。真っ赤な顔をしている。怒りで肩《かた》が震《ふる》えている。

「ずっと好きでした。好きだと思っていました。……冬休みまではずっと」

みんなの動きが止まった。

原田さんの口が「え？」の形に開いた。

「他に好きな子ができたんです」

うおーと地鳴りのような歓声があがり、原田さんは戸惑ったような顔になる。

「誰だよー」

「早く言え」

「まさか、俺か⁉」

野次が出つくしたところで、保坂くんはこちらを向いた。夕暮れの教室で、原田さんを切なそうに見ていたときのあの顔で、私を見つめた。

「川西優梨さん、俺はあなたが好きです。付き合ってください」

一段《いちだん》と大きな歓声があがる。

川西さんかよ？　マジ？

みんなのそう言いたげな視線が一斉に私に集まる。あまりのことに頭の中が真っ白になった。真っ白になりすぎて、

「ごっ、ごめんなさい」

思ってもいないことを口走り、私は逃げた。

「マジかー！」

「保坂玉砕《ぎょくさい》ー！」

教室がこの日一番の沸《わ》きを見せた。

私は文化系の女子だ。体力にはまるで自信がない。おまけに動揺しているせいで、ただ階段をあがるだけなのに何度もつまずいた。

三階と四階の間の踊《おど》り場《ば》で保坂くんにあっさり追いつかれ、肩を押さえられる。

「……聞いてくれた？」

保坂くんは私の息が整うのを待って言った。私の肩に乗せられた手が小刻《こきざ》みに震えている。

……保坂くん、緊張してる。

緊張が肩から伝わってきて、私も余計に緊張してしまって。

声が出なかった。

首を縦《たて》に振るのが、今の私の精一杯《せいいっぱい》。

「そうか。そりゃよかった。――それでさ、今度は川西の〝ほんと〟を聞かせてくれないかな」

保坂くんはバツが悪そうに、少し赤くなった頬をかいた。

「……ふ、ふつつかものですが、よろしくお願いしまひゅ」

絞《しぼ》りだした声なのに、最後で盛大に噛《か》んだ。

＊

春、始業式。

通学路の途中に立派《りっぱ》な桜の木が生えている。

三月の気温が低かったせいで、四月も七日だというのにまだ七分咲《しちぶざ》きといったところだ。

その下で彼が待っていた。

「川西、おせーぞ。また寝坊したんだろ」

保坂くんは文句《もんく》を言いながら手を伸ばす。大きな手のひらに、桜色の花びらがひとひら。

私はその手を影絵《かげえ》のきつねのような手つきでつまむ。まだ少し……いや、かなり恥ずかしい。

すると保坂くんがムッとした顔で私の手をしっかりと握り返した。

体温が一気にあがる。

保坂くんの横顔を盗《ぬす》み見《み》る。険《けわ》しい表情が貼りついたままだ。こんな怒ったような顔をするのは一種の照れ隠しなんだってつい最近知った。

春休みに初デートへ行ったときの思い出だ。

私の知らなかった保坂くんの一面がどんどん増《ふ》えていく。それが妙《みょう》におかしくて、愛《いと》おしかった。

だから私のことも、もっと知ってほしい。

「おすすめの本持ってきたんだ」

去年の春より何センチも背が高くなった坊主頭に微笑《ほほえ》みかけた。

サブバッグの中には保坂くんに読んでもらいたい本がたくさん入っている。

私の宝物《たからもの》たちを、保坂くんにおもしろいって言ってもらえたら嬉しい。

「だから始業式なのにカバンぱんぱんだったのか。……お前、ほんとに本が好きだな」

あきれたように笑うその目尻《めじり》に、私の大好きな皺が刻まれていた。

南潔（みなみ・きよし）

小説とイラストで活動中。代表作に『質屋からすのワケアリ帳簿』シリーズや『黄昏古書店の家政婦さん』（共にマイナビ出版）、『恋獄トライアングル』（新潮社）、『恋愛教室』シリーズ（徳間書店）などがある。本シリーズ『あなたを好きになった瞬間』『キミに会えてよかった』（ポプラ社）にも短編が収録された。

雪宮鉄馬（ゆきみや・てつま）

広島県在住の会社員。趣味は小説を読むことと、書くこと。主にインターネット上で活動しており、本シリーズ『キミに会えてよかった』『犯人はキミだ！』（ポプラ社）にも短編が収録されている。夢は猫を飼うこと。

猫鼬（まんぐーす）

海なし県生まれ、海なし県育ち。魚介類を観るのも食べるのも釣るのも大好き。中学生時代に、国語の先生にすすめられて小説を書きはじめる。

山橋和弥（やまはし・かずや）

神奈川県在住。趣味はお笑い番組を見ることと寝ること。最近のマイブームは中国茶の美味しい淹れ方を学ぶこと。

弓原もい（ゆみはら・もい）

主にインターネット上で恋愛小説を書いている。趣味はプロのバスケットボールを観戦すること、美術館・博物館に行くこと。

著者一覧&プロフィール

櫻いいよ（さくら・いいよ）

2012年に『君が落とした青空』でデビュー。その他に代表作『交換ウソ日記』『黒猫とさよならの旅』『きみと、もう一度』などがある（全てスターツ出版）。『君が落とした青空』は新装版も刊行され、累計15万部を越えるロングヒットとなる。本シリーズ『あなたを好きになった瞬間』『キミに会えてよかった』（ポプラ社）にも短編が収録されている。

菜つは（なつは）

広島在住。2011年に『ウソ☆スキ上・下』でデビューし、2017年に『君を探して』（共にスターツ出版）が発売され、好評を博した。本シリーズ『あなたを好きになった瞬間』『キミに会えてよかった』（ポプラ社）にも短編が収録されている。

「小説家になろう×ポプラ社　恋&謎解きショートストーリーコンテスト」

胸キュン賞受賞作家プロフィール

春日東風（かすが・とうふう）

福島県在住。自然あふれる土地で、山や湖を遠くに眺めながら、日々、青春小説を書く。和歌が好きで、インターネット上において、和歌の解説なども書いている。

白井かなこ（しらい・かなこ）

花と野鳥とカエルが好きな3月生まれ。オリジナル小説のほか、ノベライズ『君に届け』シリーズ（集英社みらい文庫）などを出版。小さいころの夢は、魔法使いになること。

茶ノ美ながら（ちゃのみ・ながら）

スポーツのコーチをしながら執筆活動を続けている。甘い紅茶を飲んでぼーっとしている時間をこよなく愛す。

氷純（ひすみ）

ファンタジー畑で採れるフリーライター。ラブストーリー畑に葉を茂らせてきた模様。この度収穫された。

TACHI MACHI CLIMAX!

たちまちクライマックス!（3）

ほんとはずっと好きだった

編・たちまちクライマックス委員会

発行　2018年7月　第1刷

著者	櫻いいよ ／ 菜つは ／ 南潔 ／ 雪宮鉄馬 ／ 春日東風 ／ 白井かなこ ／茶ノ美ながら ／ 氷純 ／ 猫鼬 ／ 山橋和弥 ／ 弓原もい
発行者	長谷川 均
装丁	髙橋 明優＋ベイブリッジ・スタジオ
フォーマット	ベイブリッジ・スタジオ
編集	門田奈穂子　末吉亜里沙
発行所	株式会社ポプラ社 〒160-8565　東京都新宿区大京町22-1 ☎ 03-3357-2216（編集）　03-3357-2212（営業） www.poplar.co.jp
印刷・製本	中央精版印刷株式会社

Printed in Japan
ISBN978-4-591-15918-7　N.D.C.913 / 335P / 19cm